Tineke Beishuizen
Haus des Schweigens

PIPER

Zu diesem Buch

Mit einer Flasche Champagner und einem Blumenstrauß im Gepäck fährt Emma van der Merve zu Floor. Wie jedes Jahr am Geburtstag ihrer Schwester. Emma weiß, dass sie sich nicht anzukündigen braucht, das Geburtstagsritual ist ihrer Schwester heilig. Außerdem ist ihr Leben perfekt durchorganisiert; Floor würde niemals einen Termin vergessen. Doch dann steht Emma vor verschlossenen Türen. Niemand öffnet ihr, und nach dem Stapel Zeitungen auf der Fußmatte zu urteilen, ist die Hausherrin schon seit einer Weile fort. Mit Hilfe der Nachbarin verschafft sich Emma Zutritt – doch das Haus ist leer, Floors Handtasche ist weg, und der Wagen steht nicht in der Garage. Emma ist aufs Höchste besorgt. Sie meldet ihre Schwester bei der Polizei als vermisst, aber dort nimmt man Floors Verschwinden nicht sonderlich ernst. Emma macht sich auf Spurensuche. Dank Floors Kalender findet sie heraus, dass sie sich seit einiger Zeit mit einem Mann namens Cor getroffen hat – ein Liebhaber? Dann entdeckt die Polizei Floors Auto in einem See, und die Möglichkeit, dass die Frau einem Verbrechen zum Opfer gefallen ist, konkretisiert sich …

Tineke Beishuizen ist Redakteurin und Kolumnistin bei »Libelle«, der populärsten Frauenzeitschrift in den Niederlanden. Seit 2005 schreibt sie außerdem Romane, die, geprägt durch ihren schlagfertigen Humor, zu Bestsellern wurden. Tineke Beishuizen hat zwei erwachsene Söhne, ein Häuschen in Frankreich und lebt in der niederländischen Hansestadt Doesburg.

Tineke Beishuizen

Haus des Schweigens

Kriminalroman

Aus dem Niederländischen von
Kristina Kreuzer

Piper München Zürich

Mehr über unsere Autoren und Bücher:
www.piper.de

Von Tineke Beishuizen liegen bei Piper vor:
Mord in aller Freundschaft
Haus des Schweigens

FSC
Mix
Produktgruppe aus vorbildlich bewirtschafteten Wäldern und anderen kontrollierten Herkünften
www.fsc.org Zert.-Nr. GFA-COC-001223

Deutsche Erstausgabe
Dezember 2010

Titel der niederländischen Originalausgabe:
»Als zand door mijn vingers«, Uitgeverij De Arbeiderspers, Amsterdam

Umschlagkonzept: semper smile, München
Umschlaggestaltung: Hauptmann & Kompanie Werbeagentur, Zürich, unter Verwendung eines Fotos von plainpicture
Autorenfoto: Jeroen van der Spek
Satz: Satz für Satz. Barbara Reischmann, Leutkirch
Papier: Munken Print von Arctic Paper Munkedals AB, Schweden
Druck und Bindung: CPI – Clausen & Bosse, Leck
Printed in Germany ISBN 978-3-492-25996-5

Für Jeroen und Martijn

Am Geburtstag meiner Schwester regnete es.

Ich hatte am Abend zuvor mit Frank im Garten gesessen, bis wir die zweite Flasche Chablis fast ausgetrunken hatten und wir uns nun fast ununterbrochen die Beine kratzten, da die Mücken immer aufdringlicher wurden. Besonders viel Abkühlung hatte der Abend nicht gebracht. Es war die zweite Woche einer Hitzewelle, und die Sprenger in den Gärten um uns herum klangen wie prähistorische Riesenmücken, die wir daraufhin auch gleich Dinomoskitos tauften. Die Hitze hing noch immer zwischen den Häusern und in den Gärten, aber hier war es besser auszuhalten als drinnen, wo die Wärme regelrecht über einen hereinbrach, sodass einem der Schweiß nur so herunterlief. Wir hatten Lust, miteinander zu schlafen. Das hatten wir schon eine ganze Weile nicht mehr getan, doch wie so oft war unser Timing auch heute alles andere als perfekt. Auf jedem Stückchen Haut, das unsere Hände berührten, bildete sich sofort eine kleine Schweißlache. Schließlich gaben wir auf und landeten unter der Dusche – ein letzter Versuch, wenigstens ein Stück der Intimität zu erhalten. Aber auch das war kein großer Erfolg. Weil nämlich alle Anwohner gleichzeitig ihre Gartensprenger anhatten, war der Wasserdruck verschwindend gering. Das Bisschen, das aus dem Duschkopf rann, wurde von Frank aufgefangen, der einen Kopf größer ist als ich. Ich trat aus der Dusche, wickelte mir ein Handtuch um und setzte mich auf die Fensterbank. Dort wartete ich, bis Frank fertig war. Eigentlich lief an diesem Abend alles anders als geplant, dennoch hing eine gewisse Euphorie in der Luft, und jeden neuen Rückschlag begrüßten wir mit mildem Humor.

Als ich nachts aufwachte, vernahm ich das Geräusch von Regentropfen auf dem vertrockneten Grün im Garten. Es ging jetzt ein leichter Wind. Im verschwommenen Licht der Gartenlampen sah ich, wie sich die Gardinen sanft bewegten. Der Geruch feuchter Erde zog durchs Schlafzimmer. Ich bildete mir ein, dass es kühler war, als beim Zubettgehen noch vor ein paar Stunden. Ich wendete mein Kissen, auf dem mein Kopf einen nassen Fleck hinterlassen hatte, und schlief wieder ein.

Am nächsten Morgen stieg ich nach dem Frühstück ins Auto. Ich hatte einen Strauß Rosen und eine Flasche Champagner dabei.

Meine Schwester wurde vierzig, und dies war bereits der vierte Geburtstag, an dem sie morgens allein aufgewacht war. Witwe zu werden, ist immer schlimm, aber in ihrem Fall war es ganz besonders tragisch. Das Flugzeug, in dem Jaap auf Geschäftsreise nach Genf gesessen hatte, war kurz vor der Landung abgestürzt. Unter den Fotos der Opfer in der Zeitung sah man sein Bild neben dem einer jungen Blondine, die als seine Ehefrau auf der Passagierliste verzeichnet war. Typisch für unsere Familie, dass kein Wort darüber verloren wurde. Auf dem Friedhof standen wir um das Grab herum und sahen auf den Sarg, der langsam in das tiefe Loch hinabsank. Wir fragten uns dabei, wen wir hier eigentlich gerade begruben, und ob sich zwischen Jaaps sterblichen Überresten vielleicht auch noch ein paar Überreste der blonden Frau befanden.

Der Regen war in der Zwischenzeit heftiger geworden. Windstöße jagten um die Häuser und verwandelten die

Regenschirme der Menschen in merkwürdig aussehende Gebilde aus Draht und Stoff. Ich suchte einen Parkplatz. Dabei klebte ich regelrecht hinter der Windschutzscheibe, auf der die Scheibenwischer in rasantem Tempo ihren irrwitzigen Tanz vollzogen. Die Straße war zu einem Miniaturteich geworden, und irgendwie war es ein eigenartiges Gefühl, mit Rosen und Champagner bewaffnet das Wasser an meinen Knöcheln zu spüren, während ich zum Haus meiner Schwester watete. Vor der Tür versuchte ich, meine Haare wenigstens ein bisschen trocken zu schütteln. Floor würde sich garantiert totlachen, wenn sie mich hier wie einen begossenen Pudel stehen sah.

Am Ende drückte ich meinen Finger bestimmt eine Minute lang auf die Klingel, bis ich mit meinem Handy ihre Nummer wählte – ohne Erfolg. Ich musste dafür die Flasche Champagner und die Rosen in eine Pfütze legen. Merkwürdigerweise war ich eher etwas verärgert, als dass ich mir ernsthafte Sorgen machte; dabei war meine Schwester doch einer der pünktlichsten Menschen, die ich kenne. Ich kann mich nicht erinnern, dass sie jemals eine Verabredung mit mir vergessen hat. Und schließlich waren wir an diesem Morgen verabredet, auch wenn das eigentlich nicht nötig gewesen wäre, denn seit Jaaps Tod hatte es keinen Geburtstag gegeben, an dem ich nicht früh vor ihrer Tür gestanden hatte. Drei Wochen zuvor hatten wir noch miteinander telefoniert. Ein Gespräch, wie es viele zwischen uns gegeben hatte, über gemeinsame Bekannte, ein Fernsehprogramm, das wir beide gesehen hatten, und den Räumungsverkauf des Ladens, in dem wir unsere Klamotten kauften. Gegenüber der Polizei habe ich später versichert, dass Floor während dieses Gesprächs absolut keinen depressiven Eindruck gemacht hatte. Und wenn ich daran zurückdenke, bleibe ich bei meiner Behauptung. Was sicher stimmt, ist, dass durch Jaaps Tod in gewisser Weise auch ein Teil von ihr gestorben ist. So eine Aussage hört man oft von Paaren, die lange zusammen gewesen sind und dann durch den Tod jäh auseinandergerissen werden. Mir schien das immer ziemlicher Unsinn zu sein, bis ich es selbst erleben musste. Jaap nahm mit seinem Tod auch einen Teil meiner Schwester mit sich, oder besser gesagt, gleich einige Teile.

Ein Stückchen Jugend, ein bisschen Fröhlichkeit und das Funkeln in ihren Augen. Ich habe sie danach nie mehr ausgelassen lachen hören und nie mehr wirklich froh gesehen. Über allem, was sie tat, lag ein unsichtbarer Trauerschleier. Trotzdem habe ich sie nie als depressiv erlebt, darunter verstehe ich etwas anderes. Anfangs dachte ich, dass sie nach einiger Zeit bestimmt wieder die Alte werden würde. Sie war attraktiv und würde garantiert wieder eine neue Liebe finden. Sollte sie dem dazugehörigen Mann allerdings begegnet sein, dann hat sie ihn nicht bemerkt, da ihre Gedanken und Gefühle bei Jaap waren, und zwar mit einer unerschütterlichen Treue, die angesichts seiner Todesumstände nicht wirklich zu begreifen war.

Ich steckte mein Handy zurück in die Tasche und hob die Flasche und den Blumenstrauß wieder auf. Der Karton um die Flasche war vollkommen aufgeweicht, und das Blumenpapier hing in nassen Fetzen an den Rosenstielen. Der Name des Blumenladens hatte rote Flecken auf meiner weißen Regenjacke hinterlassen, und meine Laune verschlechterte sich zusehends. Ich hatte den Garten schon wieder verlassen, als eine Frau mit zwei großen Hunden die Pforte des Nachbargartens öffnete. Ich hatte sie schon einmal getroffen, bei einem Kaffeetrinken, zu dem Floor eingeladen hatte. Die Hunde waren Bouviers, auch wenn sie nun eher trübsinnigen Windhunden glichen. Ihr langes schwarzes Fell klebte glatt an ihren Körpern. Ich ging auf die Nachbarin zu, wobei ich tüchtig mit den Augen blinzeln musste, da ich durch die verlaufene Wimperntusche kaum etwas sehen konnte. Sie sah erst auf mein Gesicht, dann auf die verregneten Blumen und die Flasche in meinem Arm.

»Ist sie nicht zu Hause?« Ihre Stimme klang erstaunt. »Komm doch kurz mit, hier lässt es sich so schlecht reden.«

Sie lief vor mir her, bis wir zusammen unter dem Vordach ihrer Haustür standen. Die Hunde schüttelten sich in einer wahren Fontäne aus Wassertropfen. Die Frau zog einen knallroten Südwester vom Kopf und ließ das Wasser davon herunterlaufen.

»Hast du meine Schwester heute Morgen weggehen sehen?«, fragte ich ohne wirkliche Hoffnung auf eine positive Antwort.

Sie zog die Augenbrauen hoch.

»Ich war zehn Tage nicht da. Nun bin ich seit vorgestern wieder zurück, aber ich habe sie noch nicht gesehen. Ich hatte mir eigentlich vorgenommen, heute Mittag einmal bei ihr vorbeizugehen. Sie ist auf jeden Fall nicht verreist, denn dann bittet sie mich immer, auf ihre Katze aufzupassen. Floor ist doch immer so gut organisiert! Sie hätte mich garantiert schon vor ein paar Wochen gefragt. Die Katze würde sie keine Nacht alleinlassen, denn wenn das Katzenklo nicht jeden Tag saubergemacht wird, setzt sie ihr Geschäft daneben.«

Ich war während ihrer ausschweifenden Erzählung etwas ungeduldig geworden. Zudem versprühten die Hunde bei jedem Schütteln mehr pechschwarze Tropfen, und ich musste zusehen, wie meine Jacke allmählich immer schmutziger wurde.

Floors Nachbarin zog ihre Schuhe aus, stellte sie nebeneinander auf die Fußmatte und trat ins Haus.

»Möchtest du vielleicht einen Kaffee?«

»Nein, vielen Dank, ich denke, ich fahre lieber nach Hause.«

»Hast du schon versucht, sie anzurufen?«

Ich nickte energisch, und dann fiel die Tür leise ins Schloss.

Ich war schon wieder aus der Stadt heraus, als mir einfiel, dass die Nachbarin natürlich Floors Hausschlüssel hatte. Jemand, der regelmäßig auf die Katze aufpasst, hat schließlich auch den Hausschlüssel. Wie dumm, dass sie nicht selbst auf die Idee gekommen ist, nach Floor zu sehen. Was wäre, wenn meine Schwester die Treppe heruntergefallen und nicht mehr in der Lage wäre, zum Telefon zu greifen? Bei Menschen, die allein wohnen, kann ja alles Mögliche passieren. Man muss nicht wirklich viel Fantasie haben, um sich die abscheulichsten Dinge vorzustellen. Ich wendete den Wagen und fuhr denselben Weg zurück, den ich gerade gekommen war. Kaum war ich um die Ecke gebogen, stieß ich auf zwei Autos, die ineinandergefahren waren. Eine Frau in gelber Regenjacke versuchte, den Verkehr zu regeln, was einen ziemlich lächerlichen Anblick bot, da niemand sich so recht um sie kümmerte. Ich fuhr halb über den Fußweg. Auf diese Weise gelang es mir, an den gestrandeten Autos vorbeizukommen. Ein Mann hing halb aus der Autotür heraus, er hatte die Augen geschlossen. Eine Frau stand neben ihm und heulte hysterisch. Normalerweise wäre ich bei so einen Vorfall als Erste aus dem Auto gesprungen, aber jetzt drang das alles kaum zu mir durch. Ich dachte an Floor und daran, was alles mit ihr passiert sein könnte. Garantiert war es etwas, worüber wir später zusammen lachen könnten.

Francien! Als ich sie im Türrahmen stehen sah, fiel mir auf einmal ihr Name wieder ein. Die Hunde standen schräg hinter ihr, das Fell hing ihnen nass und strähnig am Körper.

Ich erzählte ihr, was ich mir unterwegs überlegt hatte, und sie eilte daraufhin sofort los, um den Hausschlüssel zu holen. Offenbar war sie froh über ein bisschen Abwechslung an diesem langweiligen Sommertag, an dem es noch immer wie aus Kübeln goss.

Der Gestank beim Eintreten war gnadenlos. Er schlug mir direkt auf den Magen. Auf Francien hatte er anscheinend dieselbe Wirkung. Wir mussten uns kurz an die Wand des Korridors lehnen. Knöcheltief standen wir in Bergen von Post – der Grund dafür, dass wir die Haustür so schwer aufbekommen hatten. Wir hielten die Hände vor den Mund, um uns nicht direkt übergeben zu müssen, während der Gestank scheinbar von unserem Körper Besitz nahm.

»Wir müssen die Polizei benachrichtigen«, sagte sie. »Wir sollten nicht weitergehen, der Spuren wegen.«

Sie hatte bei den Polizeiserien im Fernsehen gut aufgepasst. Doch ich musste Gewissheit haben und ging langsam weiter, wobei ich die Füße aufsetzte, als würde ich durch Blut waten. Mir war nicht ganz klar, was ich eigentlich erwartete. Floor irgendwo auf dem Fußboden, zusammengesunken in einem Stuhl mit durchschnittener Kehle. Auf ihrem Bett, die blonden Haare mit getrocknetem Blut verklebt, während ihre Augen ins Nichts starren. Auf ihrer Haut würde sich der Verfall abzeichnen, der diesen grauenhaften Geruch verbreitete. Doch sie war nicht da. Nicht im Wohnzimmer und nicht im Arbeitszimmer. In der Küche stand eine Teekanne auf einem gläsernen Stövchen, daneben ein Becher mit Apfelblüten. Wir gingen die Treppe hinauf, und der Geruch wurde immer unerträglicher. Gäste- und Badezimmer waren aufgeräumt. Im Abstellraum war ein hochgeklapptes Bügelbrett an die Wand gelehnt, ein Stapel ordentlich zusammengefalteter Bügelwäsche lag auf einem Stuhl daneben. Ich versuchte, nicht zu atmen, und öffnete einen Spaltbreit die Tür zum Schlafzimmer. Es war die letzte Möglichkeit, und ich war auf alles vorbereitet. Dennoch war mir schlecht vor Angst und von dem Gestank. Ich drückte die Tür etwas weiter auf und ging hinein. Über dem Bett lag eine Überdecke mit merkwürdig ausgefressenen Löchern. Die Tür vom Kleiderschrank stand offen. Eine Pelzkrawatte war vom Bügel gefallen – einer dieser Kragen, den man sich um den Hals legt und lässig zubindet, sodass eine einfache Jacke auf einmal Format bekommt. Wir hatten uns beide so ein Ding gekauft, billiger Pelz, grauweiß – das letzte Mal, als wir zusammen einkaufen waren.

Bei näherer Betrachtung sah diese Pelzkrawatte jedoch ziemlich schmuddelig aus. Ich machte ein paar Schritte in Richtung Kleiderschrank – der Gestank nahm einem regelrecht den Atem.

»Oh, mein Gott«, rief Francien hinter mir.

Ich drehte mich um und sah, dass sie die Hände vors Gesicht geschlagen hatte. Als ich wieder auf den Pelz sah, wunderte ich mich, warum ich das nicht schon vorher gesehen hatte.

Er sah irgendwie zerfleddert aus, und auf dem feuchten

Schleim darauf krochen träge die ekelhaftesten Insekten, die ich je gesehen hatte.

»Sie hält sich immer an ihre Verabredungen, und sie hat nicht abgesagt. Außerdem würde sie ihre Katze niemals alleinlassen. Irgendetwas muss also wirklich passiert sein«, sage ich zu dem Polizeibeamten hinter dem Schalter, der sich bei mir mit einem Namen vorgestellt hat, der so ähnlich wie Jajavonderwatten klingt. Er ruft für mich die Kriminalabteilung an und murmelt etwas in den Hörer, während er mich etwas schräg von unten ansieht.

»Es kommt gleich jemand zu Ihnen«, sagt er, als er den Hörer auflegt und sich wieder seinem Stapel Formularen widmet. Er hat Mitesser um die Nase herum, und ich frage mich, ob Männern das Vergnügen bekannt ist, diese Dinger auszudrücken: Erst die richtige Position der Fingerspitzen finden, dann sanften Druck ausüben, einen Moment lang passiert nichts, bis sich eine feste, weiße Schliere mit einem schwarzen Kopf herauswindet. Eine Miniaturschlangenshow. Mir ist keine Frau bekannt, die dabei keine fast orgasmusähnliche Freude empfindet.

Ich drehe mich um und lehne mich mit dem Rücken an den Schalter. Selten habe ich einen ruhigeren Ort, als diese Wache gesehen. Da fragt man sich, woher die Produzenten von Polizeiserien wohl ihre Informationen haben.

Kurz darauf erzähle ich einem jungen Kriminalbeamten meine wenig sensationelle Geschichte. Der Mann sieht aus, als hätte er wichtigere Dinge im Kopf, als eine tote Katze und eine Schwester, die sich nicht an ihre Verabredung gehalten hat.

»Es gibt also keine Hinweise, dass Gewalt angewandt wurde?«, unterbricht er mich, »es wurde nicht eingebrochen, es kam zu keinerlei Handgreiflichkeiten, und Sie haben keine Blutspuren entdeckt? Um es kurz zu machen: Es gibt keinen Grund anzunehmen, dass Ihre Schwester unfreiwillig ihr Haus verlassen hat?«

Ich schüttle den Kopf. Dabei denke ich an Floors Gewissenhaftigkeit, was Verabredungen betrifft. Ich habe jedoch keine Lust, ihm das noch einmal zu erklären.

Hinter mir öffnet sich die Eingangstür, und ein streitendes Ehepaar tritt ein. »Und ich sage noch, du sollst deine Kamera nicht im Auto liegen lassen!«

»Wenn Sie morgen früh wiederkommen, wird sich einer meiner Kollegen für Sie etwas mehr Zeit nehmen können.« Er sieht an mir vorbei auf das Ehepaar und danach auf seine Armbanduhr.

Ein paar Minuten lang blieb ich auf dem Bürgersteig vor der Wache stehen. Es hatte aufgehört zu regnen, und eine fahle Sonne spiegelte sich in den Pfützen, durch die die Autos mit einem plätschernden Geräusch fuhren. Das Wasser spritzte an den vorbeilaufenden Fußgängern hoch, die das jedoch, da sie ohnehin schon nass waren, erstaunlich wenig kümmerte. Ich hatte keine Ahnung, in welche Richtung ich gehen musste.

Nachdem wir die Katze gefunden hatten, war ich ins Auto gesprungen, um zur Polizeiwache zu fahren, doch ich hatte nirgendwo einen Parkplatz finden können. Schließlich hatte ich den Wagen dann irgendwo in einer mir komplett unbekannten Gegend abgestellt. Das Einzige, woran ich mich erinnerte, war, dass ich in einer Wohnstraße auf einem Anwohnerparkplatz widerrechtlich geparkt hatte und danach im Laufschritt durch eine volle Einkaufsstraße geeilt und so zur Wache gekommen war. Auf gut Glück bog ich nun in irgendeine Straße ein. Die Stadt, die ich doch eigentlich gut kannte, kam mir auf einmal feindselig vor. Ich hatte einen Kloß im Hals und spürte, wie Tränen der Wut in mir hochstiegen. Francien war die Einzige, die glaubte, dass Floor etwas zugestoßen war. In den Augen des Kriminalbeamten war ich einfach eine hysterische Frau, die einen ziemlichen Aufstand um nichts machte. Aber ich konnte doch unmöglich so tun, als ob nichts passiert wäre? Einfach nach Hause gehen und denken: Sie wird sich schon wieder melden! Abgesehen von meiner Mutter war ich das einzige erwachsene Familienmitglied, das sie noch hatte. Wenn ihr etwas zugestoßen sein sollte, wäre ich die Person, die etwas unternehmen müsste. Auch wenn ich im Moment nicht die geringste Ahnung hatte, wie ich das anstellen sollte. Wenn jemand krank ist, lässt man einen Arzt kommen, wenn jemand tot ist, begräbt man ihn, aber was macht man mit jemandem, der verschwunden ist? Suchen. Das ist zwar einfach gesagt, aber wie und wo fängt man damit an?

Irgendwann stand ich dann mit einem Mal neben meinem Auto, nicht wirklich erstaunt darüber, dass ich es gefunden hatte. Auf der Rückbank lagen die ramponierten Blumen und die Flasche in ihrem nassen, zerfetzten Karton. Es schien eine Ewigkeit her zu sein, dass ich von zu Hause weggefahren war – voller Vorfreude auf einen netten Tag mit Floor.

Ich setzte mich hinters Lenkrad. Die nassen Klamotten klebten an meiner Haut. Mir war warm, doch gleichzeitig fröstelte ich. Die Sonne war nun ganz hervorgekommen, und über der Straße hing ein verschwommener Dunst. Ich seufzte und holte mein Handy heraus.

Frank ist erstaunt, dass ich anrufe.

»Und, ist es nett bei euch?«, fragt er.

Ich erkläre, dass meine Schwester verschwunden ist.

Dass ich umsonst auf die Polizeiwache gefahren bin, obwohl ich mir ganz sicher bin, dass etwas passiert ist, etwas Schlimmes, und dass ich nun patschnass im Auto sitze, um all meinen Mut zusammenzunehmen und eine verweste, mit Maden befallene Katze aus einem Kleiderschrank zu schaffen.

»Mein armer Schatz …«, sagt er pflichtschuldig. Ich kann an seiner Stimme hören, dass von dem, was ich ihm erzählt habe, kaum etwas zu ihm durchgedrungen ist.

Ich weiß, dass er gerade an einem Umbauentwurf sitzt – reiche Leute, die ein denkmalgeschütztes Haus von innen modernisieren wollen, unter dem strengen Auge der Denkmalpflege. Frank arbeitet schon eine Zeit lang daran und klagt unglaublich viel, weil er sich, abgesehen von seinem Auftraggeber, noch mit einem Haufen anderer Leute herumschlagen muss. Diese Kommission meint dies, aber jene Instanz meint das – immer zwei Schritte vor und einen zurück. Er kann es nicht leiden, bei seiner Arbeit gestört zu werden, und normalerweise tue ich das auch nicht. Außer, wenn es etwas Außergewöhnliches gibt, und als solches dürfte man die Ereignisse von heute Morgen ja wohl durchaus bezeichnen.

»Eine verweste Katze, voller Maden«, wiederhole ich der Deutlichkeit halber noch einmal.

»Das kommt vom warmen Wetter in den letzten Wochen«, sagt er abwesend, als ginge es um Milch, die im Kühlschrank sauer geworden ist.

»Frank, du bist doch zum Essen zu Hause?«

»Das schaffe ich nicht, keine Ahnung, wie spät es wird, warte nicht auf mich.«

Ich verkneife mir eine bissige Bemerkung, klappe das Handy zu und starte den Motor. Dabei frage ich mich, warum Floor wohl so schnell und unerwartet ihr Haus verlassen hat, dass sie sich nicht einmal mehr um ihre Katze hatte kümmern können.

Zum zweiten Mal fahre ich aus der Stadt hinaus. Inzwischen herrscht dichter Berufsverkehr, und es regnet wieder Bindfäden – eine Kombination, die mich bestimmt eine halbe Stunde extra kosten wird. Anfahren, voller Hoffnung ein paar Hundert Meter lang Gas geben und wieder abbremsen. Mir ist ein bisschen übel, aber das kann auch daran liegen, dass ich seit heute Morgen nichts gegessen habe. Hinter mir fährt ein schmutzigweißer Fiat-Lieferwagen. Der Fahrer hat wirre Locken, die ihm wie ein Heiligenschein um den Kopf stehen. Seit er hinter mir ist, hat er sein Handy am Ohr. Der Verkehrsbericht meldet, dass es heute mehr Staus als sonst gibt, was mit dem Wetter und mit etlichen Auffahrunfällen zu tun hat. Ich fahre wieder an, und dieses Mal dauert es bestimmt ganze fünf Minuten, bevor die Bremslichter der Autos vor mir wie in einer Kettenreaktion aufleuchten. Noch bevor mein Auto zum Stillstand kommt, erfolgen der Schlag und der Aufprall. Ich werde nach hinten gegen die Rücklehne gedrückt und dann in einem Schwung nach vorne geschleudert. Danach wird mein Oberkörper erneut gegen die Rücklehne geschmettert. Ich schnappe nach Luft und öffne die Fahrertür. Dies ist der Moment, auf den ich den ganzen Tag gewartet habe – endlich jemandem aus tiefstem Herzen meine Verwünschungen ins Gesicht brüllen. Der Mann, der nun neben seinem Fiat steht, wirft mir einen kurzen Blick zu und verschwindet dann wieder in seinem Wagen, um irgendetwas, für mich Unersichtliches, auf dem Vordersitz zu erledigen.

Ich laufe mit großen Schritten auf ihn zu.

»Sie brauchen sich wirklich keine Mühe mehr zu geben, Ihr Handy zu verstecken. Ich habe es schließlich die ganze Zeit über in meinem Rückspiegel gesehen«, bemerke ich.

Er guckt mich mit einem dämlichen Grinsen an. Die Vorderseite seines Wagens hat es, wie ich jetzt sehe, tüchtig erwischt. Meine Stoßstange hat nur eine winzige Delle davongetragen. Eigentlich nichts, woraus man eine große Sache machen würde, abgesehen davon, dass er einen Unfall verursacht hat, weil er sein Handy am Ohr hatte. Aber was habe ich schon davon. Es wird mich nur eine Menge Zeit kosten, und das Einzige, was ich will, ist, endlich zu Hause sein und Frank erzählen, was passiert ist. Selbst mein Verlangen, diesen Scheißtag an jemandem abzureagieren, ist wieder verebbt.

»Ist ja nicht viel passiert«, bemerkt der Mann, als er mein Auto begutachtet. Seine Locken liegen mit zunehmender Regenmenge immer platter an seinem Kopf an. An seiner Art zu reden merke ich, dass er das Gefühl hat, von mir nichts befürchten zu müssen.

»Schön, dass Sie das so sehen«, erwidere ich.

»Na ja …« Er zieht die Schultern hoch.

»Können Sie sich keine Freisprechanlage leisten?«

»Das ist nicht mein Auto«, antwortet er, »ich werde also schon genug Ärger bekommen.«

»Na, dann viel Spaß dabei.« Ich laufe zurück zu meinem Auto, mit gesenktem Kopf, um mich vor dem schlimmsten Regen zu schützen. Als ich einsteigen will, merke ich, dass er neben mir steht.

»Sollen wir vielleicht zusammen was trinken gehen?«

»Das fehlt mir noch zu meinem Glück!«

Er kann gerade noch rechtzeitig seine Hand zurückziehen, bevor ich die Tür zuschlage.

Ich hatte Frank sechs Jahre nach meiner Scheidung kennengelernt. Das war auf dem Neujahrsempfang eines Verlages, mit dem wir beide geschäftlich zu tun hatten.

Ich, weil dort im Jahr zuvor ein paar Reisebücher herausgebracht worden waren, für die ich in eigenem Namen die Texte geschrieben hatte, und Frank, weil er den geplanten Umbau des Verlagsgebäudes realisieren sollte. Wir kannten beide niemanden – bis auf unseren direkten Auftraggeber, der allerdings mehr damit beschäftigt war, Hände zu schütteln, als dass er sich um uns hätte kümmern können. Ich hatte mich etwas von der Menschenmasse wegbewegt und fragte mich gerade, ob ich wohl schon gehen könnte, ohne dass dies allzu unhöflich wirken würde. In dem Moment gesellte Frank sich zu mir.

»Sollen wir abhauen?«

Wir holten unsere Jacken und huschten kurz darauf wie zwei Schulschwänzer aus der Tür. Draußen war es glatt. In den Tagen zuvor hatte es im Wechsel ununterbrochen geschneit, geregnet und gefroren. Wir mussten uns daher aneinander festhalten, um nicht auf unerwartet eisigen Stellen auszurutschen.

»Wohin gehst du eigentlich?«, fragte ich.

Frank antwortete, er würde ein italienisches Restaurant kennen, wo es die beste Lasagne der Welt gäbe.

»Und nun möchtest du, dass ich dich bis zur Restauranttür begleite?«

»Ich möchte, dass du mit mir zusammen isst.«

Ich sah auf meine Armbanduhr. »In einer Stunde muss ich zu Hause sein. Nichts da, nettes, italienisches Restaurant. Mein Sohn hat eine neue Verlobte, und ich werde sie mit einem Grünkohleintopf beeindrucken.«

Er blieb stehen, die Enttäuschung auf seinem Gesicht tat mir gut.

»Dann vielleicht ein anderes Mal?«

»Gib mir doch deine Karte, dann rufe ich an.«

Er zog eine Visitenkarte aus der Jacketttasche.

»Rufst du auch wirklich an?«

»Wahrscheinlich schon«, sagte ich.

Sie mochte keinen Eintopf, und ehrlich gesagt hätte ich mir das auch schon vorher denken können. Thijs bringt immer solche anorektisch anmutenden Wesen nach Hause. Lange Beine, lange blonde Haare. Nichts dagegen einzuwenden – mit solchen Genen kann man Königin werden –, aber Eintopf essen, das ist völlig ausgeschlossen. Und erst recht nicht meinen Eintopf mit gebratenem Speck, den man, wenn mich nicht alles täuscht, früher Grieben nannte.

Thijs ist ein großer Fan von meinen Eintöpfen, und er schaufelte ihn auch tüchtig in sich hinein, während Esther ab und zu mit unglücklichem Gesicht ihre Gabel in eine Miniportion davon steckte. Der Anblick der groben Wurst – ein Geruch, der mir wahrhaft das Wasser im Munde zusammenlaufen ließ – hatte auf sie anscheinend eine eher negative Wirkung; sie war ganz offensichtlich kurz davor, sich zu übergeben. Ich fragte mich, ob sie auch wieder eine von denen war, die sich nach dem Essen, eine unverständliche Ausrede murmelnd, aufs Klo zurückziehen, um dort erst einmal zu verweilen. Zum Nachtisch gab es selbstgemachtes Tiramisu, eine Heidenarbeit, wenn man sich weigert, das Rührgerät zu benutzen, und alles mit der Hand schlägt, den Eidotter mit dem Zucker, das Eiweiß in einer extra Schale, bis steife Spitzen entstehen. Und dabei weiß man, dass nur zwanzig Zentimeter von einem entfernt im Küchenschrank der elektrische Mixer steht! Aber handgeschlagen wird das Ergebnis einfach viel luftiger, als man das von einem Gericht mit so vielen kalorienreichen Zutaten erwarten würde. Mein eigentliches Problem dabei ist, nicht die halbe Schüssel aufzufuttern, bevor der Nachtisch überhaupt fertig ist. Jeglicher Rührteig, Mürbeteig für Obstkuchen und Tiramisu – im tiefsten meines Herzens schmecken sie mir im Rohzustand besser, als wenn sie fertig sind. Natürlich wollte Esther nichts davon essen.

»Ich habe schon so viel gegessen!«

Thijs nahm eine doppelte Portion – immer wieder verwunderlich, dass jemand, der so viel isst, so schmächtig sein kann. Das hat er von seinem Vater. Ich dagegen nehme schon zu, wenn ich die Schokolade nur ansehe. Ich bot Esther eine Orange an, doch sie lehnte höflich ab. Sie murmelte irgendeine Ausrede und verschwand dann in Richtung Toilette. Ich tauschte einen Blick mit Thijs – der meine war hoffentlich neutral, seiner machte keinen Hehl aus der ganzen Situation. Es hätte mich gewundert, wenn Esther sich je wieder an meinen Tisch gesetzt hätte.

Ich wartete genau fünf Tage ab, bevor ich anrief. Ich wollte keinen zu interessierten Eindruck machen. Singlefrauen können Männern das Leben ganz schön schwer machen, habe ich irgendwo mal gelesen. Während ein Mann meist eher auf ein unverbindliches Verhältnis aus ist, fällt die Frau oftmals gleich mit der Tür ins Haus. Und weil Frank nun auf keinen Fall denken sollte, ich hätte auf ihn gewartet, zögerte ich den Anruf immer weiter hinaus. Nach fünf Tagen gab ich mich jedoch geschlagen. Glücklicherweise tat er nicht so, als ob er sich nicht mehr erinnern könnte. Mit dieser Möglichkeit hatte ich ernsthaft gerechnet, ohne dass ich darauf übrigens eine passende Reaktion parat gehabt hätte. Aber er gab sich ganz gelassen, und schwer rumzukriegen war er anscheinend auch nicht.

»Schön, dass du anrufst«, sagte er. »Ich habe heute Abend noch nichts vor. Und du?«

Ich antwortete, dass ich auch nichts vorhätte, und wir machten aus, nun doch noch zusammen seine Lasagne zu essen.

Ich war schon seit Stunden wach, hatte bereits im Badezimmer Lidschatten und Wimperntusche aufgetragen und mich dann wieder zu ihm ins Bett gelegt. Er schlief tief und fest, ohne jegliche Regung. Ich lag auf den Ellenbogen gestützt da und sah ihn eine Weile an. Dieses schlafende Gesicht neben mir rief wenig in mir hervor. Ich kannte ihn kaum, vor ein paar Stunden hatten wir miteinander geschlafen. Es war nichts Weltbewegendes gewesen, aber doch angenehm genug, dass er über Nacht hiergeblieben war.

Nun studierte ich mit fast wissenschaftlichem Interesse die blaugrauen Ringe unter seinen Augen, den Mund, der ein Stück weit offen stand und aus dem ein unverkennbarer Geruch nach Papageienkäfig drang. Aus der Decke guckte seine Schulter hervor, auf der ein etwas fettiger Film lag. Seine Locken waren vom Nachtschweiß feucht geworden und sahen nun ziemlich plattgedrückt aus. Was ich attraktiv an ihm gefunden hatte, gehörte ganz offensichtlich zu Frank in wachem Zustand. Ich stand auf und ging duschen. Als er danach immer noch wie ein totes Stück Holz im Bett lag, fing ich an zu frühstücken. Er kam herunter, als ich gerade dabei war, den Abwasch vom Vorabend zu erledigen. Er küsste mich auf den Mund. Zähne nicht geputzt. Aber solche Dinge kann man jemandem beibringen – dachte ich damals noch. Er gefiel mir übrigens wieder, als ich ihn durch die Küche schlurfen und sein Frühstück zubereiten sah. Ein Stück größer als ich, fast etwas schmächtig, jedoch mit einem strammen Hintern. Ich lehnte mit einem Becher Tee in der Hand an der Heizung und beobachtete, wie er sechs Butterbrote nebeneinander auf dem Tisch platzierte, die er im Anschluss äußerst sorgsam mit so vielen verschiedenen Sorten Aufschnitt belegte, wie er im Kühlschrank finden konnte. Er klappte die Brote zusammen und stapelte sie halb übereinander auf den Teller, den ich ihm zuschob. Ich schenkte ihm Kaffee und mir selbst Tee ein und folgte ihm zum Esstisch. Frank setzte sich an den Kopf des Tisches, und ich nahm neben ihm Platz, an der langen Seite. Er zog die *Volkskrant* zu sich heran, in der ich gerade gelesen hatte.

»Möchtest du auch einen Teil davon haben?«

»Oh ja, gerne!« Der Sarkasmus in meiner Stimme entging ihm ganz offensichtlich.

Er strich die Titelseite glatt und begann zu lesen. Ich habe gestoppt, dass es fünfundzwanzig Minuten dauerte, bis sein Teller leer war. Die ganze Zeit über saßen wir lesend nebeneinander. Danach schob er die Zeitung von sich weg und erklärte, es sei ein köstliches Frühstück gewesen, doch jetzt müsse er nach Hause, wo noch eine Menge Arbeit auf ihn warte.

So einen Idioten musst du natürlich eigentlich zur Tür begleiten und – ohne ein weiteres Wort zu verlieren – hinaussetzen.

Wenn du das nicht tust, bleibst du an ihm hängen.

Er heißt Erik Verheul, Kriminalbeamter. Verheul ist um die vierzig, hat einen gelassenen Gesichtsausdruck und freundliche Augen. Auf dem Weg zum Sprechzimmer zieht er zwei Becher Kaffee aus dem Automaten.

»Nun erzählen Sie mal«, sagt er, als wir einander gegenüber Platz genommen haben. Ich werde von einem Gefühl der Hilflosigkeit übermannt. Jetzt habe ich endlich die Möglichkeit, mit jemandem zu reden, der etwas Wesentliches für Floor tun könnte, aber ich weiß nicht, ob das, was ich zu erzählen habe, interessant genug ist. Ob meine Geschichte ihn in dem Maße überzeugt, dass er wirklich etwas unternehmen wird.

Er sieht auf einen Block mit den Aufzeichnungen seines Kollegen vom Vortag.

»Ihre Schwester Floor Verberne ... Sie hatten sich mit ihr verabredet, aber sie war nicht zu Hause. Zusammen mit der Nachbarin haben Sie im Haus nachgesehen. Keine Spuren von Einbruch oder sonstiger Gewalt, jedoch eine tote Katze im Schlafzimmer Ihrer Schwester. Das Auto ist aus der Garage verschwunden, genau wie ihre Umhängetasche mit persönlichen Dokumenten. Ist das korrekt so?«

Ich nicke, meine Kehle ist trocken.

»Gut, dann wollen wir noch mal alles zusammen durchgehen.«

Ich fange an zu erzählen. Von Zeit zu Zeit macht er sich Notizen.

»Vom 12. Juni an hat Ihre Schwester also keine Zeitungen und Post mehr hereingeholt?«

Ich nicke.

»Waren persönliche Briefe in der Post?«

»Nur Rechnungen. Und eine Karte von einer Freundin aus Griechenland.«

»Waren Nachrichten auf dem Anrufbeantworter?«

»Der war ausgeschaltet.«

»Und auf ihrer Mailbox?«

Ich erkläre, dass ich ihr Handy nicht habe finden können, was eigentlich logisch ist, da sie es immer in ihrer Umhängetasche hat.

Als er alles aufgenommen hat, seufzt er kurz auf.

»Ich will ehrlich zu Ihnen sein. Wie es bisher scheint, gibt es keinerlei Anknüpfungspunkte. Es gibt nicht einen einzigen Hinweis darauf, dass hier ein Verbrechen stattgefunden hat. Die Katze ... ich gebe zu, das ist merkwürdig, es passt nicht zu dem, was Sie über Ihre Schwester erzählen. Aber sie kann natürlich auch jemanden beauftragt haben, für ihre Katze zu sorgen. Sie hatten doch gesagt, dass die Nachbarin, die sich sonst immer um die Katze gekümmert hat, im Urlaub war? Dieser unbekannte Dritte hat sich vielleicht einfach nicht an die Verabredung gehalten. Für besonders wahrscheinlich halte ich das allerdings nicht, denn Leute, die so etwas versprechen, tun das dann im Allgemeinen auch.«

Er tippt mit seinem Kugelschreiber auf den Tisch.

»Aber was werden Sie jetzt machen? Irgendetwas muss man doch unternehmen?« Meine Stimme zittert, ich räuspere mich.

»Ich gebe alle ihre Daten ins Computersystem ein. Das bedeutet, dass, wenn ihr Auto oder sie selbst gefunden wird, wir direkt benachrichtigt werden.«

»Das heißt soviel wie abwarten«, bemerke ich, »was ich aber wissen wollte, ist, was Sie *tun* werden.«

»Wenn Sie darunter eine aktive Suche verstehen, muss ich Sie leider enttäuschen.«

Ich sehe ihn ungläubig an.

»Das kann doch nicht wahr sein«, sage ich. »Meine Schwester ist verschwunden. Wir befinden uns im einundzwanzigsten Jahrhundert. Holland! Menschen verschwinden doch nicht einfach mal so?«

Er sieht mich mit einem etwas mitleidigen Blick an.

»Sie sollten wissen ...«, setzt er an.

»Da komme ich schon mal früh nach Hause, und dann bist du nicht da«, sagt Frank. Ich sehe ihm an der Nasenspitze an, dass er lügt. Wahrscheinlich ist er gerade hereingestürzt, ein paar Minuten bevor ich vollkommen erschöpft durch die Haustür gestolpert kam. Er kommt so gut wie nie zu einer normalen Uhrzeit nach Hause. Ausgerechnet jetzt, da jeder klagt, dass er zu wenig Arbeit hat, beschwert er sich, dass er die Menge an Arbeit kaum bewältigen kann.

»Nicht nörgeln, bitte«, sage ich, als ich vor ihm stehe. Er legt seine Hände auf meinen Po, und ich tue das Gleiche bei ihm. Sein Mund schmeckt nach Whisky.

»Um wieviel Uhr hast du denn angefangen zu trinken?«

»Ein Kunde«, sagt er unbestimmt, »was möchtest du?«

Ich höre, wie er in der Küche Eiswürfel in meinen Martini gleiten lässt.

»Was ist denn jetzt genau passiert?«, fragt er, als er mir das Glas reicht.

Beim Erzählen merke ich selbst, wie albern meine Geschichte klingt. Die Schwester hält sich nicht an eine Verabredung – darum geht es eigentlich in Kürze. Nur die Katze, das ist merkwürdig, dafür lässt sich einfach keine Erklärung finden.

»War das Schlafzimmerfenster offen?«, fragt Frank.

Ich denke an den unerträglichen Gestank und die beklemmende Hitze. Außerdem wäre die Katze dann nicht im Schrank verendet, sondern durchs Fenster entflohen.

»Schade«, sagt Frank, »denn stell dir vor, sie war bei jemandem untergebracht. Von dort ist sie weggelaufen, um nach Hause zurückzukommen, wo sie dann wiederum gestorben ist. Es gibt Katzen, die halb Europa durchquert haben, um nach Hause zu kommen. Ich meine, theoretisch möglich wär's ja gewesen.«

»Das Fenster war zu«, wiederhole ich. Das Zimmer fängt ein wenig an sich zu drehen. Nicht besonders schlau, zu trinken, ohne davor etwas gegessen zu haben. Aber ich weiß nicht einmal mehr, ob ich überhaupt noch etwas essen will. Eigentlich weiß ich gar nichts mehr. Dieser ganze verdammte Tag ist ein einziger Albtraum gewesen, das Einzige, was ich will, ist aufwachen und Frank erzählen, was für einen furchtbaren Traum ich hatte.

Es ist jetzt drei Tage her, dass ich erst den Katzenkot und danach die schleimigen, stinkenden Überreste der Katze mit Kehrblech und Besen in eine Mülltüte entsorgt habe. Dabei glitt das rote Katzenhalsband über das ausgemergelte Köpfchen mit dem übel zugerichteten Fell. Und schwupps, rutschte dabei noch ein Auge mit – das kleine Glöckchen am Halsband bimmelte fröhlich. Ich hatte Gummihandschuhe angezogen und mir ein Geschirrtuch über Mund und Nase gebunden. Dennoch spürte ich beim Abseifen des Schrankbodens, wie mir die Galle hochkam.

Floors Kleider hingen auf Bügeln vor den weit geöffneten Fenstern, doch der Verwesungsgeruch hatte sich darin festgesetzt. An ihrer Stelle würde ich sie nie mehr anziehen, aber das musste sie selbst entscheiden, wenn sie wieder zu Hause war. Es machte mir Mut, das einfach so zu denken, automatisch davon auszugehen, dass sie wieder auftauchen würde. Doch mit jeder Stunde, in der ich keine Nachricht von ihr erhalten hatte, wurde ich unsicherer, ob wirklich alles gut ausgehen würde. Eine Untergangsstimmung hatte sich in mir breitgemacht – auch wenn ich alles dagegen unternahm, die düsteren Gedanken, die pausenlos in mir aufkamen, zu unterdrücken. Besonders erfolgreich war ich dabei jedoch nicht.

Als der Schrank sauber war und ich alles, was ich zum Putzen benutzt hatte, in einem fest verknoteten Müllsack in der grünen Tonne verstaut hatte, machte ich Kaffee. Ich war davor noch nie allein in Floors Haus gewesen, außer vielleicht mal unten, wenn sie kurz hochgegangen war, um sich umzuziehen oder etwas zu holen. Ich verspürte den Drang, laut ihren Namen zu rufen. Ich trank meinen Kaffee im Stehen. Danach spülte ich den Becher ab und ging zurück ins Schlafzimmer, um Floors Kleider wieder in den Schrank zu hängen und die Fenster zu schließen. Auf den ersten Blick hätte man nicht gedacht, dass hier in diesem Zimmer eine Katze schreiend vor Hunger verendet war. Aber der Geruch von Exkrementen und Urin war noch äußerst präsent. Der Teppich müsste eigentlich zusammengerollt und weggeschmissen werden, genau wie die Überdecke, die auch nicht mehr zu retten war. In diesem Moment konnte ich jedoch nicht mehr die Energie dazu aufbringen. Am liebsten wäre ich sofort weggefahren, nach Hause, zu Frank, irgendwohin, wo alles normal war. Wo die Welt noch zu überschauen und die Dinge zu verstehen waren. Aber das ging nicht. Meine Schwester war verschwunden, und hier im Haus musste des Rätsels Lösung zu finden sein.

Als ich wieder unten bin, setze ich mich an Floors Schreibtisch, ein elegantes semi-antikes Ding mit gebogenen Beinen und Schubladen mit kleinen Messingknöpfen. Die Scharniere der Schreibplatte würden auf der Stelle versagen, wenn man dort einen Laptop abstellt, aber Floor hat sich noch nie für technische Dinge interessiert. Das Einzige, was hier liegt, ist ein Terminplaner aus beigefarbenem Leder und daneben ein Füllfederhalter in derselben Farbe. An diesem Tisch hat sie Briefe an treue Freundinnen, Einladungen, Dankeskarten, Weihnachtskarten und Einkaufslisten geschrieben – Einkaufslisten wurden bei ihr grundsätzlich nach der effektivsten Laufroute erstellt. Ich ziehe eine Schublade nach der anderen auf und finde nichts anderes als Beweise für ihr bis ins Detail durchorganisiertes Leben. Hefte mit Überweisungsformularen von der Bank, Briefpapier mit ihren Initialen, Visitenkarten, eine Schachtel Tintenpatronen für ihren Füller, Briefe, die anscheinend nach Empfangsdatum geordnet wurden, und ein Notizblock. In der vierten Schublade, die ich aufziehe, liegen noch ein paar restliche Karten mit Jaaps Todesanzeige.

»Durch einen tragischen Unfall ist mein geliebter Ehemann Jaap Verberne ums Leben gekommen.«

Sie wusste es damals schon, das mit der Freundin. So wie jeder es wusste, der sie kannte. Ich nehme an, dass das der Grund für den eher distanzierten Text war. Kein Wort, das auf Trauer hindeutete. Ich erinnere mich an den Tag, als die Zeitungen die Fotos veröffentlichten. Ich war bei ihr. Die Morgenzeitung lag zusammengefaltet auf dem Küchentisch, an dem wir saßen und Kaffee tranken. So war nur die Hälfte der Fotos zu sehen, und zwar die von der Besatzung, dem Kapitän, den Kopiloten, dem Purser und den drei Stewardessen. Natürlich wusste sie, dass ich zu Hause bereits alle Fotos gesehen hatte, und noch heute verstehe ich nicht, wie es möglich war, dass wir darüber kein Wort verloren. Warum habe ich sie eigentlich nicht mit der Wirklichkeit konfrontiert? Warum habe ich sie nicht gezwungen, der Wahrheit ins Auge zu blicken, nämlich dem, was wirklich passiert war? So hätte sie wenigstens die Möglichkeit gehabt, ihren Kummer oder ihre Wut oder was auch immer irgendwie zum Ausdruck zu bringen.

An ihrer Stelle hätte ich geschrien, alles um mich herum kurz und klein geschlagen oder sonst was gemacht. Auf jeden Fall hätte ich *irgendetwas* getan. Sie nicht. Wir saßen wie feine Damen beim Kaffee und ignorierten die Zeitung, die zwischen uns lag. Schwestern. Ich war immer der Meinung gewesen, dass wir vertraut miteinander umgingen. Das nahm ich jedenfalls einfach mal so an, da ich selbst jedes Gefühl und wirklich alles, was in meinem Leben passierte, bei ihr loswerden konnte. Durch unsere Rollenverteilung war immer ich diejenige, die ihr Herz ausschüttete, und Floor diejenige, die zuhörte. Das sagt schon Einiges aus – die Vertraulichkeiten kamen immer von meiner Seite. Im Gegenzug für diese Herzensergüsse kam selten ein Bekenntnis von ihr. – »Ich erlebe doch so wenig.« – »Ach ja, du weißt doch, wie das ist, einmal Jaap, immer Jaap.«

Und es stimmte tatsächlich, dass in meinem Leben mehr passierte als in ihrem. Und doch unterhielt Jaap während der gesamten, scheinbar ruhigen Ehejahre mit Floor eine lange, feste Beziehung mit dieser Blondine, mit der er dann schließlich zusammen ums Leben kam. Etwas Intimeres kann man sich wohl kaum vorstellen. Hat Floor von dieser Geschichte wirklich nie etwas gemerkt, oder hat sie sich dafür entschieden, sie schlichtweg zu ignorieren? Wie schlau war Floor wirklich? Wie berechnend? War ihr Leben in dem schönen Haus, mit dem angenehmen Einkommen, ihr mehr wert als die Konfrontation mit ihrem Ehemann? Ist es nicht oftmals die beste Lösung, zu ignorieren, dass man betrogen wird? Einfach so zu tun, als wäre nichts passiert?

»Schon wieder Überstunden? Mein armer Schatz, dir muten sie aber auch einiges zu!«

Kommt man damit nicht wesentlich weiter, als wenn

man ihm eine Szene macht und ihn damit zu einer Entscheidung zwingt? Letztes wäre eher mein Stil. Als Fachfrau auf diesem Gebiet kann ich nur sagen, dass man in so einem Fall nicht den Hauch einer Chance hat.

» ... sonst setz ich dich vor die Tür!« – Ich höre noch meine eigenen Worte. Ich sehe mich dort stehen, als Göttin der ausgleichenden Gerechtigkeit, mit glühenden Augen, der ausgestreckte Arm weist in Richtung Tür. Und da zog er von dannen, mein Ehemann. Er kam ziemlich gut dabei weg. Doch hatte ich ihm den Ausweg nicht selbst aufgezeigt? Auf der obersten Treppenstufe saß Thijs, gerade neun Jahre alt. Er war von unserem Geschrei aufgewacht, war aber zu verängstigt, um nach unten zu kommen. Ich nahm ihn erst später wahr, als das Geräusch der zugeschlagenen Haustür verebbt war und ich mich auf die unterste Stufe fallen ließ – den Kopf in die Hände gestützt, zu durcheinander, um zu heulen.

Und dann erklang das dünne Jungenstimmchen.

»Mam ... kommt Papa nie mehr wieder?«

Da saß Thijs, dreizehn Stufen über mir. Und er lag mit seiner Ahnung richtig: Papa kam nie mehr wieder.

Wir saßen uns an Floors Küchentisch gegenüber, die Zeitung mit den Fotos der Opfer zwischen uns. Und auf einmal fragte ich mich, ob wir eigentlich je wirklich ein enges Verhältnis gehabt hatten und wenn ja, worin dieses wohl bestanden hatte. Wahrscheinlich war die Tatsache, dass wir Eltern, Jugend und dieselben Erinnerungen teilten, der einzige Grund. Viel mehr war da beim besten Willen nicht – zumindest nicht genug für sie, um sich mir anzuvertrauen. Aber solange alles in Ordnung war, war das ja auch mehr als ausreichend.

Ich hatte ihr versprochen, die Adressen zu schreiben,

und sie gab mir den Pappkarton mit dem Stapel schwarz umrandeter Umschläge. Ihr Gesicht war angespannt, keine Spur von Tränen zu sehen. Das war bei mir schon anders. Ich hatte Jaap gemocht. Er war ein netter Schwager gewesen, der immer für einen da war. Nachdem Bob gegangen war und sich kaum mehr um seinen Sohn kümmerte, wurde Jaap Thijs' Lieblingsonkel. Kleine Raufereien auf dem Fußboden, eine Partie Fußball im Garten und später, als Thijs älter war, gingen sie zusammen zu einigen Spielen des Fußballclubs *De Graafschap*. Mit Jaaps Tod war ein weiterer Vater aus Thijs' Leben verschwunden, und man fragt sich, wie oft so etwas passieren darf, bis sich ein Junge überhaupt nicht mehr binden will. An diesem Morgen sah ich alles in Floors Küche durch einen Tränenschleier, weiter ließ ich es jedoch nicht kommen. Denn ganz offensichtlich stand Floor nicht der Sinn nach irgendwelchen emotionalen Ausbrüchen. Auch später habe ich sie nie weinen sehen. Sie weinte nicht einmal, als der Sarg hinabgelassen wurde und Jaaps Eltern am Grab vor Kummer und Scham zusammenbrachen. Floor dagegen hatte sich vollkommen unter Kontrolle. Mit kerzengeradem Rücken stand sie da in einem dunkelblauen Kostüm und praktischen Schuhen, mit denen man auch an einem matschigen Tag gut über den Friedhof laufen kann. Bei dieser Beerdigung blieb die Stimmung auch später noch eher steif und unterkühlt. Den Leuten fiel es schwer, beim Kondolieren die richtigen Worte zu finden. Kaffee und Kuchen wurden schweigend verzehrt, und nach weniger als einer halben Stunde waren alle Gäste verschwunden.

Floor wollte niemanden bei sich zu Hause haben. Ich durfte sie aber zumindest noch nach Hause bringen.

»Tschüss«, sagte sie, als sie vor ihrem Haus ausstieg.

Ich sah sie erhobenen Hauptes über den Kiesweg zur

Haustür gehen, meine Schwester, der das Chaos völlig fremd war, das in meinem Haus und oft auch in meinem Leben herrschte, meine Schwester, die mir einen großen Ordner reichte, nachdem ich wochenlang nach einem fehlenden Bon oder einer Rechnung gesucht hatte, die ich für die Steuererklärung brauchte.

»Hefte alles zusammen ab, dann hast du im nächsten Jahr nicht so viel Arbeit.«

Meine Schwester, die immer wieder ein Loblied auf ein geordnetes Leben und die dadurch entstehenden Annehmlichkeiten sang. Tja, und wer von uns beiden ist nun ausgerechnet verschwunden? Ist es nicht mehr als bizarr, dass ausgerechnet die geborene Schusseltante, die es sogar fertigbringt, falsch abzubiegen, obwohl sie den Weg schon mindestens hundertmal gefahren ist, jetzt an diesem Schreibtisch sitzt und versucht, in der hier herrschenden Ordnung einen Grund für das Unerklärliche zu finden?

Draußen vorm Fenster, vor dem verblühte Rosen ranken, schlägt das Hochsommerwetter der letzten Tage nun endgültig um. Dunkle Wolken ziehen in beängstigendem Tempo heran. Zudem geht ein tüchtiger Wind. Bei jeder kleinen Böe schlagen die Zweige des Rosenstrauchs mit einem stumpfen, quietschenden Geräusch gegen die Fensterscheibe. Ich beobachte dieses Schauspiel, während ich versuche, meine Gedanken zu ordnen. Das ist gar nicht so einfach, denn in meinem Kopf ist scheinbar nichts als Watte. Ich ziehe einen Block aus der Schublade und greife zu dem beigen Füller, um ihn gleich wieder zurückzulegen. Mit meinem eigenen Kugelschreiber in der Hand, den ich aus meiner Tasche gezogen habe, nehme ich an dem Schreibtisch Platz. »Floor ist verschwunden«, schreibe ich oben auf das leere Blatt. Ich kaue am Kugelschreiber und setze darunter: »Wo kann sie sein?« Danach streiche ich alles wieder durch. Was für eine törichte Frage, die aber gleichzeitig zu schwierig ist, um sie zu beantworten. Ich schiebe den Block von mir weg. Ich sollte mir natürlich zuerst einmal ihren Terminplaner vornehmen. Danach sollte ich die Namen im Adressbuch durchgehen. Schließlich könnte jeder Name irgendwelche Informationen zutage fördern, und es müsste doch wohl mit dem Teufel zugehen, wenn sich niemand finden ließ, der mehr von ihr wüsste als ich in diesem Moment.

Floors Terminkalender ist zu groß für eine normale Frauenhandtasche. Mich wundert es daher nicht, dass sie ihn ganz offensichtlich nur zu Hause benutzt. Ein aufwendiges Ding, mit Fächern für Plastikkarten und sogar einer Extratasche mit Reißverschluss. Wenn man ganz sicher gehen will, dass nichts herausfällt, kann man das ganze Ding auch noch mit einem Lederriemen mit Druckknöpfen verschließen, der wiederum zweistufenverstellbar ist. Ich starte meine Durchsuchung beim Deckblatt, das, bis auf den Namen des Herstellers und die Jahreszahl, jungfräulich leer ist. Etwas anderes hätte ich auch nicht erwartet. In meinem Terminkalender sind, noch bevor der Monat Januar vorbei ist, alle Deckblätter vollgekritzelt. Floors Kalender sieht dagegen aus, als würde er nicht oft benutzt. Keine Eselsohren, keine ausgerissenen Seiten, keine Spur von Wein- oder Kaffeeflecken. Ich seufze und arbeite mich durch Seiten mit kleingedrucktem Text, bis ich bei der Seite mit persönlichen Informationen anlange. Diese hat Floor peinlich genau ausgefüllt. Danach folgen Seiten mit Telefonnummern von fast allen internationalen Fluggesellschaften, den größten Hotelketten, Autovermietungen sowie Vorwahlnummern von Ländern, von denen ich nicht im Traum wüsste, warum ich dort anrufen sollte. Diese Seiten überfliege ich nur. Ich denke an meinen eigenen Terminkalender, den ich jedes Jahr von meiner Versicherung geschenkt bekomme. Für mich reicht er vollkommen aus, schließlich braucht man ja eigentlich nicht mehr als die Kästchen für die Tage. Wie spät es in New York ist, während ich zum Einkaufszentrum radle, interessiert mich da weniger.

Der Januar hat, ihrem Kalender nach zu urteilen, langweilig begonnen. Ein Termin beim Zahnarzt und einer mit Alice, ihrer besten Freundin. Doch in der zweiten Woche taucht ein Name auf, den ich nicht kenne. »Peter. 17:30!« Ich lege den Kalender vor mir auf den Tisch. Nur der Vorname und eine Uhrzeit. Ob das wohl heißt, dass Peter an dem Tag zu Floor nach Hause kam? Hätte die Verabredung irgendwo anders stattgefunden, würde wahrscheinlich eine Adresse dabeistehen. Oder zumindest der Name des Ortes, an dem sie sich verabredet hätten. Nur der Vorname – es kann eigentlich gar nicht anders sein, als dass irgendwo in Floors Kalender seine Adresse oder wenigstens seine Telefonnummer steht. Ich fange bei A an und lese jeden Namen, der in Floors ordentlicher Handschrift verzeichnet ist. Denn im Grunde ist es nicht ihre Art, jemanden im Alphabet unter seinem Vornamen zu vermerken. Doch offensichtlich habe ich sie da falsch eingeschätzt, denn erst bei P werde ich fündig: Peter und eine Telefonnummer ohne Vorwahl, also wird er höchstwahrscheinlich im selben Ort wohnen wie sie.

Ich tippe die Nummer ein und muss daraufhin einen Moment warten, bis schließlich abgenommen wird. Jemand ruft gehetzt »hallo«, und im Hintergrund vernehme ich Stimmengewirr.

»Hier spricht Emma van der Merve. Ich rufe für meine Schwester Floor Verberne an.«

»Ist sie krank? Sie ist letzte Woche nicht gekommen, das ist doch eigentlich gar nicht ihre Art.«

»Sind Sie Peter?«

»Ja, Liebes, willst du einen neuen Termin machen?«

Jetzt erkenne ich im Hintergrund das Geräusch eines Föhns.

»Sind Sie ihr Friseur?«

»Ja, was dachtest du denn, wen du am Telefon hast, meine Liebe. Ihren Freund?«

»Man kann ja nie wissen.«

»Na ja, bei mir schon. Also, neuen Termin?«

Ich weiß kurz nicht, was ich darauf antworten soll. Aber warum sollte ich eigentlich nicht selbst bei Floors Friseur vorbeischauen? Außerdem könnten meine Haare mal wieder einen anständigen Schnitt vertragen.

»Ja, gerne. Für mich.«

Er nennt einen Tag und eine Uhrzeit, und ohne weiter darüber nachzudenken, trage ich beides ein, auf einem weißen, unbeschriebenen Blatt in Floors Terminkalender. Ich verspüre fast ein Schuldgefühl, aber nun ist es zu spät. So kann es kommen, Floor. Kaum bist du nicht da, läuft alles anders, als du denkst. Wärst du doch einfach hiergeblieben, denke ich und bin im selben Moment erstaunt über das plötzliche Gefühl von Wut.

Erst als ich durch den April blättere, springt mir wieder etwas Auffälliges ins Auge. Erneut der Vorname eines Mannes: Cas. In diesem Fall steht jedoch eine Adresse dabei: *De Oude Hoeve.* 18:30. Ich kenne das Restaurant. Es liegt ein Stück außerhalb, inmitten von Wald und Feldern. Ich war dort mit Bob regelmäßig essen, in guten alten Zeiten, als noch nicht jedes Thema auf irgendeine Weise belastet war. Zu jener Zeit, als wir noch miteinander lachten und uns über unsere Wünsche und Sehnsüchte austauschten. Das waren Abende mit etwas zu viel Alkohol und Händchenhalten, an denen wir uns – wider besseres Wissen – vormachten, dass das mit uns gutgehen würde, im Großen und Ganzen oder zumindest nicht schlechter als gerade. *De Oude Hoeve*. Aber wo ist Cas' Adresse? Ich sehe zweimal nacheinander alle Namen durch, aber seinen finde ich nicht. Vielleicht hat *De Oude Hoeve* seine Adresse, falls er an jenem Abend reserviert hat.

Nach diesem ersten Mal im April begegne ich seinem Namen öfter wieder, manchmal zwei-, dreimal die Woche, gelegentlich erneut in Kombination mit *De Oude Hoeve*, ansonsten jedoch ohne weitere Ortsangabe. Mitte Mai steht sein Name dreimal hintereinander im Kalender, an einem Freitag und dem darauf folgenden Samstag und Sonntag. Ganz offensichtlich haben sie ein langes Wochenende miteinander verbracht. Ich denke an meine Telefongespräche mit Floor, mindestens alle vierzehn Tage, manchmal auch öfter. Mit keinem Wort hat sie erwähnt, dass ein Mann in ihr Leben getreten war. Jemand, mit dem sie ausging und die Wochenenden verbrachte. Und ich dachte, dass sie einsam war. Eine brave, etwas langweilige Frau, die nicht über den Tod ihres Mannes hinwegkam. Ich versuche mich zu erinnern, worüber sie überhaupt sprach, was sie mir eigentlich wirklich erzählte. Es muss wohl so wenig Eindruck hinterlassen haben, dass ich mich an nichts davon erinnere. Gerade erst habe ich damit angefangen, mich in ihr Leben zu vertiefen, und schon stehe ich vor ungeahnten Überraschungen. Nun gut, vielleicht hatte sie ihre Gründe, nicht über ihn zu sprechen, möglicherweise ist er verheiratet. Das wäre für Floor garantiert ein Grund, ihn zu verschweigen, denn wenn ihr eine Sache wichtig ist, dann ist das ihr Ruf. Auf der anderen Seite wusste sie, dass das, was sie mir erzählte, immer in guten Händen war. Sie hätte ja auch gar nicht alles über diesen Cas erzählen müssen, aber doch wenigstens, dass sie sich mit jemandem regelmäßig traf, dass es wieder jemanden in ihrem Leben gab.

Es ist nicht das erste Mal, dass ich seit ihrem Verschwinden in mir Wut aufsteigen spüre. Ich mache mir Sorgen. Ich versuche herauszufinden, was ihr zugestoßen sein könnte, gehe der Polizei mit Vermutungen auf die Nerven, für die ich keinen einzigen Beweis habe, und meine Schwester scheint die ganze Zeit ein Leben geführt zu haben, von dem ich nicht den Hauch einer Ahnung hatte. Wer sagt, dass sie nicht tatsächlich einfach weggefahren ist? Wer weiß, vielleicht mit diesem Cas, soll die Katze doch verrecken. Was weiß ich denn von ihr, von meiner Schwester, der Witwe, von meiner Schwester, der braven Hausfrau, die jede verblühte Rose zurückschnitt, damit sie so schnell wie möglich wieder neue Triebe bekam, von meiner Schwester, der Sphinx, der ich alles erzählte, was in meinem Leben passierte, auch wenn es noch so schmerzhaft, peinlich oder belastend war. Kein Wunder, dass sie eine so gute Zuhörerin war. Wenn man aus Prinzip selbst den Mund hält, bleibt einem nichts anderes übrig, als zuzuhören. Geschickt eingefädelt, Schwesterchen. Hut ab. Und ich bin voll darauf reingefallen. Das gute Verhältnis – auch wenn ich das Wort »eng« selbst nicht oft verwendet habe – hat nur in meiner Phantasie existiert.

Ich sitze noch immer mit ihrem Terminkalender da. Wütend schlage ich eine Seite nach der anderen um. Inzwischen bin ich im Juni angekommen, dem schwarzen Monat, diesem elenden Monat, in dem etwas passiert ist, was ich nicht verstehen kann. Ich fange von hinten an, bei dem Tag, an dem ich entdeckt habe, dass sie verschwunden ist. 28. Juni, ihr Geburtstag. Der Tag der verwesten Katze. 12. Juni, das Datum der untersten Zeitung auf der Fußmatte, der ersten Zeitung, die nicht mehr von ihr durchgeblättert wurde. Ich starre auf Floors Kalender und traue plötzlich meinen Augen nicht – in der tadellosen Handschrift meiner Schwester steht dort tatsächlich: CAS 18:30. Und das Datum oben auf der Seite: 11. Juni.

Das laute Kinderstimmengewirr im Hintergrund zwingt mich, meinen Namen zweimal zu wiederholen, bis Alice mich versteht.

»Emma? Tut mir leid, ich habe diese Woche Kinderdienst. Weißt du, dass ich mir nicht mehr vorstellen kann, es jemals normal gefunden zu haben, drei kleine Kinder um mich herum zu haben ...«

»Alice, weißt du vielleicht wo Floor ist?«

»Floor? Entschuldigung, ich muss hier gerade kurz hin.«

Ein Kind heult erbärmlich, und ich höre Alices besänftigende Stimme. Dann ist sie wieder zurück, sichtlich außer Atem.

»Du hast nach Floor gefragt? Meine Güte, Emma, ich habe keine Ahnung. Ich habe sie eigentlich schon eine ganze Weile nicht mehr gesprochen. Warte kurz, Marieke, Oma kommt gleich ... Ich habe sie an ihrem Geburtstag angerufen, aber sie war nicht da. Ich dachte, sie wäre vielleicht ein paar Tage mit dir unterwegs. Ihr habt doch immer eine feste Verabredung an diesem Tag, oder? Still jetzt, Julian, lass Oma mal ausreden.«

»Hast du wirklich gar keine Ahnung?«

»Ist etwas passiert?« Ihre Stimme klingt auf einmal anders.

»Sie ist weg, und ich weiß einfach nicht, wo sie sein kann. Ihre Katze war zu Hause. Verhungert.«

»Peter Pan? Aber Emma, das ist ja furchtbar. Und so gar nicht Floors Art. Sie organisiert doch immer alles so gut. Wenn ihr jetzt nicht ruhig seid, wird Oma sehr böse!«

Der Lärm im Hintergrund verstummt.

»Und was willst du jetzt machen?«

»Jeden einzelnen aus ihrem Adressbuch anrufen und hoffen, dass irgendjemand mir weiterhelfen kann.«

»Dorien brauchst du nicht zu versuchen, die ist im Urlaub. Und Franska ist schon seit einem Monat in ihrem Haus in Spanien. Ansonsten hab ich auch keine Idee.«

»Weißt du, ob sie einen Freund hat?«

»Floor? Schön wär's. Ich habe nie verstanden, warum so eine attraktive Frau keinen Mann findet. Aber sag mal, wie kann ich dir helfen?«

»Nachdenken«, sage ich. »Und wenn dir etwas einfällt, was für mich hilfreich sein könnte, dann ruf an.«

Am späten Nachmittag habe ich jeden angerufen, der in Floors Adressbuch steht. Auf dem Notizblock habe ich mir notiert, wen ich nicht erreichen konnte. Ich nehme mir vor, diese Liste morgen abzuarbeiten, ohne besondere Hoffnung, dass etwas dabei herauskommen wird. Tatsächlich hat mir keiner von denen, die ich gesprochen habe, etwas von Floor erzählt, was mich irgendwie weitergebracht hätte. Sie alle reden gleichbleibend nett von ihr. Freundlich, herzlich, hilfsbereit – Wörter, die auf viele Leute zutreffen. Ich habe nicht das Gefühl, dass jemand sie wirklich kennt, oder schlimmer noch: Es scheint, als würde es niemanden wirklich stören, so wenig von ihr zu wissen. Doch dass sie einfach von einem Tag auf den anderen verschwunden ist, erstaunt alle.

»Floor verschwunden? Das sieht ihr aber gar nicht ähnlich!«

Als müsste man irgendwie aufregender sein, um vermisst zu werden. Eine ehemalige Nachbarin, die ich auch ein paar Mal getroffen habe und mit der Floor noch immer Kontakt hat, erzählt, dass Floor einige Wochen vor ihrem Geburtstag, als sie zusammen Kaffee tranken, ein eigenartiges Telefongespräch geführt hätte.

»Dieses Gespräch brachte sie ganz offensichtlich ziemlich durcheinander. Sie wurde ganz blass. Ich hatte den Eindruck, sie legte auf, während der andere noch sprach. Doch sie stand zu weit weg von mir, als dass ich hätte hören können, ob der Anrufer ein Mann oder eine Frau war. Floor ging nach dem Gespräch sofort in die Küche, unter dem Vorwand, etwas zu holen. Als ich dann aber zu ihr ging, stand sie einfach nur da und starrte aus dem Küchenfenster. Ich musste dreimal ihren Namen rufen, bevor sie merkte, dass sie nicht allein im Zimmer war. Ich fragte, ob alles in Ordnung sei, doch sie antwortete sogleich: ›Aber natürlich, warum denn nicht?‹ Du weißt ja, wie sie so etwas sagen konnte.«

Oh ja, das wusste ich. Ich weiß, wie meine Schwester ist, wenn sie einen abblitzen lässt. Da muss man schon Mumm haben, um noch weiterzufragen. Es ist ohnehin eine Episode, mit der ich eigentlich nichts weiter anfangen kann. Auch wenn es mich natürlich sehr interessiert, wer an diesem Tag angerufen haben könnte und worum es ging. Schließlich war es kurz vor ihrem Verschwinden.

Ich sehe auf die Uhr, der Nachmittag ist fast vorbei. Ich stehe auf und recke mich, mir tut alles weh. Meine Glieder sind vom stundenlangen Telefonieren ganz steif geworden, und mir brummt der Kopf. Ich habe heute etwas herausgefunden, was wichtig sein könnte: Floors Verabredung mit Cas, am Tag vor ihrem Verschwinden oder, um genau zu sein, an dem Tag, an dem sie die letzte Zeitung hereingeholt hat. Ich muss irgendetwas mit dieser Entdeckung anstellen, aber mein Kopf ist zu müde, als dass ich mir im Augenblick einen Plan überlegen könnte.

Ich stelle mich ans Fenster und sehe nach draußen. Es hat angefangen zu regnen – dicke, schwere Tropfen, die auf dem Boden sofort verdampfen. Das Gras ist kürzlich noch gemäht worden, doch Floor würde es grauen bei all den verblühten Rosen, die allmählich zu Hagebutten werden, anstatt ihre Energien in neue Knospen zu stecken.

An Gärten merkt man als Allererstes, dass keiner mehr da ist, der sich um sie kümmert. Danach folgen die Häuser, die nach etwa einer Woche beginnen nach Verwahrlosung zu riechen, wenn tote Pflanzen und verrottete Blumen in der Vase mit verdorbenem Wasser anfangen zu stinken.

Ich fühle mich unwirklich. Alles ist unwirklich, seit ich mit Blumen und Champagner vor der Tür gestanden habe. Mir kommt es vor, als wäre das vor Wochen gewesen. In mir steigt Wut auf. Die Polizei, die einzige Instanz, die etwas tun kann, ist machtlos. Sie haben eine Vermisstenmeldung aufgegeben, und das war's. Dabei gehen natürlich von Minute zu Minute mehr Spuren verloren, die etwas über Floors Verschwinden aussagen könnten. Ich habe das oft genug in der Zeitung gelesen. Die ersten vierundzwanzig Stunden sind am allerwichtigsten, dann sind die Spuren noch frisch – wenn es überhaupt Spuren gibt und meine Schwester nicht aus eigenem Antrieb gegangen ist. Ich wandere zum hundertsten Mal von einem Zimmer ins andere. Meine Güte, in diesem Haus kann ich keinen klaren Gedanken fassen. Und was für ein Blödsinn, überhaupt von Spuren zu reden. Spuren wovon? In diesem Haus ist kein Schloss aufgebrochen und kein Stuhl umgeworfen worden. Nicht einmal eines der Bilder an der Wand hängt schief. Floors Auto steht nicht in der Garage, die Handtaschen, die ich gefunden habe, waren leer, bis auf einen einsamen Lippenstift und ein Päckchen Papiertaschentücher. Die Umhängetasche dagegen, die sie im letzten Jahr fast täglich bei sich hatte, habe ich nicht finden können. Wahrscheinlich waren darin ihre Papiere: Personalausweis, Kreditkarten und Führerschein. Alles weist darauf hin, dass sie freiwillig und auf ihre wohlüberlegte Art das Haus verlassen hat. Ich denke noch immer, dass ihr etwas zugestoßen ist, aber was es auch sein mag, ganz offensichtlich ist es nicht in diesem Haus passiert.

Bis jetzt habe ich das Schlimmste noch vor mir hergeschoben, nämlich Mam zu erzählen, dass ich nicht weiß, wo Floor ist und alle anderen es auch nicht wissen – meiner Mutter, die in ihrem betreuten Wohnen genausoviel Ordnung hält wie Floor. Ich habe da eher die »Schauen wir mal«-Einstellung meines Vaters geerbt. Es war kein Zufall, dass meine Mutter uns gerne die Fabel von der Grille und der Ameise vorlas. Lafontaine, als pädagogisches Druckmittel eingesetzt, um mir einzutrichtern, wie schlimm es einem ergehen kann, wenn man nicht vorausdenkt. Es wundert mich, dass Mam noch nicht angerufen hat, um nach Floor zu fragen. Floor, die ihr stets so treu ihre Besuche abstattet, immer mit einem Blumenstrauß in der Hand oder mit etwas Süßem zum Tee. Wie soll ich nur erklären, dass jemand wie Floor vermisst gemeldet ist? Was kann ich mir nur ausdenken, um noch nicht direkt mit der ganzen Wahrheit herausrücken zu müssen?

Durch den Terminkalender habe ich ein gutes Alibi, erneut zur Polizeiwache zu gehen. Ich nenne meinen Namen am Empfangsschalter und sage, dass ich gerne mit Erik Verheul von der Kriminalabteilung sprechen würde.

»Nehmen Sie bitte einen Moment Platz. Ich sage Ihnen Bescheid, wenn er Zeit für Sie hat.« Die Frau hinter dem Schalter ist sachlich, aber nicht unfreundlich. Ich kann nicht verstehen, was sie durchs Telefon sagt, aber sie wirft mir einen Blick zu, nickt kurz und legt auf. »Er kommt gleich zu Ihnen.«

Ich sehe mich um. Auf großen Plakaten sind Leute abgebildet, die gesucht werden, bei einigen steht eine Belohnung dabei. Die Schwarz-Weiß-Fotos sind nicht besonders vorteilhaft, den meisten der Gesuchten würde man nicht wirklich gerne im Dunkeln begegnen.

Dazwischen hängt ein Foto von einem Mann, bei dem ich bereits auf den allerersten Blick sehe, dass er tot ist. Sein dunkles Haar klebt ihm an der Stirn, die geschlossenen Augenlider sind geschwollen, die schmalen Lippen ein Stück weit geöffnet. Sein Kopf hängt schief, als ob er gerade einen Schlag kassiert hätte, von dem er sich erst einmal erholen muss. Die Polizei will wissen, wer er ist, keine Belohnung ausgeschrieben.

Ohne meinen Blick von ihm abzuwenden, stehe ich auf, um ihn aus der Nähe zu betrachten. Dass ein ruhiges Gesicht so schauderhaft wirken kann! Über sein Bild schiebt sich das Gesicht von Floor. Floor auf einem Schwarz-Weiß-Poster, Floor, die gesucht wird, Floor, die gefunden wurde, die Augen geschlossen, die Haare am Kopf klebend, ohne dass jemand weiß, wer sie ist. Mir wird schlecht, und auf einmal fühle ich mich hundeelend.

Die Stimme von Erik Verheul lässt mich aufschrecken.

»Sie könnten ganz offensichtlich einen Kaffee vertragen«, bemerkt er, als ich mich umdrehe, »ich habe leider nicht viel Zeit, aber ein kurzer Moment muss drin sein.«

Wir sitzen in demselben Zimmer wie letztes Mal. Ich ziehe Floors Kalender aus der Tasche.

»Ich habe alle Leute angerufen, die im Adressbuch stehen. Niemand weiß etwas von Floor. Sie hat dort auch ihre Verabredungen notiert, die meisten mit Freundinnen, die ich alle im Adressbuch gefunden habe. Peter ist ihr Friseur, den habe ich angerufen. Und immer wieder taucht der Name Cas auf. Über ihn habe ich jedoch, abgesehen von seinem Vornamen, nichts herausfinden können. Ich weiß allerdings, wo sie sich das letzte Mal verabredet haben: im Restaurant *De Oude Hoeve*. Ich wollte dort selbst mal vorbeifahren, oder halten Sie das für keine gute Idee?«

»Das scheint mir durchaus eine gute Idee zu sein. Kann ich ihren Kalender hierbehalten?«

»Ja, aber dann würde ich gerne erst noch ein paar Telefonnummern abschreiben, von Freundinnen, die ich noch einmal anrufen will. Ich gebe den Kalender dann morgen vorne am Schalter ab.«

Er steht auf. »Es ist gut, dass Sie so aktiv sind – was natürlich nicht heißt, dass wir nicht auch mit ein paar Leuten Kontakt aufnehmen werden. Wenn Sie sie als Schwester von Floor anrufen, ist die Chance jedoch mit Sicherheit größer, dass sie offen mit Ihnen reden.«

Ich traue mich fast nicht, die Frage zu stellen, aber ich möchte diesen Ort auch nicht ohne die Antwort verlassen.

»Gibt es von Ihrer Seite noch irgendwelche Neuigkeiten?«

»Sie meinen bezüglich der Computererfassung? Nein, es tut mir leid …«

Ich sehe an seinem Gesicht, dass er es aufrichtig meint.

»Und da rufst du mich jetzt erst an?«, fragt Maud empört, »deine beste Freundin, vielleicht erinnerst du dich: Wir wollten niemals Geheimnisse voreinander haben.« Ihre Entrüstung ist lustig gemeint, dennoch schwingt ein ernster Unterton mit. Und sie hat recht. Auch wenn wir inzwischen nicht mehr täglich miteinander sprechen, erzählen wir uns doch die wichtigen Dinge. Außer dieses Mal, das ernster ist als alles, was ich je in meinem Leben erlebt habe. Ich hatte mich auch schon gefragt, warum ich es jeden Tag aufs Neue aufschob, sie anzurufen. Dabei hätte ich eigentlich mit niemandem lieber über Floor geredet als mit ihr. Maud, Floor und ich, wir alle drei sind auf dieselbe Schule gegangen. Floor war drei Klassen über uns, Maud und ich dagegen saßen nur zwei Bänke voneinander entfernt. Sie hatte kastanienbraune Naturlocken, eine »Duschfrisur«, wie sie selbst sagte. Nach dem Duschen rubbelte sie ihr Haar trocken, und weiter brauchte sie nichts damit zu tun. Meine Haare waren rot und glatt, genau wie die von Floor. Wollte ich auch nur die kleinste Welle haben, so musste ich dafür schlaflose Nächte in Kauf nehmen, nachdem meine Haare in erbarmungslose Lockenwickler gezwängt worden waren. Dass Maud mich um meine glatten Haare beneidete, war unbegreiflich, wenn auch schmeichelhaft. Sobald sie das Geld dafür hatte, ließ sie ihre glätten. Bei schwarzen Frauen war das gang und gäbe, warum sollte es also nicht bei ihr klappen? Wir wurden Freundinnen, weil wir in derselben Nachbarschaft wohnten und daher logischerweise denselben Schulweg hatten. Und wir blieben auch Freundinnen. Wir durchlebten die Dramen des anderen ebenso intensiv wie unsere eigenen. Ihr Verhältnis zu einem verheirateten Mann war ihr absoluter Tiefpunkt. Ich musste dabei zusehen, wie die besten Jahre ihres Lebens an ihr vorbeizogen, während sie auf das wartete, worauf Frauen immer warten, egal welchen Alters: auf die wahre Liebe. Sie wartete auf den einen Mann, mit dem sie glücklich werden würde, bis in alle Ewigkeit. Ich wusste genau, dass Maud es keinen Monat mit dem Wichtigtuer in seinem BMW aushalten würde, wenn es möglich gewesen wäre, ihn mehr als die paar heimlichen Stunden in der Woche zu sehen. Die beiden gingen nie zusammen aus, gingen nie essen oder ins Kino. Sie nahmen sich nicht einmal die Zeit, bei ihr zu Hause einen Film auf DVD zu gucken. Er kam, sie rissen einander die Kleider vom Leib, und danach verschwand er wieder. Er ließ sie in ihrem Bett zurück, das einem wahren Schlachtfeld glich.

»Hast du ihm jetzt gesagt, dass du es nicht länger aushältst und er endlich eine Entscheidung treffen muss – du oder sie?«

Natürlich hatte sie das nicht gesagt. Das erste Gebot, wenn du »die Andere« bist, lautet schließlich: Du sollst nicht herumnörgeln. Du sollst nicht die Dinge sagen und tun, mit denen er sich zu Hause tagtäglich herumschlagen muss. Von »der Anderen« kommen keine Forderungen, sie hat keine Ringe unter den Augen, weil sie sich die halbe Nacht um das kotzende Kind kümmern musste. Sie ist niemals müde, sondern immer froh darüber, ihn zu sehen. Bei »der Anderen« steht der Whisky schon kalt, das Bett ist gemacht, und unter ihrem frivolen Kleid – die langen Beine in hohen Schuhen – trägt sie keine Unterwäsche. In diesen Jahren war Maud der Prototyp, das Hassobjekt jeder verheirateten Frau, ein wandelndes Klischee, das von nichts anderem mehr reden konnte als von diesem einen Mann, der, wie das letzte Arschloch, mit dicker Sonnenbrille in seinem BMW durch die Gegend fuhr.

Drei Jahre, fünf Monate und zweieinhalb Wochen später zog er in eine andere Gegend. Er fand dort einen Job und kurz darauf eine geschiedene Frau mit zwei kleinen Kindern, für die er sich anscheinend leichter entscheiden konnte als für sie. Mein Leidensweg war ein anderer, letztendlich lief es aber auf das Gleiche hinaus. Viele, viele meiner Jahre waren beherrscht von einem Mann, meinem Ehemann in guten wie in schlechten Zeiten, aber nicht im Hinblick auf die Frage, *ob* er fremdging, sondern *mit wem* er nun wieder fremdging. Die Scheidung war, nach kurzfristiger Panik und dem Gefühl, versagt zu haben, sowie der Sorge, wie es nun mit Thijs und mir weitergehen sollte, eine Befreiung. Im wahrsten Sinne war es eine Erleichterung, die mich leichter atmen und besser schlafen ließ.

»Ein Jammer um all die elenden Jahre«, versicherten Maud und ich einander, als wir es beide hinter uns gebracht hatten, »aber für irgendetwas ist es bestimmt gut gewesen.«

Dass Dinge nämlich manchmal auch für nichts gut waren, sondern reine Zeitverschwendung, wussten wir damals noch nicht.

Dass ich Maud noch nichts von Floor erzählt hatte, konnte ich mir selbst durchaus erklären. Bis jetzt hatte das Ganze noch etwas Unwirkliches gehabt, etwas, was man zwar ernst nehmen musste und was mich sehr belastete, gleichzeitig aber irgendwie auch einfach nicht wahr sein konnte. Sobald ich es jedoch mit Maud besprechen würde, könnte ich es nicht mehr abstreiten. Meine Schwester wäre dann wirklich verschwunden, und die Möglichkeit, nie wieder etwas von ihr zu hören, erschiene dann realer als jetzt.

Maud hört schweigend zu. Das hat sie schon immer gekonnt, bereits zu Schulzeiten. Sie nimmt jedes einzelne Wort in sich auf und speichert alles ab. Alles, was man zu ihr sagt, und erst, wenn man ausgeredet hat, kommen die Fragen. »Es gibt also im Grunde genommen zwei Dinge, die eigenartig sind: dass sie sich nicht an eure Verabredung gehalten hat und der Tod von Peter Pan. Ich denke, die Polizei hat wohl recht damit, dass sie damit nicht wirklich arbeiten kann. Floor war nicht depressiv, sagst du. Schade. Diese Leute werden nämlich oft mit Steckbrief und allem Drum und Dran im Fernsehen gezeigt. Aber du hast jetzt gar nichts, keinen einzigen Anhaltspunkt. Sie ist weg. Punkt aus. Hast du mal über einen Steckbrief nachgedacht, den du an verschiedenen Stellen aufhängst? An Tankstellen und so?«

»An welchen Tankstellen denn, an niederländischen? Deutschen? Belgischen? Von hier aus bist du doch in null Komma nichts über die Grenze. Wo soll man denn da anfangen?«

»Auf jeden Fall musst du irgendetwas mit diesem Cas machen. Eine Verabredung mit Floor am Tag ihres Verschwindens – das ist schon ein sehr großer Zufall. Dieser Mann muss einfach mehr Informationen haben. Warst du schon in *De Oude Hoeve*?«

»Ich fahre morgen hin«, antworte ich. »In den letzten Tagen habe ich mich fast totgearbeitet. Ich bin völlig ins Hintertreffen geraten. Mein Posteingang ist voll mit giftigen Mails, wo denn das Manuskript bleibe. Als hätte ich nicht so schon genug um die Ohren!«

»Arme Emma!« Ihre Besorgnis klingt ehrlich. »Kann ich dir irgendwie helfen?«

»Im Augenblick noch nicht. Aber ich rufe dich an, wenn ich dich brauche.«

Sie lacht. »Da habe ich aber Schwein! Und Emma, guck unbedingt im Internet, ich bin mir sicher, dass du da was über Vermisste finden kannst.«

Ich hatte nicht die geringste Ahnung, dass in einem kleinen Land wie Holland so viele Leute vermisst werden. Aber es sind enorm viele, und hinter jedem, der verschwunden ist, steckt eine Geschichte. Eltern, Kinder, Freunde, Partner. Der Vermisste ist wie ein Wackerstein im Fluss versunken, und um diesen Fleck herum hat sein Verschwinden Ringe der Verzweiflung hinterlassen – Kummer, Unverständnis, Schuldgefühle und Wut. Ich entdecke, dass es Organisationen gibt, deren Aufgabe es ist, sich um die Vermissten zu kümmern. Es wurden Bücher und Artikel darüber geschrieben. Fernsehprogramme befassen sich damit. Wie kann das nur alles bisher an mir vorbeigegangen sein? Als ich im Internet die Adresse der »Gesellschaft für Zurückbleibende« eingebe, strömen mir Tränen übers Gesicht. Die plötzliche Konfrontation tut weh. Es werden anscheinend genug Menschen vermisst, dass sich die Gründung einer Gesellschaft lohnt. Und Menschen wie ich, die nicht begreifen, was da passiert ist, haben einen offiziellen Namen: Zurückbleibende. Ich denke an die Fotos von Schiffen der Holland-Amerika-Linie. Voll beladen mit Auswanderern, die im Rotterdamer Hafen an der Reling stehen und mit ihren Taschentüchern winken. An der Anlegestelle sieht man eine dicht gedrängte Menschenmenge, die ihnen nachwinkt. Die Zurückbleibenden. Doch ich gehöre zu einer anderen Art von Zurückbleibenden. Zu den Menschen, die keine letzte Umarmung erfahren haben und sich keine gegenseitigen Versprechen machen konnten, dass sie einander oft schreiben würden. Zu den Menschen, die in eine Rolle gedrängt wurden, die sie sich nicht gewünscht haben und die sie nicht annehmen wollen. Ich notiere mir Adresse und Telefonnummer der Gesellschaft, schalte meinen Computer aus und lehne mich zurück. Ich starre auf den schwarzen Bildschirm. Jetzt kann ich es nicht mehr ignorieren. Floor ist weg, vermisst, verschwunden. Damit hat sie mich offiziell zu einer Zurückbleibenden gemacht.

Ich habe die Arbeit schon wieder verschoben. Das Buch, das ich gerade übersetze, interessiert mich immer weniger. Es geht um Orte in Europa, an denen romantische Liebesgeschichten stattgefunden haben. Ich will wissen, wo meine Schwester ist, mehr nicht. In absehbarer Zeit wird sich diese Obsession bei mir auch finanziell bemerkbar machen. Ich sage nämlich einen Auftrag nach dem anderen ab, und als Selbstständige kann man sich diesen Luxus nicht lange leisten. Die Verbindung zwischen Cas, *De Oude Hoeve* und Floor ist allerdings zu wichtig, als dass man sie außer Acht lassen könnte.

Ich lasse mein Auto auf dem kleinen abgelegenen Parkplatz stehen und laufe durch den dicken knirschenden Kies zu dem ehemaligen Bauernhof. Es ist zehn Uhr, noch keine Gäste zu sehen.

Eine junge Frau in enger Jeans und bauchfreiem Hemd ist gerade dabei, die Terrassentische zu wischen. Ihr Nabelpiercing glitzert in der Sonne. Ich grüße und gehe an ihr vorbei zum Eingang.

»Es ist noch niemand da«, sagt sie hinter mir.

Ich drehe mich um.

»Ich bräuchte Informationen zu einer Reservierung.« Ich hole den Zettel aus der Hosentasche. »Ist jemand da, der für mich etwas im Buch nachschlagen kann?«

Sie zögert.

»Darüber dürfen wir keine Auskunft geben.«

»Oh«, sage ich erstaunt.

»So sind Leute schon in Schwierigkeiten geraten.«

Auf einmal dämmert es mir. Natürlich. Wenn man vermutet, dass der eigene Mann fremdgeht, und wissen will, ob er mit seiner Freundin in einem bestimmten Restaurant essen war.

»Es geht um meine Schwester«, erkläre ich, »sie wird vermisst. Ich weiß nur, dass sie hier ein paar Mal mit ihrem Freund essen war. Ich bräuchte unbedingt seine Adresse. Vielleicht kann er mir weiterhelfen. Die Polizei tappt vollkommen im Dunkeln. Niemand weiß irgendetwas, aber irgendwo muss ich doch anfangen.«

Zu meinem eigenen Erstaunen merke ich, dass sich meine Stimme überschlägt. Ich ziehe ein Foto von Floor aus der Tasche. Sie lacht darauf fröhlich in die Kamera. Sorgfältig streiche ich es glatt, bevor ich es der Frau gebe. Sie betrachtet das Bild mit gerunzelten Augenbrauen, guckt mich an und sieht dann wieder auf das Foto.

»Ich dachte gerade, dass Sie es sind, die hier manchmal einkehrt«, sagt sie, »wie ähnlich Sie Ihrer Schwester sehen. Ja, ich kenne sie schon.« Sie denkt einen Moment nach. »Ich werde im Reservierungsbuch nachsehen, vielleicht finden wir ja etwas.«

Ich folge ihr nach drinnen, wo es ziemlich dämmrig ist. Nur ein paar kleine Lampen sind angeschaltet, und durch die winzigen Fenster fällt wenig Licht.

»Können Sie mir ein Datum nennen?«

Ich nenne ihr das Datum, an dem Cas zum ersten Mal in Floors Kalender auftaucht, und sie sucht die Seite dazu. Ihr Finger gleitet die Namen entlang. »Ah!«, sie beugt sich über das Buch, »Frau Verberne ...«, sie sieht mich an. »Tut mir leid, aber Ihre Schwester hat die Reservierung selbst vorgenommen.«

Bevor ich etwas erwidern kann, fügt sie hinzu: »Sie sind danach aber noch ein paar Mal hier gewesen, meistens ohne zu reservieren. An Werktagen ist es eigentlich nie voll bei uns. Das letzte Mal ist noch gar nicht lange her, lassen Sie mich kurz nachsehen ...« Sie blättert schnell ein paar Seiten um. »Genau! Ihre Schwester hatte für den Tag ebenfalls die Reservierung gemacht, aber sie ist nicht aufgetaucht. Ihr Freund war dagegen sehr wohl da. Immer wieder hatte er sichtlich nervös auf die Uhr geschaut, dann telefonierte er mit seinem Handy. Nach einer dreiviertel Stunde ist er gegangen, und das war auch ganz gut so. Allmählich fiel es doch etwas auf, und Unruhe in unserem Restaurant schätzen wir nicht besonders.«

Ich nicke und stelle die Frage, die ich eigentlich gar nicht zu stellen brauche, da ich die Antwort ohnehin weiß.

»Und an welchem Tag war das?«

Sie wirft einen Blick ins Buch.

»11. Juni, ein Freitag.«

Danach fuhr ich, ohne weiter darüber nachzudenken, direkt zu Franks Büro. Ich rannte an Marianne vorbei, die am Empfang saß und sich zu Tode erschrak. Ich sah nur noch, wie sie kreideweiß zurückwich. Es war wie in einer Filmszene, wie sie blind nach ihrem Stuhl tastete und sich dann fallen ließ, als würden ihr die Beine versagen. Wäre ich nicht so durch den Wind gewesen, hätte ich mich ziemlich darüber amüsiert. Frank stand hinter seinem Zeichentisch, mit Hugo, seinem Kollegen. Ich muss wirklich angsteinflößend ausgesehen haben, denn auch Frank und Hugo erschraken, als wäre das Ganze ein bewaffneter Raubüberfall. Ohne dass Frank ein Wort sagte, verschwand Hugo, und ich warf mich in Franks Arme.

»Es geht nicht voran. Ich komme einfach nicht weiter! Das war der einzige Anhaltspunkt, den ich hatte. Jetzt habe ich gar nichts mehr!«

Er streichelte mir über die Haare, klopfte mir auf den Rücken und gab dabei besänftigende Laute von sich. Nachdem ich mich ein bisschen beruhigt hatte, holte er ein Glas Wasser aus einem dieser albernen amerikanischen Filterapparate – als könnte man hier in Holland nicht einfach das Wasser aus der Leitung trinken. In diesem Fall war es allerdings angenehm, da er dafür nicht aus dem Zimmer gehen musste. Ich setzte mich an den Versammlungstisch, ein Le-Corbusier-Ungetüm mit Breuer-Stühlen, auf denen man bequemer saß als gedacht. Ich wischte mir die Tränen weg.

»Meine Güte, Emma, wie du aussiehst«, sagte Frank.

Ich brauchte nicht in den Spiegel zu schauen, um zu wissen, wie ich aussah. Heulen wirkt sich bei mir nicht gerade vorteilhaft aus. Aufgequollene, rote Augen, eine Knollennase, verwischtes Make-up, wodurch die damit getarnte Kupferallergie wunderbar zur Geltung kommt. Ich suchte in meiner Tasche, aber natürlich hatte ich mein Puderdöschen vergessen, doch was machte das schon noch aus. Ich war schließlich nicht hier, um einen Schönheitswettbewerb zu gewinnen, sondern um getröstet zu werden. Frank hatte sich mir gegenüber gesetzt. Für ihn schien jetzt erstmal alles wieder unter Kontrolle zu sein, und er sah demonstrativ auf seine Armbanduhr.

»Hör zu, mein Schatz, ich habe wirklich viel zu tun, aber ich komme heute Abend früh nach Hause, dann können wir alles bereden, okay?« Er stand bereits neben seinem Stuhl. Ich erhob mich ebenfalls, in mir war völlige Leere. Fehler. Natürlich war es ein Fehler, Frank bei seiner Arbeit zu stören. Und es war ein noch viel größerer Fehler, von ihm Trost zu erwarten. Wie dumm von mir.

Marianne sah mich mitleidig an, als ich an ihr vorbeiging.

»Das ist so schrecklich für dich! Aber sie kommt bestimmt wieder!«

»Bestimmt«, sagte ich und lief einfach weiter.

»Weißt du eigentlich, dass es ganz schön einfach ist, jemanden zu ermorden, ohne dass man dabei gefasst wird?«

Diese Aussage stammt natürlich von meinem Sohn. Für ihn ist das Leben ein einziger Witz. Selbst das mysteriöse Verschwinden seiner Tante sieht er als fröhliches Intermezzo, über das wir später, wenn sie wieder auf seiner Geburtstagsfeier sein wird, herzlich lachen werden.

»Himmel, Thijs, hast du nichts Erfreulicheres zu erzählen?«

Er lässt sich nicht beirren. »Weißt du, was ich tun würde, um jemanden verschwinden zu lassen? Umbringen und dann in Landwirtschaftsfolie einwickeln, damit er nicht anfängt zu stinken. Du verstaust ihn im Kofferraum seines eigenen Autos und parkst den Wagen dann einfach im Kaufhausparkhaus. Was hältst du davon?«

»Genial«, antworte ich, »du vergisst dabei leider nur, dass man auch einen Grund haben muss, jemanden umzubringen, schließlich ist damit immer ein Risiko verbunden. Ich wüsste wirklich nicht, warum jemand meine Schwester verschwinden lassen sollte.«

»Dann muss es Liebe sein. Sie hat einen Mann kennengelernt, mit dem sie durchgebrannt ist.«

»Thijs, ich liebe dich heiß und innig, aber nimmst du es mir sehr übel, wenn ich jetzt auflege? Ich bin schrecklich müde.«

»Ganz kurz noch, Mam. Weißt du, ob Sachen aus ihrem Haus fehlen? Ihre Koffer, ein Beautycase? Oder was weiß ich, was Frauen so mitnehmen, wenn sie wegfahren.

Antifaltencreme vielleicht? Zahnpasta? Hallo, Mam … bist du noch da?«

Mir fällt auf, dass ich nur einmal in Floors Badezimmer war, um meine Hände zu waschen, geschafft und elend von der unappetitlichen Arbeit. Der Gestank der toten Katze hing mir dabei noch in der Nase, und ich hatte das Gefühl, als wären mir die widerwärtigen Maden in die Ärmel gekrochen und würden jetzt über meinen Körper krabbeln. Ich fing an mich zu kratzen, dabei sah ich mein weißes Gesicht im Spiegel. Keine Sekunde lang habe ich daran gedacht zu kontrollieren, ob dort irgendwelche Dinge fehlten. Eine Zahnbürste, Cremes oder eine Haarbürste. Thijs hat recht, wenn eine Frau ihre Waschsachen mitgenommen hat, ist das auf jeden Fall ein Zeichen dafür, dass sie ihr Haus freiwillig verlassen hat. Was bin ich nur für ein Trottel, dass ich nicht selbst daran gedacht habe.

Ich schlafe schlecht, und am nächsten Morgen stehe ich bereits um neun bei Francien vor der Haustür. Sie sieht mich erwartungsvoll an, als ich um den Schlüssel bitte.

»Gibt es etwas Neues?«

Ich erzähle ihr in Kurzform, was ich vorhabe, und sie nickt verstehend.

»Natürlich musst du genau wissen, ob sie einfach nur weggefahren ist. Wie sie ihre Katze zurückgelassen hat, sagt allerdings schon einiges, oder? Das ist doch so gar nicht Floors Art!« Sie reicht mir den Schlüssel.

»Kommst du nachher noch mal vorbei? Ich kann schon nicht mehr schlafen wegen der Sache, es ist so furchtbar.«

Im Badezimmer fehlt nichts. Neben einem glänzend sauberen Wasserglas in einem Plexiglashalter stehen zwei Zahnbürsten, eine gewöhnliche und eine elektrische.

Daneben zwei Sorten Zahnpasta, eine für weißere Zähne, die andere, um Zahnfleischproblemen vorzubeugen. Dort stehen Cremes, ordentlich aufgereiht. Auf einem anderen Glasbrett befinden sich Tuben mit teuren Masken und Peelingcremes. Sie hat mehr Nagellackfarben, als ich je auf Nägeln gesehen habe. Ordentlich nebeneinander liegen ein paar Feilen. Oben im Badezimmerschrank, in dem stapelweise dicke, anscheinend noch fast neue Handtücher und Waschlappen liegen, steht ihr weißledernes Beautycase. Das hier ist nicht das Badezimmer einer Frau, die ihre Abreise geplant hat. Ich spüre einen bohrenden Kopfschmerz aufkommen und finde im Medizinschränkchen Paracetamol mit Koffein. Ich stecke mir zwei davon in den Mund und spüle sie mit Wasser runter. Im Badezimmerspiegel starrt mich ein bleiches Gesicht an, und ich starre zurück. Dabei frage ich mich, ob ich die Falten um den Mund herum schon vorher hatte, und falls nicht, ob es sein kann, dass man die in so kurzer Zeit bekommt. Als ich den Streifen Paracetamol wieder weglege, entdecke ich dort ein Döschen, das mir irgendwie bekannt vorkommt. Genauso ein Döschen liegt auch bei mir griffbereit auf dem Nachttisch. Ich nehme es in die Hand und lasse mich damit auf dem Badewannenrand nieder. Ich habe das Gefühl, als wäre ich zur Mitte des Films ins Kino gekommen und habe daher jetzt keine Ahnung, wovon der Film eigentlich handelt. Aber gibt es überhaupt noch etwas in Floors Leben, was ich verstehe? Ich sehe auf das Döschen in meiner Hand. Natürlich, Verabredungen mit Cas, Wochenenden mit Cas, warum also keine Kondome mit Cas? Und irgendwie doch wieder typisch Floor, auch hierbei wieder alles selbst unter Kontrolle zu haben. Für sie gibt es kein: »Ich werde schon aufpassen!« Vergiss es. Sie ist diejenige, die einen Tisch für die erste Verabredung mit dem neuen Freund reserviert. Warum sollte sie dann nicht auch diejenige sein, die sich um die Verhütung kümmert? Schade irgendwie, dass ich meine Schwester erst jetzt kennenlerne, wo sie nicht mehr da ist. Floors Bild, das in den letzten Wochen an die Oberfläche gekommen ist, ist jedenfalls ein Stück spannender als das der Floor, die ich meinte zu kennen; wie beim Entwickeln eines Fotos werden die Linien des Porträts erst langsam immer schärfer. Und ich habe sie immer ein wenig bemitleidet. Ich habe sie stets etwas herablassend betrachtet, da mein Leben ja so viel interessanter war als ihres. Meine stille Schwester, die ganz und gar nicht mit beiden Beinen im Leben steht. Das erinnert mich an das stillste, schweigsamste Mädchen aus meiner Oberschulklasse. Sie hatte ein Gesicht, das einem nicht wirklich im Gedächtnis blieb. Eine graue Maus, die eher aus Mitleid zu Parties eingeladen wurde. Ihre Klassenkameraden fühlten sich irgendwie verantwortlich für sie. Als wir in der Abitursklasse waren, spannte sie dann, zu unser aller Erstaunen, ausgerechnet dem schönsten Mädchen der Klasse den beliebtesten Jungen aus. Unsere Geringschätzung und Wut berührten sie nicht weiter. Triumphierend fuhr sie nach der Schule bei ihrem neuen Freund hinten auf dem Mofa davon. Unser Hass muss für sie fast körperlich spürbar gewesen sein. Wie Nadelstiche. Minnie. Jetzt fällt mir auch wieder ihr Name ein und wie wir sie nannten: Minnie Mouse. Das ist kein netter Vergleich mit Floor, aber er liegt doch irgendwie nahe.

Ich habe brav einen Termin ausgemacht, denn das ist ihr wichtig. Sie will nicht von Besuch überrascht werden, wenn ihre Haare vielleicht gerade nicht richtig sitzen oder die Nägel nicht lackiert sind. Selbst ihre eigenen Töchter dürfen sie nicht so sehen. Außerdem könnte man sie sonst womöglich mit – oh, welch Schande – bloßen Füßen auf dem Pedikürehandtuch antreffen.

»Schön, dass du da bist, mein Kind.«

Ich küsse sie auf beide Wangen. Ihre Haut fühlt sich unter meinen Lippen samtweich an, dank der teuren Cremes, die sie jeden Morgen und Abend sorgfältig aufträgt. Eine Wedgwood-Teekanne steht auf einem gläsernen Teelicht-Stövchen. Sie schenkt chinesischen Tee in hauchdünne Porzellantässchen ein und legt jeweils ein Ingwerplätzchen dazu. Während sie schweigend das Eingießritual vollführt, sehe ich auf ihren kerzengeraden Rücken. Ihre Hände zittern ein bisschen. Ich weiß, dass sie sehr darunter leidet, sie nicht unter Kontrolle zu haben. Die rosa Babyröschen, die ich ihr mitgebracht habe, habe ich selbst in eine Vase gestellt.

»Sehr hübsch, mein Kind!«

Sie setzt die Tasse an den Mund und nimmt einen Schluck.

Ich zwinge mich dazu, genauso gesittet zu trinken, obwohl ich Durst habe. Am liebsten würde ich den Tee in einem einzigen Schluck hinunterstürzen und danach gleich nach mehr verlangen. Ich bin mir sicher, dass es Mütter gibt, die nichts dagegen einzuwenden hätten.

Sie setzt die Tasse ab und sieht mich an.

»Ist etwas mit Floor?«

Die Frage kommt so unerwartet, dass mir die Luft wegbleibt. Als ich das Auto parkte und zu ihrer Haustür ging, wusste ich noch immer nicht, wie ich es ihr beibringen sollte. Auf jeden Fall würde ich es auf meine Art tun und den Zeitpunkt selbst bestimmen. Doch wie so oft nimmt sie das Ruder selbst in die Hand. Ich weiß, dass sie mir meine Verwirrung ansieht, und auch, dass es keinen Sinn hat, sich irgendwelche Ausreden auszudenken. Ihre direkte Frage fordert eine direkte Antwort.

»Ich weiß es nicht, Mam. Sie ist verschwunden.«

Meine Mutter legt die Hände sorgsam nebeneinander auf den Tisch, sodass das Beben nicht so auffällt.

»Und das heißt?«

Ich erzähle ihr, was passiert ist, erwähne aber Peter Pans Tod erst einmal nicht.

»Und die Katze? Ist die auch weg?«

Das war ja klar, meine Mutter ist eine Expertin darin, den Finger direkt in die Wunde zu legen.

»Sie ist tot.«

Vor meinen Augen sehe ich meine Mutter kleiner werden, auf einmal ist ihr Rücken nicht mehr kerzengerade, und ihre Schultern hängen herab. Wie sie jetzt so mit gebeugtem Kopf dasitzt und auf ihre Hände schaut, ist sie mit einem Mal die alte Frau, die sie eigentlich schon seit Langem ist.

Ich stehe auf und nehme sie in den Arm. Ich drücke meinen Mund auf die grauen Haare, die nach Eau de Toilette von Nina Ricci riechen.

»Oh, Mam.«

Sie wendet mir den Kopf zu und legt ihr Gesicht für einen kurzen Moment an meine Schulter. Dann sieht sie mich an, keine Träne ist in den grauen, etwas matten Augen zu sehen.

»Versprich mir, dass du sie finden wirst«, sagt sie.

Frank ist ausnahmensweise pünktlich zum Essen da. Er tritt pfeifend durch die Tür, die Haare verwuschelt, auf dem Gesicht ein fröhliches Grinsen. Er zieht mich an sich und klopft mir ein paar Mal auf den Hintern.

»Essen fertig, Frauchen?«

Das ist ein Witz, auf den ich antworten muss: »Natürlich, mein Schatz.« Worauf er dann erwidert: »Das trifft sich gut, ich habe nämlich ordentlichen Kohldampf.«

Er mag diese Art von kindlichen Scherzen. Am Anfang musste ich mich erst einmal daran gewöhnen, da man es nicht unbedingt von einem Mann wie ihm erwartet, in seiner Position. In einigen Städten sind ganze Gegenden von ihm entworfen worden, ein Haus neben dem anderen. Auch wenn sie alle einander ziemlich ähneln. Aber das ist eine Frage des Geldes, wie er mir schon hundertmal erklärt hat. Sobald ich einmal auch nur für einen kurzen Moment zweifle, ob eine seiner Schöpfungen wirklich so originell, ansprechend oder lebenswert ist, fängt er mit seiner Budgetgeschichte an. Um es kurz zu machen: Wenn mir gefällt, was er macht, liegt das an seinem enormen Talent, bin ich weniger überzeugt davon, dann liegt alles an seinen Auftraggebern, die mit wenig Geld immer das Optimum herausholen wollen. Das ist natürlich unmöglich und eine Beleidigung für sein Talent. Ich gebe mich dann sehr verständnisvoll. Seit dem allerersten Tag weiß ich, dass »Verständnis« das Schlüsselwort unserer Beziehung ist. Mein Verständnis für ihn, um genau zu sein. Doch nun hat sich auf einmal alles umgekehrt: Floor ist weg, und ich kann an nichts anderes mehr denken. Ich möchte einfach, dass Frank das versteht. Er versucht es auch, manchmal, das muss ich zugeben, aber nur zu versuchen, Verständnis zu haben, ist etwas anderes, als *wirklich* Verständnis zu haben. Sein Leben und auch meines wären um einiges schöner, wenn ich einfach damit leben könnte, dass es so ist. Frank ist Einzelkind und von seinen Eltern unendlich verwöhnt. Er bekam alles, durfte alles, die ganze Welt drehte sich um ihn. Und das hat er jetzt genauso wieder irgendwie geschafft. Ich murre, werde wütend, fange Streit an, aber am Ende kann er auch bei mir wieder sein Leben führen, wie er es will, ohne allzu viel Rücksicht auf mich zu nehmen.

Ich weiß beispielsweise genau, dass er heute keine Sekunde lang an mich oder Floor gedacht hat, warum sollte er auch? Ganz offensichtlich ist heute irgendetwas gut gelaufen, denn er ist ganz aufgekratzt nach Hause gekommen. Jetzt spielt er den dusseligen Frauen-gegen-Männer-Sketch, den ich immer brav mitspiele. Ich tue das, so wie man aus Freundlichkeit auf alberne Witze eines Kindes eingeht – beispielsweise auf leere umgedrehte Eierschalen im Eierbecher, die Sprünge vielleicht sogar noch sichtbar: »Mm, jetzt hätte ich aber Lust auf ein Frühstücksei!«, muss man dann sagen, und das Kind kringelt sich vor lachen. Dann klopft man mit dem Plastiklöffel auf das vermeintliche Ei. Knacks! »Potz Blitz, hab ich mich erschrocken!«, ruft man aus, und ein gackerndes Kind auf der anderen Seite des Tisches hat den Spaß seines Lebens. So einfach ist es, nett zu Leuten zu sein, die schlechte Witze machen. Man muss nur in der Laune dafür sein. Und das bin ich heute Abend definitiv nicht. Etwa genauso wenig steht mir der Sinn nach dem, was danach kommt. Die Folge eines Abends, an dem Frank guter Laune ist, ist nämlich in etwa so vorhersagbar wie das Datum, auf das Heiligabend fällt. Ein Drink vor dem Essen. Wein beim Essen. »Einen kleinen Cognac?« – »Nein danke, für mich nicht, ich nehme lieber noch einen Schluck Wein.« Er setzt sich auf die Armlehne meines Sessels und nuckelt an meinem Ohrläppchen, denn ganz offenbar hat er gelesen, dass das eine erogene Zone ist. Die Hand in meiner Bluse, nicht wirklich unangenehm, manchmal sogar recht angenehm, manchmal sogar mehr als das. Auf dem Teppich gelandet. Oder auf dem Weg ins Schlafzimmer auf halber Treppe gestrandet. Meine Hände halten die Stäbe umklammert, denn Treppenstufen sind für Rücken und Hintern alles andere als bequem. Einmal ist es passiert, dass ich mich nicht länger festhalten konnte. Daraufhin sind wir wie ein groteskes, vorsintflutliches Tier die Treppe hinuntergerumpelt. Alles zu seiner Zeit. Meistens zu Franks Zeit. Aber nicht jetzt. Jetzt kann ich mich für nichts mehr wirklich begeistern, mit gutem Grund. Das wird er ja wohl verdammt noch mal verstehen können. Doch über Franks Gesicht legt sich eine dunkle Wolke, nachdem ich nicht auf sein fröhliches Vorspiel eingehe. Verwöhntes Kind kriegt nicht, was es will. Und eine Eigenschaft von verwöhnten Kindern ist ja nun mal, dass sie mit Rückschlägen nicht umgehen können. Noch könnte ich die Situation retten, das Ruder herumwerfen. Eine Umarmung, meine Zunge an seinen Lippen, im Eilschritt einen Drink holen. Aber ich habe einfach keine Lust. Ich lasse die Gelegenheit vorbeiziehen, und an Franks Gesicht erkenne ich, dass auch er inzwischen die Lust verloren hat.

In der ersten Zeit nach Floors Verschwinden zeigte sich Frank wirklich sehr verständnisvoll. Sein Mitgefühl tat mir gut. Floors Verschwinden hatte mich aus meiner täglichen Routine gerissen. Wo genau ich gelandet war, wusste ich nicht, auf jeden Fall war es dort verdammt einsam. Franks Unterstützung machte es etwas erträglicher. Doch schon bald zeigte er Anzeichen von Ungeduld. Nach einem plötzlichen Heulanfall meinerseits fasste er dann, etwa vier

Wochen nach Floors Verschwinden, seinen Widerwillen gegen dieses Thema in Worte.

»Emma, ich weiß, wie schwierig es für dich ist, aber es gibt noch andere Dinge im Leben.«

»Zum Beispiel?«

Er zog die Schultern hoch.

»Na ja, die Dinge, mit denen du dich früher beschäftigt hast.«

»Früher war Floor noch da!«

»Siehst du, genau das meine ich.«

Seitdem zwinge ich mich dazu, zu Hause die einzige Sache, die mich beschäftigt, nicht zu erwähnen. Dadurch entsteht jedoch eine Kluft zwischen uns, die mit jedem Tag tiefer wird. Aber das kratzt mich in diesen Zeiten nicht besonders. Ich habe andere Dinge zu tun. Im Internet habe ich Adressen gefunden, die sehr hilfreich für mich sind. Allein schon zu wissen, dass es mehr Menschen gibt, die genau das Gleiche mitmachen wie ich, tut mir gut. Mit jemandem von der Gesellschaft für Zurückbleibende habe ich ein langes Telefongespräch geführt. Ich denke, ich habe bestimmt eine Stunde lang auf den Mann eingeredet, wobei ich kein Detail von Floors Verschwinden ausgelassen habe. Ich war selbst erstaunt darüber, an wie viel ich mich noch erinnerte, als würde sich in meinem Kopf ein Film abspielen. Als müsste ich nur noch beschreiben, was ich gerade sah. Mein Gesprächspartner hat mir danach seine Geschichte erzählt, von seinem Sohn, der vor zehn Jahren nicht aus dem Urlaub zurückgekehrt ist. Die Suche im Urlaubsland war von Anfang an ziemlich hoffnungslos, aber irgendetwas will man natürlich tun, man kann es ja nicht einfach dabei belassen. Er erzählte, wie seine Frau immer weiter Hoffnung gehegt hatte, wogegen er von Anfang an wusste, dass etwas Schlimmes passiert war. Wenn ein Junge verschwindet, der so ein gutes Verhältnis zu seinen Eltern gepflegt, sich immer an Verabredungen gehalten und sogar einen fröhlichen Brief aus dem Urlaub geschickt hat, ist es wirklich ernst. Das Ende der Geschichte war schauderhaft. Der Rucksack des Jungen wurde gefunden, zusammen mit einem Schädel, von dem man Monate später mittels einer DNA-Untersuchung feststellte, dass es seiner war. Fast ein Jahr später, nach unendlich langem bürokratischem Hin und Her, konnten sie den Schädel in Holland begraben. Der Körper dazu wurde nie gefunden. Was passiert war, wurde nie geklärt. Die Gewissheit, dass ihr Sohn tot war, hatte ihnen etwas Ruhe verschafft, aber dass sie nie erfuhren, was wirklich passiert war, ließ sie nicht los. Und dann folgt die unterschiedliche Trauerbewältigung. Die Mutter, die einfach nicht aufgeben will, die allen Widerständen zum Trotz die Wahrheit herausfinden will, obwohl jede offizielle Instanz schon längst einen Schlussstrich unter den Fall gezogen hat. Und der Vater, der den Kummer zulässt und danach wieder das Leben anpacken will. Das ist so hoffnungslos, so traurig, so grauenhaft.

Es ist ein gutes Gefühl, mit jemandem zu reden, der im selben Boot sitzt, aber fröhlicher macht einen das auch nicht gerade. Dennoch möchte ich diese Geschichten hören, und die nächste Zurückbleibende heißt Connie. Sie erzählt von ihrer Schwester, die eines Tages verschwunden ist. Seitdem hat sie nie wieder etwas von ihr gehört. Wie lange ist das her? Als ich die Antwort höre, setzt mein Herz für einen kurzen Moment aus. Zwölf Jahre! Ich selbst hatte mir noch keinerlei zeitliche Vorstellung gemacht, was Floors Verschwinden betraf, aber sehr optimistisch hatte ich überlegt, dass bestimmt innerhalb eines Monats klar sein müsste, was passiert war. Zwölf Jahre! Genauso gut hätte sie »eine Ewigkeit« sagen können. Und das Merkwürdige ist, dass sie noch immer auf die Rückkehr ihrer Schwester hofft. Diese könnte unter Gedächtnisverlust leiden, sagt Connie. Sie ging viel auf Reisen, allein. Vielleicht hat sie unterwegs einen Unfall gehabt, bei dem das Auto in Flammen aufgegangen und sie herausgeschleudert worden ist. Ihre Tasche mit den Papieren könnte dabei verbrannt sein. Es ist durchaus möglich, dass sie nun irgendwo, im wahrsten Sinne, ein neues Leben führt, dass der Gedächtnisverlust alles Vorangegangene einfach ausgelöscht hat. Vielleicht ist sie verheiratet und hat Kinder. Alles ist möglich. Außer dem einen – dass sie tot ist und dass sie, die Schwester, es nicht weiß. »Denn das kann ich nicht akzeptieren«, erklärt sie, »solange ich ihre Leiche nicht gesehen habe, bleibt sie für mich am Leben.«

Weil ihn all meine düsteren Geschichten verstören, schweige ich soviel es geht, oder wir sprechen über Dinge, die Frank beschäftigen: seine Entwürfe, seine Auftraggeber, seine Kollegen, seine Konkurrenten. Eigenartig, dass es mir im Gegensatz zu ihm nie in den Sinn gekommen ist, ihn darauf hinzuweisen, dass es noch andere Dinge im Leben gibt.

»Vergiss morgen nicht den Empfang bei Verhoeven«, sagt er, als wir am Tisch sitzen. Ich habe einen Meeresfrüchtesalat gemacht und breche kleine Stückchen vom ofenwarmen Baguette ab. Hunger habe ich in letzter Zeit auch nicht mehr. Glück im Unglück, würde ich sagen, denn ich nehme so viel ab, dass ich eine ganze Reihe von Kleidern, die mir zu eng geworden waren, wieder aus dem Schrank geholt habe.

»Hattest du das vergessen?«

Ich zucke die Schultern.

»Ich weiß nicht, ob ich Lust dazu habe. Wieder dieselben Leute, das gleiche Gerede.«

»Das ist Teil meiner Arbeit.«

Mit einem gewissen Schuldgefühl bemerke ich, dass die Fröhlichkeit aus seinem Gesicht gewichen ist. Allmählich geht ihm das gehörig auf die Nerven, dass er so wenig von mir hat. Aus seiner Sicht hat er vielleicht sogar recht, denn im Augenblick ist es wirklich fast unmöglich, mit mir zusammenzuleben.

»Natürlich komme ich!«

Er nickt, doch die Falte zwischen seinen Augenbrauen bleibt. Ich stehe auf und stelle mich hinter ihn. Ich lege die Arme um seine Schultern, meine Lippen auf sein Haar.

»Können wir heute Abend nicht etwas früher ins Bett gehen?«

»Tut mir leid, aber ich muss noch was für morgen fertig machen.«

Ich nehme wieder ihm gegenüber Platz und schäme mich für das Gefühl der Erleichterung, das in mir aufkommt. Mit unserem Sexleben ist es momentan nicht weit her. Die letzten Wochen lag es wohl an mir, aber davor war es auch nicht gerade das Gelbe vom Ei. Aus irgendeinem Grund will echte Lust nicht mehr so recht aufkommen. Irgendwie ist dafür nicht die richtige Stimmung, schon eine ganze Weile. Wir haben ein paar Mal darüber gesprochen, wenn wir nebeneinander im Bett lagen, nachdem wir ausnahmsweise doch mal wieder miteinander geschlafen hatten. Ein sicherer Moment, um über so etwas zu reden, weil dann alles für kurze Zeit in Ordnung scheint. »Warum machen wir das eigentlich nicht öfter?«, haben wir einander dann gefragt. Ich hatte meinen Kopf an seine Schulter gelegt, er hielt einen Arm um mich geschlungen, die Hand auf meiner Brust. »Es muss ein bisschen Pep in unser Leben kommen.« Schon ziemlich schläfrig überlegten wir, dass wir öfter mal ein Wochenende zusammen wegfahren sollten. Paris oder ein Kurztrip nach London, um ein paar interessante Ausstellungen anzusehen, essen zu gehen, etwas zu viel zu trinken – um einfach mal wieder Zeit füreinander zu haben. Wirklich Zeit, das heißt Zuwendung, Anteilnahme. Wir arbeiteten zu viel, gingen zu sehr in unseren eigenen Dingen auf. Kein Wunder, dass man sich da voneinander entfernt. Das würde doch jedem in dieser Situation so gehen. So läuft es doch immer, oder etwa nicht?

Aber seit Floor verschwunden ist, liegt es auf einmal nur noch an mir. Seiner Meinung nach bin ich unnahbar, zeige kaum mehr Interesse an ihm, dabei hätte er oft genug mal wieder Lust.

»Schade, dass ich nichts davon merke«, hatte ich erwidert.

»Als würde das etwas ändern.«

Das sind so Gespräche, wie man sie dann führt und die man so schnell wie möglich beenden sollte. Sie haben einfach keinen Sinn, ein solches Gespräch eskaliert nur irgendwann, und dann können letztlich nur beide verlieren. Doch ich kann nicht bestreiten, dass ich jeden Abend so hundemüde ins Bett falle, dass ich schon einschlafe, bevor mein Kopf überhaupt das Kissen berührt.

»Lass uns was Schönes zusammen unternehmen, morgen«, sage ich. Ein Versuch, meinen guten Willen zu zeigen. »Nach dem Empfang irgendwo zusammen essen gehen, das haben wir schon so lange nicht mehr gemacht.«

Er sieht mich an, als wäre ich nicht recht bei Trost.

»Ich bin froh, wenn ich es überhaupt schaffe, zum Empfang zu erscheinen. Ich werde auch nur kurz bleiben, dann muss ich wieder zurück ins Büro.«

Ich räume die Teller ab und gehe zurück in die Küche. Es ist meine Schuld, dass es so beschissen zwischen uns läuft, denke ich schuldbewusst. Warum kann ich nicht einfach den Mund halten, nichts mehr über die Sache mit Floor sagen!

Ich höre seine Schritte im Flur.

»Und was machst du jetzt?«

»Arbeiten.«

Er geht die Treppe hoch, die dritte und die siebte Stufe knarren. Er hätte mich wenigstens kurz in den Arm nehmen können.

Das Verlangen danach, mich bei jemandem anzulehnen, auch wenn es nur einen kurzen Moment ist, wird mit jedem Tag stärker.

Außerdem würde ich ihm gerne sagen, dass ich auch nicht mehr weiterweiß. Dass ich wirklich nicht die geringste Ahnung habe, was ich tun kann, um Floor wiederzufinden. Dass ich sie so schrecklich vermisse. Ich gehe auf den Flur, um Frank aufzuhalten, doch ich höre nur noch seine Zimmertür ins Schloss fallen. Einen Moment später ist das Haus erfüllt von der Zehnten von Mahler, sie inspiriert ihn, sagt er. Ich bekomme Herzklopfen davon. Diese Musik wirkt auf mich so anrührend, dass ich nichts anderes tun kann, als zuzuhören. Oft sitze ich auf der obersten Treppenstufe, um den Klängen aus der Nähe zu lauschen. Ich lehne dann meinen Kopf an die Wand und schließe die Augen. Jetzt kann ich diese Musik jedoch nicht ertragen. Ich schließe die Zimmertür und schalte den Fernseher an, wo mich die Trümmer eines abgestürzten Flugzeugs ablenken.

Ich ziehe ein Kleid an, von dem ich mir sicher bin, dass es Frank gefällt. Eigentlich ist es dafür etwas zu warm, aber ich gehe mal davon aus, dass Verhoeven eine Klimaanlage hat. Wenn man für solche Unmengen an Geld seinen Laden umbauen lässt, muss das ja wohl gerade noch drin sein.

Da mir nicht der Sinn danach steht, mich in eine überfüllte Straßenbahn zu quetschen, entscheide ich mich dafür, zu Fuß zu gehen. Ich müsste für den Weg etwa eine Viertelstunde brauchen, aber eine Viertelstunde bei enormer Hitze kann ziemlich lang werden. Als ich bei Verhoeven ankomme, fühlt sich alles klamm und klebrig an, sodass ich sofort auf der Toilette verschwinde, um ein paar Minuten lang meine Unterarme unter den kalten Wasserhahn zu halten. Am Eingang des Empfangsraums kommt mir Marianne entgegen. Sie hat ein Glas Champagner in der Hand, und der übertriebenen Herzlichkeit nach zu urteilen, ist es nicht ihr erstes Glas. Ich begrüße sie mit Küsschen rechts und links, ohne dass meine Lippen ihr Gesicht berühren. Sie dagegen gibt mir einen dicken Schmatzer, und ich muss mich zusammenreißen, nicht sofort danach mein Gesicht abzuwischen. Gegen diese ewige Küsserei entwickle ich eine immer größere Abneigung, aber man kommt einfach nicht drum herum. Man kann verkünden, dass man von abscheulichen Bazillen befallen ist, aber nachdem man ein paar Mal auf diese Ausrede zurückgegriffen hat, zieht sie auch nicht mehr. Ich frage mich schon seit Jahren, was denn wohl gegen den guten, alten Händedruck einzuwenden ist. Man kann einander bei der Begrüßung in die Augen sehen, wogegen neun von zehn Leuten, die ihre obligatorischen Küsschen verteilen, währenddessen über die Schulter hinweg zu jemand anderem schielen.

»Wie geht es den Kindern?«

Sie hat zwei – sechs und acht Jahre. Ihren Erzählungen nach zu urteilen, sind das nicht gerade Musterknaben. Ihr

Mann hat sie vor zwei Jahren für eine Frau sitzen lassen, die in Autozeitschriften abgebildet ist. Mit riesigen Brüsten und in einem Röckchen, das gerade eben ihren Venushügel bedeckt, lehnt sie an den Türen teurer Autos. Einfach unwiderstehlich.

»Alle Männer bumsen in der Gegend herum«, hatte Marianne gejammert, als sie gerade mitten im Scheidungsprozess steckte.

»Aber meiner muss sie natürlich gleich heiraten. Und dann noch eifersüchtig sein. Sollte ich jemals männlichen Übernachtungsbesuch haben, bekomme ich keine Alimente mehr, hat er erklärt. Und das meint er auch so, da kannst du Gift drauf nehmen.«

Seit ihrer Scheidung kenne ich Marianne eigentlich nur noch als eine Frau, die permanent dabei ist, Kinderbetreuung für ihre Kleinen zu organisieren. Was das angeht, hat ihrer Meinung nach niemand so ein Pech wie sie. Das Aupair, das die Lösung all ihrer Probleme zu sein schien, empfing zu Hause Herrenbesuch, während Marianne im Büro war. Das ging ziemlich lange so, bis Marianne ein benutztes Kondom in ihrem Bett fand. Das Schulmädchen, das danach eingestellt wurde, tauchte häufig gar nicht auf. Dann standen die Kinder auf dem Schulhof und warteten, bis alle anderen abgeholt waren und eine der Lehrerinnen sich erbarmte, sie mit zu sich nach Hause zu nehmen, um von dort aus Marianne anzurufen. Danach kam Merel, eine Studentin, die im Haus stets eine Haschwolke hinterließ. Doch offensichtlich scheint Merel der rettende Engel zu sein. Sie hält sich an Verabredungen und bereitet sogar das Essen vor, sodass Marianne es dann, wenn sie nach Hause kommt, nur noch warm machen muss.

Trotzdem verfinstert sich Mariannes Gesicht, als ich mich nach ihren Söhnen erkundige.

»Sie sollten nächstes Wochenende bei Patrick sein, aber er hat mal wieder abgesagt. Seine Schnepfe will am liebsten gar nichts mit Kindern zu tun haben. Jedes Mal denkt sie sich eine andere Ausrede aus, warum es gerade nicht passt. Ich habe es so satt, das ständige Mutterdasein!«

Sie streckt die Brust heraus und zieht ein Bardot-Schmollmündchen. Dabei sieht sie an mir vorbei, ganz offensichtlich auf der Suche nach jemandem, der für sie interessanter sein könnte. Und das kann ich ihr nicht einmal verübeln. Gelegenheiten wie diese bieten eine vortreffliche Möglichkeit, Männer kennenzulernen. Man wäre ja dumm, das nicht auszunutzen. Allmählich kenne ich sie, die Singles über dreißig, die jetzt, da die unheilvolle Vierzig in Sicht kommt, nervös werden, weil sie noch immer keinen Mann haben und oftmals auch kein Kind.

Frank kommt auf mich zu. Er legt mir die Hand auf die Schulter und drückt mir einen flüchtigen Kuss auf den Hals.

»Kannst du Van Doren mal ein paar Leuten vorstellen? Er kennt hier fast niemanden«, sagt er zu Marianne. Die Bitte klingt ziemlich schroff, als sei er der Meinung, sie hätte selbst auf diese Idee kommen können. Sie errötet und dreht sich auf dem Absatz um. Wir blicken ihr nach, wie sie sich mit schwingenden Hüften ihren Weg durch die Menschenmenge bahnt.

»Ich kann das Gejammer über Kinder nicht mehr hören«, bemerkt er, »aber sie ist wirklich gut.«

Er ergreift meine Schulter und führt mich zu einem Ehepaar, dem ich unbedingt vorgestellt werden muss.

Es war Thijs' Zimmer, vom allerersten Moment an, seit wir nach der Scheidung zusammen in dieses Haus gezogen sind. Er war damals neun Jahre alt. Ein schmächtiger Junge mit einem ranken Hals, auf dem das hübscheste

Kinderköpfchen thronte, das ich jemals gesehen hatte. Wie eine besondere Blume auf einem eleganten Stiel. Ich war schon immer regelrecht verknallt in mein eigenes Kind gewesen. Nachdem sein Vater dann mit einer blondierten Marketingmanagerin durchgebrannt war, die ihn zu ihrer Zielgruppe erklärt hatte und dabei anscheinend vor keiner Form von Markforschung zurückschreckte, war meine Liebe zu meinem Kind noch stärker geworden. Vielleicht wird er irgendwann mal beim Psychiater landen, aufgrund von zu viel Mutterliebe, doch mir kann niemand vorwerfen, dass es in dieser Zeit heilsam war, dass wir einander so lieb hatten.

In den ersten Jahren nach der Scheidung hatte ich nicht viel Geld. Von dem ansehnlichen Einkommen meines Exmannes hatte ich nun nichts mehr. Nicht, weil Bob so geizig war, sondern weil ich zu stolz war: »Du glaubst doch wohl nicht, dass ich das nicht ohne dich hinkriege!« Durch meine Schreiberei verdiente ich nicht wirklich genug, und auf einmal wurde die Lage ernst. Ich verbrachte die Nächte an meinem Schreibtisch, um mir Themen für Artikel zu überlegen, die ich dann versuchte, an den Mann zu bringen. Das bisschen Geld, das ich hatte, gab ich für Thijs' Zimmer aus. Es sollte seine sichere Höhle werden, ein Ort, an dem er sich groß und unbesiegbar fühlen konnte. Daher bestand die erste Metamorphose darin, eine einfache Dachbodenkammer in die Räuberhöhle eines Piratenkapitäns umzumodeln. Thijs schlief mit schwarzer Augenklappe und mit Plastikschwert neben dem Kopfkissen. Wenn Essenszeit war, musste ich »Entern!« nach oben rufen, weil er sonst nicht am Tisch erschienen wäre. Weigerte er sich, ins Bett zu gehen, mahnte ich beim dritten Mal, dass dies nun wirklich der letzte Schuss vor den Bug war. Nach der Räuberhöhle sollten sich Einrichtung und Atmosphäre des Zimmers noch mehrmals verändern. Als Thijs dann schließlich auszog, um in Amsterdam sein Jurastudium zu beginnen, blieb sein Zimmer eine Art Museum der letzten Jahre, in denen er zu Hause gewohnt hatte. Prince-Poster und Plattenhüllen klebten an den Wänden, daneben ein eckiges Herz aus Marlboro-Päckchen – die meisten davon hatte ich geraucht. Es gab Zeitungsausschnitte von Frauen, die ihre überproportionalen Brüste mit beiden Händen in Richtung Kamera hielten. Thijs hatte provozierend neben mir gestanden, als ich das erste Mal, nachdem er die Fotos aufgehängt hatte, in seinem Zimmer war. Er erschrak aufrichtig, als ich daraufhin in Gelächter ausbrach. An seinem Bücherregal hingen Klassenfotos. Thijs hockt, in kurzer Hose, ganz vorne im Bild. Das war in der ersten Klasse. Im letzten Schuljahr war er in der hintersten Reihe zu sehen. Er war einer der Größten, um den Hals hatte er lässig einen Hockeyschal geschlungen, die blonden Augenbrauen im Sonnenlicht gerunzelt. In einer Ecke seines Zimmers standen die Schläger, die er im Laufe der Jahre verschlissen hatte, die Griffe aus Frottee und Leder waren kaputt und ausgefranst. Daneben Tennisschläger mit gerissenen Saiten. Und unter einem Stuhl in einer Zimmerecke lagen ein paar zerschlissene Basketballschuhe. Ich kam regelmäßig hierher, unter dem Vorwand zu putzen. Meistens saß ich dann aber auf der Bettkante und sah mich um, vollkommen perplex darüber, wie schnell die Zeit verging.

Und dann trat Frank in mein Leben. Natürlich war es ein großartiges Gefühl, wieder verliebt zu sein und sich jemandem zugehörig zu fühlen. Aber von Zusammenziehen wollte ich lange Zeit nichts wissen. Es war doch alles sehr schön so, wie es war, mehr verlangte ich überhaupt nicht.

Vielleicht wäre es niemals dazu gekommen, hätte Frank nicht aus seinem Haus herausgemusst, weil es im Rahmen eines geänderten Flächennutzungsplans abgerissen werden sollte. Anstatt also noch länger unsere *Living-apart-together*-Beziehung zu genießen – denn was gibt es Schöneres, als nach einem gemeinsamen Wochenende wieder allein zu tun, wonach einem gerade der Sinn steht –, entschieden wir uns dafür, zusammenzuziehen. Allerdings war das das falsche Wort für eine falsche Situation. Von Zusammenziehen konnte nämlich im Grunde keine Rede sein, vielmehr zog Frank einfach bei mir ein, und laut Wörterbuch nennt man so etwas »Unterkunft mit Verpflegung«. Das ist so ungefähr das Tödlichste, was man in einer Beziehung tun kann. Auf einmal sollte ich mich von einem großen Teil meines Besitzes trennen, auf den ich allerdings überhaupt nicht verzichten wollte. Ich musste Platz für Franks Sachen machen, die ich gar nicht in meinem Haus haben wollte. Ich schmiss Klamotten weg, die ich sonst aufgehoben hätte, und brachte Schränke und Stühle zum Gebrauchtwarenladen – oftmals stinksauer und den Tränen nahe. Aber das Schlimmste sollte erst noch kommen: Frank brauchte ein Arbeitszimmer, und in meinem Haus war der einzige Raum, der dafür in Frage kam, Thijs' Zimmer.

»Aber natürlich müsst ihr das Zimmer nutzen«, erklärt Thijs, »ist doch überhaupt kein Problem.«

Er tut so, als müsste er die Schnürsenkel seiner Baseballschuhe zubinden – als würde ich nicht sehen, dass sie perfekt sitzen. Mit den Schuhen ist alles in Ordnung, er braucht lediglich einen Vorwand, um für einen kurzen Moment sein Gesicht zu verstecken, um mir nicht in die Augen schauen zu müssen.

»Aber ich will das nicht«, sage ich.

»Meine Güte, Mam, wenn ich doch sage, dass es kein Problem ist.«

»Dann hast du hier kein eigenes Zimmer mehr«, beharre ich störrisch.

»Ich kann doch im Gästezimmer schlafen.«

Ich denke an das winzig kleine Zimmer, kleiner geht es wirklich nicht, ein Bett würde nur mit Mühe hineinpassen. In der Ecke ist ein winziges Waschbecken, von einer Größe, wie man sie sonst nur auf Gästetoiletten antrifft. Kahle Wände. Das wird wohl auch so bleiben, denn Thijs wird dort garantiert nicht seine Prince-Poster aufhängen. Die gehören schließlich der Vergangenheit an, sie sind Teil seiner Jugend. Auch wenn das eine merkwürdige Aussage ist über jemanden, der doch eigentlich noch immer so jung ist, fast noch ein Kind. Ich versuche, mich zu entsinnen, was in seinem Studentenzimmer an der Wand hängt. Vor einiger Zeit war es das Grundgesetz. Ich stand eine Weile davor und las. Faszinierend zu sehen, wie viele Rechte Menschen auf dem Papier haben und wie wenig davon in der Praxis besteht. Was nun dort hängt, weiß ich nicht, dafür bin ich schon viel zu lange nicht mehr bei ihm gewesen.

»Ich wünschte, es wäre nicht nötig.« Ich beiße mir auf die Lippen, ich spüre, wie mir die Tränen kommen.

»Erinnerst du dich noch an die Räuberhöhle?«

»Natürlich«, erwidert er.

»Du hast immer mit einer schwarzen Augenklappe geschlafen.«

»In zwei Wochen sind meine Prüfungen geschafft. Dann komme ich vorbei, um das Zimmer leerzuräumen.«

Ich weiß, dass er nicht darüber sprechen will, über die Tatsache, dass Frank bei mir einziehen wird, und erst recht nicht darüber, dass in seinem Zimmer bald ein Zeichentisch stehen wird. Mein Kind wird von meinem Liebhaber aus dem Haus gejagt, denke ich theatralisch. Nur Maud versteht, wie ich mich fühle.

»Jetzt wird Thijs wirklich erwachsen«, sagt sie. »Von nun an kommt er nicht mehr zu dir nach Hause, sondern zu dir auf Besuch.«

Diese Aussage muntert mich auch nicht gerade auf, aber entspricht genau meinen eigenen Gedanken.

Bob hat das Restaurant ausgesucht, klein und exklusiv. In guten alten Zeiten haben wir hier einige Stunden verbracht. Ich frage mich, ob er den Tisch dort zu seinem eigenen Vergnügen reserviert hat oder weil er denkt, dass ich auf solch sentimentales Gehabe stehe. Es ist schon wieder ein warmer Tag, die Hitze flimmert über dem Asphalt, der an einigen Stellen anfängt zu schmelzen, und ich hoffe, dass Bob um einen Tisch im Innenhof gebeten hat. Dort sitzt man umringt von dicken Backsteinmauern, zwischen Palmen und Feigenbäumen, die in großen Holzkästen wachsen. Ein kleiner Springbrunnen, ursprünglich von einem italienischen Landsitz, wird dafür sorgen, dass ich alle halbe Stunde auf die Toilette muss. Ansonsten gibt es nichts gegen diesen Ort einzuwenden. Ich überlege, warum sich Bob wohl mit mir treffen will. Bezüglich der Finanzen haben wir uns schon vor vielen Jahren geeinigt, genau wie über die Aufteilung der Möbel. Auch wenn wir uns eigentlich ganz gut verstehen, hat, denke ich, keiner von uns das dringende Bedürfnis, den anderen öfter als nötig zu sehen.

Als ich erhitzt und etwas klebrig das Restaurant betrete, sehe ich ihn durch die offenen Türen an einem der Gartentische sitzen. Er springt auf. Der Idiot hat bei dieser Hitze mal wieder ein Jackett angezogen. Ich sehe

Schweißperlen auf seiner Stirn und Oberlippe, aber nur für den Bruchteil einer Sekunde, denn dann spüre ich bereits seinen Schweiß über mein Gesicht laufen, als er mir zärtlich drei Küsschen auf die Wangen gibt. Er schiebt für mich den Stuhl zurück, und ich nehme die große Damastserviette und tupfe mir damit das Gesicht ab.

»Einen Kir?«, schlägt er vor, während er mir gegenüber Platz nimmt.

Das ist der Drink, mit dem wir traditionell jedes Essen eingeleitet haben, als wir noch zusammen waren. Seit der Scheidung habe ich bei unseren gelegentlichen Verabredungen nur noch roten Martini getrunken. Das ist eine meiner kleinen Protestaktionen, die ich so liebe und die niemand jemals bemerkt. Heute ist mir das jedoch vollkommen einerlei, ich habe andere Dinge im Kopf, als meine Selbstständigkeit mit einem Drink zu beweisen.

»Auf Eis«, sage ich.

»Meine Güte, Emma. Dein Geschmack ändert sich auch nicht.«

»Wie sollte er auch, ohne dich.«

Er grinst. »Weißt du, dass ich deine scharfen Kommentare vermisse?«

»Und was vermisst du sonst noch?«

Er zieht die Schultern hoch. »Vertrautheit. Eine gemeinsame Vergangenheit. Nicht den Bauch einziehen und meinen Urlaub im Club Med verbringen zu müssen.«

»Tja, das ist der Preis, wenn man sich die Jugend ins Bett holt«, sage ich schroff. »Du erwartest ja wohl kein Mitleid von mir?«

»Von dir? Nichts läge mir ferner!«

Die Kirgläser werden an unseren Tisch gebracht. Die Mini-Eiswürfel klirren fröhlich, als wir miteinander anstoßen.

»Worauf sollen wir trinken?«

Es ist wie ein Schlag ins Gesicht. Seit ich das Restaurant betreten habe, habe ich nicht mehr an Floor gedacht. Tatsächlich hatte ich es für einen kurzen Moment vergessen. Bob sieht die Veränderung in meinem Gesicht.

»Auf Floor«, schlägt er vor, »und dass sie schnell wieder zurückkommt, so kann es ja wohl nicht weitergehen.«

Ich setze mein Glas ab. »Hat Thijs dir davon erzählt?«

»Natürlich, warum sollte er es verschweigen, es ist doch kein Geheimnis? Er macht sich Sorgen.«

»Wirklich? Mir gegenüber tut er immer so, als wäre das alles nur ein einziger Witz. Er weigert sich zu glauben, dass etwas Ernstes passiert sein könnte.«

»Sorgen um dich.«

»Oh.«

Wir sehen einander an.

»Emma, du siehst wirklich schlecht aus. Ich höre von Thijs, dass du öfter in Floors Haus bist als bei dir zu Hause. Und Frank sagt, dass du kaum noch arbeitest, dass du ...«

»Frank!« Meine Stimme überschlägt sich. »Wann hast du denn bitte mit Frank gesprochen?«

»Ich habe ihn auf einem Empfang getroffen. Purer Zufall. Interpretier da bitte nichts hinein, aber natürlich habe ich mich nach dir erkundigt, worüber soll ich denn sonst mit diesem Kerl reden. Er denkt, dass du besessen bist von Floors Verschwinden. Er weiß nicht, wie es mit dir weitergehen soll.«

Das muss ich erst einmal verarbeiten. Mein Freund redet also mit meinem Ex über mich.

»Was um Himmels willen hat er sich denn bitte von dir erhofft?«

»Vielleicht einen weisen Rat. Oder er wollte einfach nur sein Herz ausschütten, und zwar bei jemandem, der mehr von dir weiß als er selbst. Du vergisst, dass ich eine ganze Weile Teil deiner Familie gewesen bin. Ich kenne Floor. Ich kenne dich. Ich kam besser mit deiner Mutter zurecht als du.«

»Sehr schön. Wie überaus freundlich von dir, dass du mich an dieser Stelle mal wieder darauf hinweist, dass mein Verhältnis zu meiner Mutter nicht optimal ist. Ich könnte es ja vergessen haben. Aber du hast natürlich recht, sie war ja ganz verrückt nach dir. Für sie war es sehr schlimm, dass du weggegangen bist.«

»Du hast mich rausgeworfen.«

»Als ob du sonst nicht abgehauen wärst.«

»Möglicherweise nicht.«

»Dann hättest du nie erfahren, wie schön der Club Med ist. Und warum hast du meine Mutter danach nie mehr besucht? Mit ihr hattest du doch keinen Streit?«

»Ich habe sie besucht. Vor zehn Tagen. Nachdem Thijs von Floor erzählt hat.«

Ich nehme einen Schluck Kir. Das Eis ist geschmolzen, der Drink ist jedoch kaum kühler, dafür aber wässriger geworden. Einen guten Drink versauen, ohne dass es nötig wäre – solche sinnlosen Handlungen sind wenigstens etwas, was ich gut kann. Ich nehme noch einen Schluck und ignoriere Bobs erwartungsvollen Blick. Ich erinnere mich daran, wie wir früher, als Thijs im Ferienlager war, zusammen in den Urlaub gefahren sind. Dort gingen wir bei warmem Wetter mittags immer essen. Ein leichtes Essen, ein Salat mit etwas Baguette, ein guter Weißwein. Und dann ins Hotel, das Sonnenlicht durch die Jalousien gebrochen, dazu das Geräusch des Ventilators an der Zimmerdecke. Ich spüre wieder das wunderbare Gefühl des kühlen Windzugs auf meinem nackten Körper. Und Bob. Natürlich Bob, um den sich mein Leben drehte. Meine erste Liebe, meine größte Liebe und vielleicht sogar meine einzige wirkliche Liebe.

»Du bist bei meiner Mutter gewesen«, bemerke ich. »Du bist bei ihr ins Zimmer geplatzt und hast gesagt: ›Hallo, ich bin Bob. Ich war mal mit Emma verheiratet. Erinnern Sie sich?‹«

»Ich habe angerufen, um mich anzukündigen. Sie hat sich gefreut, von mir zu hören. Von Vorwürfen kann nicht die Rede sein. Komm schon, Emma, deine Mutter ist eine echte Dame. Außerdem war sie zu sehr durcheinander wegen Floors Verschwinden. Von *uns* beiden hat sie überhaupt nicht gesprochen. Es ging nur um Floor. Und dass sie sich solche Sorgen um dich macht, weil du dich auf irgendeine Weise dafür verantwortlich fühlst.«

Ich nehme einen Schluck Wasser und hole tief Luft. »Meine Mutter macht sich auch schon Sorgen um mich?« Ich schüttle den Kopf, in der Hoffnung, dass mein Hirn auf diese Weise wieder normal zu arbeiten beginnt. Aber meine Gedanken bleiben ein einziges Wirrwarr.

»Das hat sie gesagt, ja. Du darfst nicht vergessen, dass sie jetzt schließlich nur noch eine Tochter hat.«

»Natürlich! Je weniger Güter auf dem Markt, umso höher der Preis. Ist das nicht ein Gesetz aus der Wirtschaft?«

Er lächelt. Dabei lässt er seine Augen über die Speisekarte schweifen.

»Ich verstehe das alles nicht so ganz«, sage ich. Es kostet mich einige Mühe, mich richtig zu artikulieren. Das ist bei mir der Effekt von Alkohol in Kombination mit warmem Wetter. »Was mache ich hier eigentlich? Und was machst *du* hier überhaupt?«

Er reicht mir die Speisekarte. »Lass uns erst einmal etwas bestellen. Und ist es okay, wenn ich mein Jackett ausziehe?«

»Ach, mach doch nicht so ein Tamtam«, sage ich. Wenn ich etwas nicht leiden kann, dann sind es solche Höflichkeitsfloskeln. Er zieht sein Jackett aus und drapiert es, so gut es geht, ohne dabei aufzustehen, über seine Stuhllehne.

Ich sehe mir die Karte gar nicht an.

»Bestell irgendwas für mich.«

»Salat«, sagt er, »Baguette, Weißwein.«

Ich gucke ihn an und sehe an seinen Augen, dass er dieselben Erinnerungen hat wie ich gerade eben.

Ich breche kleine Stücke vom Weißbrot ab und picke mit der Gabel Garnelen aus dem Salat, der köstlich aussieht. Jammerschade, so etwas jemandem vorzusetzen, der absolut keinen Appetit hat.

Bob beugt sich zu mir herüber.

»Jetzt erzähl doch mal. Von Anfang an. Von dem Moment an, als du gemerkt hast, dass etwas nicht stimmt. Ich weiß in groben Zügen, was passiert ist, aber du bist die Einzige, die es genau wiedergeben kann.«

Das lasse ich mir nicht zweimal sagen. Zu gerne erzähle ich alles noch einmal der Reihe nach. Ich hoffe, dass meine eigene Geschichte mich auf eine neue Idee bringt oder vielleicht einen neuen Gesichtspunkt beleuchtet.

Als ich fertig bin, fühlt sich meine Kehle trocken an. Ich trinke mein Glas Wasser in einem Zug leer und sehe dabei in Bobs nachdenkliches Gesicht. Ich habe keine Ahnung, warum er alles wissen will und warum er seine Zeit für die Suche nach seiner Ex-Schwägerin opfert, aber ich freue mich über das Interesse.

»Dieser Cas …«, setzt er an, »ist meiner Meinung nach eine Schlüsselfigur. Ein Freund, den sie in der Zeit vor ihrem Verschwinden regelmäßig gesehen hat. Man sollte meinen, dass er etwas damit zu tun hat.«

»Aber dann ergibt es keinen Sinn, dass er an dem Tag, an dem Floor verschwunden ist, in einem Restaurant gesessen und auf sie gewartet hat.«

»Ach nein? Und wenn er sie umgebracht hat? Was hindert ihn daran, in das Restaurant zu gehen und so zu tun, als würde er auf sie warten? Damit setzt er doch alle auf die falsche Fährte. Du hast doch selbst gesagt, dass das Personal im Restaurant Mitleid mit ihm hatte. Armer Cas, verliebt und im Stich gelassen. Wer würde das nicht bedauernswert finden.«

»Du denkst also, dass sie umgebracht worden ist?«

»Ich denke gar nichts. Ich sage nur, dass die Tatsache, dass er auf Floor gewartet hat, nicht bedeutet, dass er nichts mit ihrem Verschwinden zu tun hat. Ich würde mir diesen Cas mal vorknöpfen, wenn ich du wäre.«

»Vergiss es! Ich habe keinen Nachnamen, keine Telefonnummer und keine Adresse. Ich habe keine Ahnung, wie er aussieht.«

»Einen Aufruf …«, erklärt Bob. »Diese Seite im Internet, von der du erzählt hast … Wenn dieser Cas unschuldig ist, dann gilt Floor für ihn ebenfalls als vermisst. Dann ist die Chance groß, dass er genau wie du nach ihr sucht. Dann landet er auf denselben Internetseiten wie du.«

Ich lehne mich zurück. Mein Kopf fühlt sich leicht an. Das Bedürfnis, mich hinzulegen – wenn nötig, auf den Fußboden – und eine Stunde zu schlafen, wird von Minute zu Minute größer.

»Ich verstehe noch immer nicht, warum du dich so für Floor interessierst.«

»Ich interessiere mich in erster Linie für dich. Thijs ist aus dem Haus und, bei allem Respekt, dein Frank scheint mir nicht wirklich jemand zu sein, der dir zur Seite steht.«

»Und jetzt siehst du dich als mein Schutzengel.«

Meine Worte klingen aggressiver, als ich beabsichtigt habe.

»Ich sehe mich als einen Freund. Falls du das möchtest.«

Es müsste mit dem Teufel zugehen, wenn mir jetzt nicht die Tränen übers Gesicht laufen, aber bei dieser Hitze kann man sie leicht für Schweißtropfen halten.

Floors Haus ist der einzige Ort, an dem ich mich ihr nahe fühle, auch wenn ich dort in regelmäßigen Abständen immer wieder das Gefühl habe, an meinem Kummer zu ersticken.

Ich sortiere die Post, schalte den Gartensprenger ein und lüfte die Zimmer. Den schmutzigen Schlafzimmerteppich habe ich vom Holzboden heruntergerissen und zusammen mit der Überdecke zu meinem Auto geschleift. Nachdem ich beides entsorgt hatte, roch mein Auto nach Katzenpisse, obwohl ich alle vier Fenster geöffnet hatte. Da ich so oft im Haus bin, habe ich ein paar Lebensmittel eingekauft. Das vergammelte Obst in der Küche habe ich weggeschmissen und durch glänzende Äpfel, eine Melone und ein paar Kiwis ersetzt. Im Kühlschrank ist Joghurt anstelle der sauer gewordenen Milch, die ich als dicke, stinkende, grünliche Klumpen aus der Verpackung in den Abguss befördert habe. Ich habe den Kaffeevorrat aufgefüllt und meinen Earl Grey mitgenommen. Ein paar Vasen habe ich mit Hortensien und Rosen aus dem Garten bestückt. Im Garten wird der Rasen regelmäßig gemäht, auch wenn ich dort noch nie jemanden gesehen habe. Laut Francien kommt der Gärtner in unregelmäßigen Abständen vorbei. Sie wird ihn das nächste Mal bitten, mit mir Kontakt aufzunehmen. Sie hat mir den Schlüssel gegeben, was soll sie schließlich noch damit.

»Wenn Floor zurück ist, bekomme ich ihn ohnehin wieder«, hat sie erklärt.

Ich habe mich gefragt, ob sie diese Möglichkeit tatsächlich in Erwägung zieht oder ob sie das nur gesagt hat, um mir Mut zu machen. Ich weiß eigentlich selbst nicht, wie es um meinen Mut bestellt ist. Meiner Schwester, und daher ja irgendwie auch mir selbst, ist etwas Ungewöhnliches widerfahren, und ich weiß noch immer nicht, wie ich darauf reagieren soll. Ich habe immer gedacht, es wäre Aufgabe der Polizei, solche Fälle zu lösen, aber so läuft das anscheinend nicht. Erwachsene Menschen dürfen einfach verschwinden und ihre Katze verhungern lassen, sodass ihre Familie krank vor Sorge ist. Das ist alles akzeptabel, solange keine Blutspuren oder abgehackte Gliedmaßen als Beweis für ein Verbrechen herumliegen. Gut – Floor ist im Computersystem registriert, sollte sie in einer anderen Provinz – vielleicht sogar im wahrsten Sinne des Wortes – auftauchen, dann weiß die Polizei dort auf jeden Fall, dass sie in der hiesigen Gegend von jemandem gesucht wird. Ansonsten muss ich selbst sehen, wie ich zurechtkomme. Nichts lieber als das, doch das Problem ist, dass ich noch immer keine Ahnung habe, wie ich das angehen und wo ich überhaupt beginnen soll. Menschen lösen sich nicht in Luft auf, und in einem überbevölkerten Land wie Holland verschwindet man auch nicht einfach mal so. Davon bin ich zumindest bis vor Kurzem immer ausgegangen. Aber es gibt so viele Dinge, die ganz anders sind, als ich bislang gedacht habe. Das Wichtigste ist wahrscheinlich, dass ich mich daran gewöhnen muss, dass ich mir keiner Sache mehr wirklich sicher sein kann –

es sei denn, es gibt einen klaren Grund oder eine Erklärung dafür. Ich kenne das Datum von Floors Verschwinden, aber damit kann ich nichts anfangen. Was ich wissen müsste, ist, *wo* sie verschwunden ist, wo die Linie ihres Lebens und die ihres Schicksals sich treffen. Erst wenn ich diesen Punkt kenne, werde ich wieder zur Ruhe kommen. Natürlich läuft nicht immer alles glatt. Es gibt Gründe, warum ich noch immer nicht jeden Winkel in Floors Haus durchsucht habe.

Ist die Tatsache, dass ich nicht weiß, wo meine Schwester ist, Grund genug, in ihrem Privatleben herumzuschnüffeln? An sie adressierte Briefe zu lesen und ihre Kontoauszüge zu studieren? Wochenlang habe ich nicht gewusst, was ich mit der Post tun soll, die täglich auf die Fußmatte fällt. Ich habe sie erst einmal ordentlich gestapelt und auf ihren Schreibtisch gelegt. Es sind ganz offensichtlich Rechnungen dabei, die innerhalb einer bestimmen Frist bezahlt werden müssen. Aber wie und von wem? Soll ich die Beträge vorschießen und dann später mit Floor abrechnen, oder könnte ich vielleicht eine Vollmacht bekommen, um das Geld auf ihren Namen von ihrem Konto abzubuchen? Der Notar, den ich mit dieser Frage angerufen habe, hat mir erklärt, dass das unmöglich sei. Die Gesetze sind diesbezüglich sehr streng. Was wäre, wenn jemand nach einem Jahr zurückkäme und gar nichts mehr hätte, weil seine Familie das Haus verkauft und sein Bankkonto geräumt hat? Er erklärte mir, wo ich im Internet genauere Informationen dazu fände. Ich könnte dort sehen, wie man diese Dinge gesetzlich regelt, aber ich habe mich bislang noch nicht darum gekümmert.

Ich gehe wieder einen Schritt weiter, da mir klar wird, dass sich, außer mir, niemand wirklich um die Folgen von Floors Verschwinden schert. Wenn ich jetzt in ihrem Haus bin, mache ich alle Post auf, um das Schlimmste zu verhindern. Wie zu erwarten war, hat Floor auch ihre finanziellen Angelegenheiten perfekt organisiert. All ihre Fixkosten werden per Dauerauftrag abgebucht, und was ihren Kontostand angeht, kann sie problemlos noch ein Jahr lang vermisst bleiben. Ein paar einzelne Rechnungen – die Reparatur einer Dachrinne, der Fensterputzer und ihre halbjährliche Zahnarztkontrolle – habe ich ausgelegt. Ich habe alles ordentlich auf einem Zettel aufgelistet und diesen in ihre Schreibtischschublade gelegt. Floor wird stolz auf mich sein, wenn sie das sieht.

Aber das alles ändert nichts an der Tatsache, dass ich mich noch nie im Leben so machtlos gefühlt habe. Manchmal hat man Träume dieser Art: Man will weglaufen, kommt aber nicht vom Fleck. Man will jemanden vor nahendem Unheil warnen, aber die Stimme versagt. So fühle ich mich, während meine Fantasie auf Hochtouren arbeitet. Wo ist Floor? Ob sie wohl irgendwo versteckt wird, in einem dreckigen, dunklen Keller? Ist sie vergewaltigt und danach umgebracht worden und liegt nun in einem einsamen Wald, wo sie einsam verrottet?

Wie oft ich wohl hier noch in ihrem Wohnzimmer sitzen und mich umsehen werde, immer in der Hoffnung, etwas zu entdecken, was ich bis zu diesem Zeitpunkt übersehen habe. Eine Antwort auf die Fragen zu finden, die mich keine Nacht mehr ruhig schlafen lassen.

Diesmal setze ich mich in den Sessel neben dem Kamin, um das Zimmer aus einem anderen Blickwinkel betrachten zu können. An der Wand zwei Gemälde, typisch französische Landschaften, mit viel Olivgrün und Orange. Vor langer Zeit habe ich meine Küche in dieser, damals unglaublich hippen Farbkombination gestrichen.

Außerdem hängt dort eine aus grobem Holz geschnitzte schwarz-graue Maske, auf die ich zeit meines Lebens etwas neidisch gewesen war. Jetzt kommt mir das ziemlich makaber vor. Daneben hängt das unbeholfene Aquarell eines Hortensienstraußes. Auch das löst bei mir eine Gänsehaut aus. Floor hatte es gemalt in der Zeit, als sie noch künstlerische Ambitionen hegte. Sie sah dieses Bild als Beginn einer großen Karriere und sprach dann später von »der Zeit, als ich noch malte«.

Ansonsten sind die weiß verputzten Wände leer. Noch nicht einmal ein Foto von Jaap. Als er noch lebte, hatte sie ein paar Bilder auf einem antiken Tischchen am Fenster stehen. Darunter waren auch einige Urlaubsfotos: Floor und Jaap an der Reling eines Kreuzfahrtschiffes, irgendwo im Mittelmeer, die Augen gegen die Sonne zusammengekniffen. Mit Freunden auf weißen Fahrrädern im Nationalpark Hoge Veluwe. Zusammen am Beckenrand des Schwimmbads ihres spanischen Bungalows, den sie kurz vor Jaaps Tod verkauft hatten. Übrigens einer der Gründe, warum Floor nach seinem Tod ohne finanzielle Nöte ihren bisherigen Lebensstil fortführen konnte. Dass Jaap zu einem günstigen Zeitpunkt seine Aktien an einer IT-Firma verkauft hatte, trug seinen Teil dazu bei. Es waren hübsche Fotos gewesen, aber wer weiß, ob sie nicht mehr Glück vorgetäuscht hatten, als die beiden damals in Wirklichkeit empfunden hatten. Auf einer Fotografie guckt man eigentlich nie missmutig – sobald man eine Kamera auf sich gerichtet weiß, lacht man normalerweise. So gehört sich das, und kein Mensch würde dies je in Frage stellen. Nach Jaaps Tod waren die Fotos verschwunden, und das Tischchen stand irgendwo anders. Dass sie keine Lust mehr hatte, jeden Tag den Mann anzusehen, der zusammen mit seiner Freundin auf einer angeblichen

Dienstreise verunglückt war, erschien mir mehr als logisch.

Ich erhebe mich und schlendere durchs Zimmer. Dabei versuche ich, meine Sinne für jegliche Eindrücke offenzuhalten – was nicht besonders einfach ist in dieser lähmenden Hitze. An der Garderobe im Flur hängen eine kurze Jacke, daneben ein Regenmantel und eine Strickjacke mit Zopfmuster. Unter der Garderobe stehen Laufschuhe und knallrote knöchelhohe Gummistiefel.

Die Küche bietet auch keine wirklich neuen Perspektiven. Eine makellose, saubere Anrichte, zwischen Plexiglasbuchstützen stehen einige Kochbücher und drei Gartenbücher. In der Mitte der Küche befindet sich ein rechteckiger Eichenholztisch mit vier Stühlen, von denen drei ein Kissen haben, das mit einem Band an den Rückenlehnen befestigt ist. Mir ist vorher nicht aufgefallen, dass ein Kissen fehlt. Wahrscheinlich ist es in der Reinigung. Floor war sehr ordentlich, um nicht zu sagen aufräumwütig. Ein winziger Fleck – und sofort wollte sie etwas nicht mehr benutzen. Die Reinigung muss sie jährlich ein Vermögen gekostet haben. Ich nehme mir vor, nach einem Abholschein für das Kissen zu suchen. Alles soll so gut es geht in Ordnung sein, falls meine Schwester unerwartet zurückkommt. Ich bin noch immer auf nichts gestoßen, was verdächtig aussieht oder mir als Anhaltspunkt dienen könnte. Ich denke an Thriller, die ich gelesen habe. Darin stößt die Hauptperson immer wieder auf wichtige Hinweise. Das scheint in dem Genre einfach so üblich zu sein, und ich überlege mir allmählich, worauf diese Bücher überhaupt basieren.

Es ist ziemlich stickig, da alle Fenster hier unten und auch die Küchentür fest verriegelt sind. Sie haben Sicherheitsschlösser, und ich weiß nicht, wo Floor die Schlüssel aufbewahrt. Mir ist warm, und ich fühle mich eingesperrt. Der Schweiß läuft mir den Nacken herunter. Ich gucke auf die toten Fliegen auf der Fensterbank und auf die einzige Überlebende, die mit strampelnden Beinchen auf dem Rücken liegt und kraftlos die Flügel bewegt.

Dann wende ich mich ab und seufze.

Floors Dessous liegen in den Schubladen der antiken Kommode im Schlafzimmer. Das weiß ich, weil ich einmal auf dem Bett gesessen habe, während Floor ihre Koffer für den Urlaub packte. Die Kommode hatte sie von Mutter bekommen, als diese nach Papas Tod in ihr betreutes Wohnen umzog. Ich hatte ebenfalls auf die Kommode spekuliert. Als Kind hatte mir der Kupferbeschlag gefallen, die blank geputzten Ringe, mit denen man die Schubladen aufzieht. Das funktioniert allerdings nicht ganz so einfach, nicht vergleichbar mit modernen Schränken, bei denen die Laden auf Metallschienen laufen. Man muss darauf achten, dass man beide Ringe gleichzeitig zu sich heranzieht, sonst zieht man die Schublade schief auf und hat ein Problem. Zudem muss man zur rechten Zeit die Knie gegen die Vorderseite der Schublade drücken, da sie sonst, wenn man sie zu weit aufzieht, leicht ganz herausrutscht. Mutter rieb die Kommode jede Woche mit einem von ihr selbstgemachten Bienenwachs ein. Seine Herstellung war eine ziemliche Arbeit, bei der man nach und nach etwas Terpentin hinzufügte, um es cremig zu bekommen. Der Holzglanz war tief und geheimnisvoll, genau wie der leichte Wachsgeruch, der die Kommode umgab. Natürlich hegte ich keinerlei Hoffnung, dass sie mir jemals zugesprochen werden könnte. Mutter und Floor, ihre älteste Tochter, »meine Erstgeborene«, wie sie mit diesem besonderen Tonfall stets hervorhob. In diesen Momenten hasste ich sie und Floor aus tiefstem Herzen – eine Reaktion, für die ich mich im nächsten Augenblick gleich hoffnungslos schuldig fühlte. Es war deshalb auch klar, dass Floor sich zuerst die Möbel aussuchen durfte, die Mutter nicht mitnehmen konnte – und Floor hatte einen guten Geschmack. Die Kommode war das Erste, wofür sie sich entschied. Danach das elegante Eckschränkchen mit Einlegearbeit aus Ebenholz und Elfenbein, entworfen von Berlage. Natürlich nahm sie das antike japanische Teeservice ebenfalls gleich mit, das in dem Schrank ausgestellt war. »Für mich ist es ein wunderbares Gefühl zu wissen, dass das Schränkchen bei dir stehen wird«, hatte Mutter gesagt. Ich saß schweigend daneben. Im Grunde hätte ich genauso gut gar nicht zu kommen brauchen, aber Mutter hatte mich für dieses Schauspiel ausdrücklich eingeladen. »Ich schätze meine Töchter beide gleich«, hatte sie noch gesagt. Dabei fragte ich mich, wem sie damit etwas vormachen wollte. Mir sicherlich nicht. »Du hast noch gar nichts gesagt, Emma«, stellte Floor fest, nachdem sie ruhig und bedächtig ihre Entscheidungen getroffen hatte. »Aber du machst dir ja auch nicht so viel aus Familienkram.« Ich zuckte die Achseln, um zu betonen, dass ich mir tatsächlich nicht so viel aus Familienkram machte, woraufhin dann ganz beiläufig noch ein schwarzes Wedgwood-Teeservice mit kleinen Frauenfiguren und ein paar andere hübsche Kleinigkeiten zu ihr herüberwanderten. Die Gesichter von Mutter und Floor, die einander so ähnlich waren, sahen mich erwartungsvoll an – und tatsächlich interessierten mich die Dinge, die jetzt noch übrig waren, nicht. Ich ging mit dem hundsmiserablen Gefühl nach Hause, dass man mir übel mitgespielt hatte, doch gleichzeitig wusste ich, dass Mutter und Floor der Meinung waren, es sei so abgelaufen, wie es sich gehörte:

Diejenige, die »sich mehr aus Familienkram machte«, würde auf jeden Fall auch am besten darauf aufpassen.

Ich stehe vor der Kommode und halte das kühle Metall der Kupferringe in den Händen. Ich ziehe die Schublade zu mir heran: ordentliche, nach Farben sortierte Unterwäschestapel. In prüdem Weiß, verführerischem Schwarz und in Bordeauxrot mit viel Spitze. Eine Kombination in Lavendelblau. In der einen Schubladenecke liegen ein paar Strings. Ich sehe sie mir erstaunt an. Floor trägt String? Ich hätte nie gedacht, dass Floor eine Schwäche für Unterwäsche hat, aber hier ist alles, was das Herz begehrt. Was ich mit dem Herumwühlen in ihren Schubladen wirklich bezwecke, weiß ich selbst nicht so recht. Vielleicht finde ich ja einen geladenen Revolver in einem Stapel leichter BHs? Oder Drohbriefe, in denen der Text aus achtlos ausgeschnittenen Zeitungsbuchstaben zusammengeklebt ist? Floors Unterwäsche ist überraschend, aber auch nicht wirklich aufsehenerregend. Ich erinnere mich, dass ich ihr einmal erzählt habe, dass ich meinen neuen String keine Stunde anbehalten konnte, weil er so unglaublich unbequem war. Sloggis, das war mehr was für mich – normale, solide Unterhosen, da merkt man wenigstens, dass man etwas anhat. Sie lächelte daraufhin nur. Vielleicht trug sie in dem Moment selbst einen String. Ich denke an die Kondome, die ich im Badezimmer gefunden hatte.

»Das Thema Männer ist für mich durch!« – Wie oft habe ich sie das sagen hören. Nun gut, sie hat ihre Meinung geändert, aber warum musste das geheim gehalten werden? So etwas verschweigt man doch nicht? Ich habe ihr so oft von meinen persönlichen Dingen erzählt, von Bob und mir und später von Frank und mir – meistens mehr, als ich eigentlich beabsichtigt hatte. Sie konnte mich mit einer einzigen Frage zum Weitersprechen animieren, wenn mir mit einem Mal aufgefallen war, dass ich zu viel von meinem Privatleben preisgegeben hatte: »Und wie hat er darauf reagiert?« Oder: »Wie fand er das?«

Ich denke, dass es ihr ein Gefühl von Macht gab, dass sie so viel von mir wusste und ich so wenig von ihr. Warum ist mir das nur früher nicht aufgefallen?

Auf einmal verspüre ich den Drang, unbedingt Floors Gesicht zu sehen. Unten in meiner Umhängetasche habe ich ein Foto von ihr. Ich trage es seit ihrem Verschwinden immer mit mir herum, in der Hoffnung, dass es mir von Nutzen sein könnte. »Kennen Sie diese Frau?« »Wann haben Sie sie zum letzten Mal gesehen?«

Ich betrachte das Gesicht auf dem Foto. Ja, sie ist attraktiv, wenn auch irgendwie auf eine nüchterne Art und Weise. Ihre Haare sind zurückgekämmt, sie hat helle Haut mit Sommersprossen und tiefgrüne Augen. Auf dem Bild trägt sie eine Jeans, nicht weit und nicht eng, eine Hose, mit der man problemlos segeln oder Rad fahren könnte. Ihr T-Shirt ist für meinen Geschmack zu hochgeschlossen. Sie guckt gegen die Sonne und hält eine Hand schützend vor die Augen. Zum ersten Mal fällt mir auf, dass sie einen hübschen Mund hat, mit vollen Lippen. Die Leute sagen immer, dass wir einander so ähnlich sehen, bis sie uns zum ersten Mal zusammen getroffen haben. Dann werde ich taktvoll als die Lebhaftere bezeichnet, als »die Pippi Langstrumpf«. Und Floor als die Hübschere, aber das wird nie offen ausgesprochen.

»Ich war bei Oma. Sie hat überhaupt nichts von Floor gesagt.«

Wir sitzen im Café *De Brakke Grond*, nachdem ich auf

dem Parkplatz am Rokin nach langem Hin und Her doch noch einen freien Platz gefunden habe. Hier treffen wir uns öfter. Ich mag Amsterdam, auch wenn ich für kein Geld der Welt in dieser Stadt wohnen wollte. Meistens kombiniere ich einen Besuch bei Thijs mit einem Einkaufsbummel in den Straßen nahe des Stedelijk Museums. Auch heute bin ich durch diese Gegend gelaufen, aber es hat keinen großen Spaß gemacht. Sobald ich irgendetwas zu meinem eigenen Vergnügen mache, überkommt mich sofort ein Schuldgefühl. Wie kann ich nur mir selbst etwas Gutes tun, während Floor zur selben Zeit in Gott weiß was für einer furchtbaren Lage ist. Erschwerend kommt noch hinzu, dass es heute schwül ist und die Wärme regelrecht zwischen den Häuserblöcken hängt. Man hat Gewitter vorausgesagt, und ich habe den ganzen Tag schon ein beengendes Gefühl, als wäre meine Nase verstopft, sodass mir das Atmen schwerfällt.

»Hast du denn erwartet, dass sie von Floor anfangen würde?«, will ich wissen.

»Von ihrer Lieblingstochter? Ja, ich fand es merkwürdig, dass sie sich überhaupt nicht nach Neuigkeiten erkundigt hat. Auch nicht nach dir. Ich wusste auf einmal gar nicht mehr, worüber ich mit ihr sprechen sollte.«

Ich schweige. Die nüchterne Feststellung, dass Floor Mutters Lieblingstochter ist, trifft mich. Natürlich weiß ich das selbst, aber ich habe mit Thijs nie darüber gesprochen. Ich wusste nicht einmal, dass ihm das aufgefallen war. Und nun spricht er es einfach aus, eine lockere Bemerkung am Rande, als würde man übers Wetter plaudern. – »Es regnet.« – Eine nüchterne Feststellung, genau wie Bobs Kommentar, dass er sich mit meiner Mutter besser verstand, als ich mich mit ihr.

Ihr Enkel hat übrigens bei meiner Mutter einen Stein

im Brett. Das ist schon vom allerersten Moment an so gewesen, seit sie ihn in meinen Armen liegen sah. Ich war damals noch vollkommen erschöpft von der Geburt, die Haare hingen mir feucht und strähnig ins Gesicht. Sie war mit dem Taxi ins Krankenhaus gekommen, nachdem Bob ihr am Telefon erzählt hatte, dass das Baby geboren war. Dass es mitten in der Nacht war, kümmerte sie nicht weiter. So stand sie also um halb vier nachts an meinem Bett.

»Was für ein besonderes Kind! Emma, diese Augen, sieh nur, wie er schon jetzt sein Umfeld wahrnimmt!«

Was sie meinte, war, dass er *sie* wahrnahm, seine Großmutter, die endlich ihr heiß ersehntes Enkelkind bekommen hatte. Und sie sorgte dann auch dafür, dass sie nie mehr lange von ihm getrennt sein würde.

Thijs und meine Mutter – das war vom ersten Tag an eine Sache für sich. Zu meinem großen Erstaunen beobachte ich jedes Mal, wie sie sich verändert, wenn er in ihrer Nähe ist.

»Und, wie schmeckt der Keks?«, fragt sie, nachdem sie ihm eines ihrer hauchdünnen Plätzchen angeboten hat.

»Keine Ahnung, Oma, er war schon aufgegessen, bevor ich etwas schmecken konnte.«

Sie lacht und schiebt die ganze Schale zu ihm hinüber.

»Iss sie nur alle auf, Thijs, wenn sie alt sind, schmecken sie nicht mehr.«

»Eigenartige Aussage, in einem Altersheim.«

Daraufhin fängt sie schallend an zu lachen. Sie sieht dabei bestimmt zehn Jahre jünger aus. Manchmal kommt es mir so vor, als würde sie mit ihrem eigenen Enkel flirten. Auf jeden Fall ist sie ganz verrückt nach ihm. Nach ihm und nach Floor.

Meine Rolle in ihrem Leben ist weniger klar definiert.

Aber vielleicht wirkt das auch nur so, vielleicht ist meine Rolle einfach nicht wichtig genug.

»Warum könnte Floor nicht einfach abgehauen sein?«, fragt Thijs. Diese Möglichkeit habe ich von der ersten Sekunde ihres Verschwindens an als vollkommen unsinnig abgetan.

»Abgehauen? Warum sollte sie? Sie hatte hier doch alles, was sie wollte: ein schönes Haus, Freunde, keine Geldsorgen.«

»Keinen Mann.«

Ich zögere. Es liegt mir auf der Zunge, ihm von den Entdeckungen zu erzählen, die ich in den letzten Wochen im Haus seiner Tante gemacht habe, doch ich zucke nur die Achseln.

»Nun gut, keinen Mann. Es gibt so viele Frauen, die keinen Mann haben. Aber deshalb haust du doch nicht einfach ab?«

»Sie hatte ihre Tasche dabei, mit Pass und Kreditkarte. Unvorbereitet würde ich etwas anderes nennen.«

Ich schüttle den Kopf. »Sie hat keine einzige ihrer Cremes mitgenommen und keinen Lippenstift. Keine Frau würde weggehen, ohne zumindest etwas Make-up einzupacken.«

»Man kann doch überall alles kaufen.«

»Sie ist nicht aus freien Stücken weggegangen.«

Er sieht mich nachdenklich an.

»Du willst es einfach nicht, was, Mam? Du willst nicht, dass es vielleicht auch anders gelaufen sein könnte.«

»Nein! Überhaupt nicht! Ich kenne sie weniger gut, als ich bisher gedacht habe. Aber eines weiß ich trotzdem genau: Sie würde Oma und mich nie in dieser Ungewissheit lassen. Bestimmt nicht Oma. Niemals!« Ich merke, dass ich etwas verärgert bin.

Thijs lässt sich jedoch nicht aus der Ruhe bringen.

»Und Selbstmord?«

Ich hole tief Luft.

»Wenn sie depressiv gewesen wäre, hätte ich das gemerkt.«

»Ich bin mir nicht sicher, dass man wirklich depressiv sein muss, um Selbstmord zu begehen. Denkt nicht jeder irgendwann einmal an Selbstmord? Meine Güte, Mam, ich habe dir doch selbst ein paar Mal einen herrlich dramatischen Abschiedsbrief geschrieben. Ich hatte keine Ahnung, *wie* ich es tun sollte, aber der Brief hat mir dann solch eine Erleichterung verschafft, dass ich es dabei belassen habe.«

Ich gucke ihn an, zu geschockt, um etwas erwidern zu können.

»Das war vor vielen Jahren, Mam, und es hatte nichts zu bedeuten. Eine Spielerei, nichts als Theater. Einfach ein bisschen darüber fantasieren, wie es wäre, wenn man dann gefunden wird und jeder Einzelne voller Schuldgefühle denkt: Warum bin ich nur nicht netter zu ihm gewesen?«

»Aber es *waren* doch alle nett«, sage ich. Meine Stimme klingt fremd in meinen Ohren.

»Das stimmt, alle außer Pa. Der hatte in der Zeit nämlich andere Dinge im Sinn: diese Teenagerin, die nicht wollte, dass ich zu Besuch kam, weil man die Vergangenheit ja schließlich auch einfach ganz ignorieren kann.«

»Na ja, Teenagerin – sie war zwanzig Jahre jünger.«

Er macht eine ungeduldige Handbewegung.

»Die Hälfte meiner Freunde lebte bei geschiedenen Eltern, aber die Väter kamen wenigstens zu ihren Hockeyspielen. Meiner nicht, meiner war nie da.«

»*Ich* war immer da!« Ich merke, dass ich zu laut werde.

Einen Tisch weiter verrenkt sich eine Frau regelrecht den Kopf, um mich ungeniert anzustarren.

»Immer …«, wiederhole ich etwas leiser.

»Mam, lass uns damit aufhören. Es geht um Floor.«

Ich nicke, Tränen steigen mir in die Augen.

»Ich habe immer gedacht, dass es gut ging mit uns«, sage ich.

Er beugt sich zu mir herüber. »Das war auch so, Mam, so gut es eben ging. Aber ich hatte leider keinen Vater, keinen Bruder, keine Schwester. Du musstest das alles ersetzen. Du musstest allein die ganze, verdammte Familie sein, die nicht existierte. Das habe ich erst viel später verstanden. Mein Gott, Mam, du musstest zehn Bälle gleichzeitig in der Luft halten. Findest du es so verwunderlich, dass ich manchmal gedacht habe, du könntest ein schöneres Leben haben, wenn es mich nicht gäbe?«

Ich schüttle den Kopf und lege meine Hände auf den Tisch, die Handflächen nach oben. Ich denke an meine Mutter und daran, wie klein sie geworden war, als ich sie das letzte Mal gesehen habe. Und ich sehe meinen Sohn an, der erwachsen geworden ist, ohne dass ich es wirklich gemerkt habe. Der ein Mann geworden ist und mich jetzt anguckt, nicht besorgt, wie vielleicht zu erwarten wäre, sondern mit der tiefen Gewissheit, dass ich ihn auch diesmal verstehen werde.

»Musst du nicht irgendwann mal arbeiten? Es kommt mir so vor, als würdest du nur noch in Floors Haus herumhängen. Was machst du denn da noch? Ich dachte, du müsstest Ende des Monats eine Interviewserie fertig haben.«

»Die habe ich abgesagt«, erkläre ich, »ich kann mich ja doch nicht darauf konzentrieren.«

Er zieht die Augenbrauen hoch. »Nur gut, dass ich nicht so gestrickt bin.«

»Nein, was haben wir aber auch für ein Glück mit dir.«

Das ist wieder einmal eines dieser Gespräche, die aus dem Ruder laufen. Ich weiß einfach nicht, was ich dagegen tun soll. Frank zieht sich immer mehr in seine Arbeit zurück, der Name »Floor« ist für ihn zu einem roten Tuch geworden. Ich habe nie bemerkt, dass er meine Schwester nicht mochte, aber jetzt auf einmal fliegen mir die Vorwürfe nur so um die Ohren. Wir hätten ja schließlich ein so enges Verhältnis, dass andere sich nur ausgeschlossen fühlen könnten. Floor und ich. Mein Sohn und ich. Ich höre ihm zu, und mir ist schleierhaft, wann und aus welchem Grund diese Eifersucht entstanden ist. Oder ist das etwas, was von einem Mann zu erwarten ist, der als Einzelkind aufgewachsen ist, nie verheiratet war, nie Kinder gekriegt hat und nie gelernt hat zu teilen? Weder Emotionen noch Liebe noch jegliche Aufmerksamkeit. Ein paar Beziehungen hatte er, sie hielten nie länger als wenige Jahre. Sobald er selbst in irgendeiner Weise zurückstecken musste, warf er alles hin. Mit mir ist er weitergegangen als mit allen anderen zuvor. Wir wohnen nun schon seit fast vier Jahren zusammen. Ich merke jedoch immer wieder, dass ihn dieses Leben einengt. Nicht umsonst ist er immer seltener zum Essen zu Hause. Und wenn er da ist, muss er die ungeteilte Aufmerksamkeit für sich haben, sonst spielt er den eifersüchtigen kleinen Jungen. Immer öfter stelle ich mir die Frage, woraus unser Zusammenleben überhaupt besteht und inwieweit wir eigentlich je »zusammen« gelebt haben. Was bedeutet dieses »zusammen« eigentlich, wenn eine Beziehung merklich ins Wanken gerät, sobald ein ernstes Problem auftaucht?

Aber er hat schon recht, ich arbeite nur noch mit halber

Kraft. Ich halte mich an die Vereinbarungen, die ich einmal getroffen habe, nehme aber sonst keine weiteren Aufträge an. Schon in nächster Zukunft wird das zu Problemen führen, aber damit will ich mich jetzt nicht weiter befassen. Es gibt nur eine Sache, die mich beschäftigt, und dass ich genau darüber in meinem eigenen Haus nicht sprechen darf, macht es nicht gerade einfach.

Aus irgendeinem Grund bin ich unbewusst davon ausgegangen, dass niemals jemand an der Tür klingeln würde, wenn ich in Floors Haus bin. Genau wie ich ebenfalls nicht damit gerechnet habe, dass das Telefon einmal klingeln könnte. Doch jetzt steht tatsächlich jemand vor der Haustür, und ich bleibe wie erstarrt im Zimmer stehen. Ich warte, bis das Geräusch verebbt.

Natürlich ist es vollkommen übertrieben, dass so etwas Simples wie eine Türklingel mir das Herz bis zum Hals schlagen lässt. Was soll an einem hellen, sonnigen Sommertag schon passieren? Auf der anderen Seite ist das auch ein vollkommen blödsinniges Argument – schließlich können bei jedem Wetter die schrecklichsten Dinge passieren. Ich gehe zum Erkerfenster, von wo ich die Haustür im Blick habe. Eigentlich habe ich nicht vor zu öffnen, doch es ist Francien, in einem luftigen Sommerkleid mit nackten, gebräunten Armen und Beinen. Sie sieht mich und winkt mir fröhlich zu. Dann fällt ihr anscheinend ein, dass ich nicht zum Spaß hier bin, und sie setzt wieder eine ernste Miene auf.

Ich öffne die Tür und lasse sie eintreten.

»Ich dachte, wir könnten zusammen etwas trinken. Du bist immer allein hier, und da dachte ich, es wäre vielleicht schön für dich, mit jemandem zu reden, der Floor kennt. Ich fände es auf jeden Fall sehr nett. Ich vermisse sie auch, verstehst du. Wir haben uns zwar nicht ständig verabredet oder so, aber sie war eine sehr angenehme, freundliche Nachbarin. Wenn etwas war, konnten wir aufeinander zählen.«

Ich laufe ihr in die Küche voraus und nehme zwei Gläser aus dem Schrank.

»Meine Güte, ist es warm hier drinnen. Ist das Absicht, dass du alle Fenster und Türen geschlossen lässt?«

Ich erkläre, dass ich nicht wisse, wo Floor die Schlüssel für die untere Etage hat.

Sie geht zur Küchentür und tastet hinter die Cretonne-Gardine.

»Merkwürdig«, sagt sie stirnrunzelnd, »hier hängt eigentlich immer ein Schlüssel.«

»Vielleicht hat sie ihn mitgenommen, als sie weggegangen ist?«

Sie schüttelt den Kopf. »Sie ging immer durch die Vordertür. Na ja, ist eigentlich auch egal.«

Francien öffnet einen Wandschrank und holt eine tönerne Milchkanne hervor, die sie über dem Küchentisch ausleert. Ein Schlüsselbund und ein paar lose Schlüssel kommen rasselnd zum Vorschein.

»Voilà«, sagt sie triumphierend, »hier ist auf jeden Fall der Reserveschlüssel für die Küchentür dabei.«

»Du kennst dich ja aus!«

»Ach ja, ich bin hier so oft allein herumgegeistert, wenn ich mich um die Katze gekümmert habe. Peter Pan. Merkwürdiger Name für eine Katze. Ich meine, Peter Pan ist doch ein Junge, oder nicht?«

»Ja, ich denke schon«, sage ich abwesend. Das Schloss der Küchentür lässt sich problemlos öffnen, und ich atme die frische Gartenluft ein. Wieder einmal fällt mir auf, wie still es hier zu jeder Tageszeit ist. Man müsste doch meinen, dass die gesamte Nachbarschaft bei diesem Wetter im Garten sitzt, aber ich höre nur selten Stimmen. Floor hat sich ein paar Mal dazu geäußert. Sie mochte Stimmen um sich – Reden, Lachen, das klingelnde Geräusch von Löffeln in Kaffeetassen. Sie konnte so anschaulich beschreiben, was sie hier vermisste, und als ich sie deswegen einmal ein bisschen foppte, erklärte sie: »Erinnerst du dich denn nicht mehr daran, wie wir im Sommer abends im Bett lagen und Mam und Pap im Garten hörten? Die Geräusche von damals, ihre Gespräche, unterbrochen von leisem Lachen, das ist für mich Sommer. Das ist der Inbegriff von Geborgenheit, dann fühle ich mich wohl.«

Das war eine der wenigen persönlichen Bemerkungen, die sie mir gegenüber jemals gemacht hat. Und jetzt, da ich an einem warmen Sommertag in ihrem Garten stehe, muss ich auf einmal wieder daran denken. Nur nebenan bei Francien ist etwas los. Wenn es nicht regnet, sind die Hunde den ganzen Tag über im Garten, im Sommer sogar nachts. Wenn ich hinten im Haus zugange bin, höre ich sie umherstreifen. Manchmal knurren sie furchterregend, aus tiefster Kehle, wenn irgendwo in der Ferne ein Hund bellt, der ihnen anscheinend nicht passt. Jetzt wissen sie ganz offensichtlich, dass Francien bei mir ist. Die beiden Köter haben sich durch das dichte Gestrüpp des verwahrlosten Gartens gekämpft und stehen nun da, die Köpfe an den Zaun gedrückt, und sehen uns an. Zwei pechschwarze Hunde, die rote Zunge hängt ihnen aus dem halb geöffneten Maul. Ich kann ihr Schnaufen von der Küchentür aus hören, aber Francien ignoriert sie. Sie steht neben mir und sieht auf die eingegrabene Folie, über der irgendwann einmal ein Teich entstehen sollte.

»Ich habe meinen Augen nicht getraut, als ich ihren

Gärtner damit ankommen sah. Typisch Floor, ein Geheimnis um einen Gartenteich zu machen. So eine hübsche Idee, aber dann einfach kein Wort darüber zu verlieren. Ich an ihrer Stelle wäre schon längst mit einem Stapel Gartenbücher bei meinen Freundinnen hereingeschneit und hätte alles haarklein durchgesprochen. Ganz anders Floor. Wusstest du davon?« Ich musste zugeben, dass sie auch mich nicht in ihre Pläne einbezogen hatte. Francien zuckte die Achseln und guckte etwas irritiert.

»Und doch ist die Idee gut. Ich liebe Teiche. Das lockt Vögel und Insekten an. Und man hat immer was zu gucken. Bei mir ginge das nicht, die Hunde würden da sofort hineinspringen.«

Francien trinkt ihr Wasser. Sie lehnt an der Hauswand, die Sonne schimmert in ihrem kastanienbraunen Haar. Sie hat die Beine übereinandergeschlagen, die Füße stecken in Turnschuhen mit einem rosa Streifen.

»Wir sind oft zusammen joggen gegangen, hat sie dir das erzählt? Ich bedaure das so. Alleine gehe ich nicht mehr, das ist mir viel zu unheimlich. Floor hatte nie Angst. Manchmal sah ich sie am Haus vorbeilaufen, als es schon dunkel wurde. Mit mir konnte sie dann nicht mehr rechnen, das wusste sie.«

»Ist sie immer dieselbe Strecke gelaufen?«

»Im Großen und Ganzen schon. Manchmal ließ sie die Sandverwehung aus, dann war es ein bisschen kürzer.«

Ich habe Joggingklamotten von Floor an. Sie hat sie in verschiedenen Farben und passend für jedes Wetter. An diesem sonnigen Nachmittag habe ich mich für eine kurze Hose, ein ärmelloses T-Shirt und ein paar Turnschuhe entschieden, die schon ziemlich mitgenommen aussehen. Zum Glück haben wir dieselbe Größe, denke ich, während ich mich in dem lindgrünen Outfit betrachte. Es steht mir gut. Demzufolge muss Floor darin einfach umwerfend ausgesehen haben. Während ich warte, dass Francien mit dem Umziehen fertig ist, knipse ich im Vorgarten die verblühten Rosen ab. Ich mache das sehr gewissenhaft, immer unterhalb des ersten fünffach gefiederten Blattes, genau wie Floor es tun würde.

Die abgeschnittenen Rosen werfe ich in eine Plastiktüte, die ich mir aus einem Korb in der Küche geholt habe. Lidl. Wenn es einen Laden gibt, in dem ich mir meine Schwester nicht hätte vorstellen können ... Ich höre, wie die Tür des Nachbarhauses auf- und wieder zugeht. Als ich mich vorsichtig rückwärts zwischen den Rosensträuchern herauswinde, sehe ich, wie Francien erstarrt stehen bleibt. Alle Farbe ist aus ihrem gebräunten Gesicht gewichen. Eine Hand ruht auf dem Gartenzaun, als wäre sie mitten in der Bewegung zur Salzsäule erstarrt.

»Was ist los?«

Sie schüttelt den Kopf, als würde sie aus einem Traum erwachen.

»Tut mir leid, aber ich dachte für einen Moment ... Meine Güte, Emma, du sahst deiner Schwester auf einmal so ähnlich.«

Sie betritt den Garten und starrt mich dabei weiterhin an. Francien trägt Shorts und ein Baumwolltop, unter dem ein Streifen sonnengebräunte Haut hervorguckt. Ihre Turnschuhe haben nun einen hellblauen Streifen, dieselbe Farbe wie ihr Schweißband um die Stirn.

»Mir wird erst jetzt bewusst, dass ich noch immer denke, dass sie wiederkommen wird. Eigenartig, oder?«

»Nein, finde ich gar nicht«, erwidere ich. »Wir müssen weiter daran glauben. Sonst hat doch alles keinen Sinn mehr.« Meine Stimme klingt fremd, und ich räuspere mich.

Francien nickt nur, und wir stehen einander schweigend und unbeholfen gegenüber, bis sie »Sollen wir dann mal?« sagt und sich mit einem Ruck in Bewegung setzt.

Wir traben in gemächlichem Laufschritt nebeneinander die Straße hinunter. Es ist nicht weit bis zur Heide, aber ich bin noch keine zehn Meter gelaufen und bereits am gesamten Körper klatschnass. Diese verdammte Hitze hält noch immer an, den heftigen Regen vor ein paar Wochen hat die Natur längst wieder vergessen. Wer nicht jeden Abend seinen Garten sprengt, muss mit welken Pflanzen mit lustlos herunterhängenden Blättern vorliebnehmen.

Als wir die Heidelandschaft erreichen, zieht Francien das Tempo etwas an. Sie hat einen guten Laufstil, jeden Schritt rollt sie akkurat von der Ferse bis zu den Zehen ab. Genau wie ich es bei der Laufgruppe gelernt habe, bei der ich eine Zeit lang an meinem freien Montag gewesen bin. Ihre angewinkelten Arme bewegen sich in ruhigem Rhythmus am Körper auf und ab, ihr Atem klingt kontrolliert. Wenn es etwas gibt, was ich von einer Frau in pastellfarbenen Turnschuhen nicht erwartet hätte, dann ist es das. Ich laufe hinter ihr und bin froh, dass sie nicht sieht, wie meine Füße jedes Mal mit einem dumpfen Geräusch unsanft auf den Boden donnern. Mir dröhnt jeder Schritt bis in den Rücken hinauf, wo er dann eine kleine Explosion im Schädel auslöst.

»Du willst doch die Strecke laufen, die Floor und ich immer nehmen, oder?« Während Francien mir diese Frage stellt, läuft sie in demselben Tempo weiter.

»Ja, natürlich!« Wenn sie denkt, dass ich zum Spaß in dieser Affenhitze über die Heide renne, hat sie sich aber tüchtig getäuscht. Ich will einfach nur wissen, was Floor gemacht hat, dafür nehme ich sogar diesen erschöpfenden Lauf inmitten der Hitzewelle in Kauf.

Ich vergrößere den Abstand zwischen uns. Der Sand unter unseren Füßen staubt empor, und nach ein paar hundert Metern habe ich bereits einen trockenen Hals. Der von Francien aufgewirbelte Sand landet direkt in meiner Kehle.

Während ich auf ihren sich geschmeidig bewegenden Körper starre, fällt mir auf, wie endlos sich die Heidelandschaft erstreckt. In weiter Ferne entdecke ich etwas, was an einen mit Bäumen bewachsenen Hügel erinnert. Ich kann mir nicht vorstellen, dass Floor diese ganze Strecke am Stück läuft, aber es gibt so viele Dinge, die ich mir von Floor nicht vorstellen kann. Vermisst gemeldet sein zum Beispiel.

Francien biegt an einem kleinen Wäldchen rechts ab, hier ist die Sandschicht etwas tiefer, und der Sand selbst ist etwas heller. Kurz darauf stehen wir auf einem kleinen Sandhaufen, der nun zum ersten Mal wirklich an eine Dünenlandschaft erinnert. Francien hält an. Sie stützt die Hände in die Seiten und wippt mit dem Oberkörper ein paar Mal nach vorne. Jetzt, da wir stillstehen, merke ich, dass sie ebenfalls ganz schön keucht.

»Die Sandverwehung«, verkündet sie mit einer ausladenden Handbewegung. »Ich bin in dieser Gegend aufgewachsen. Hier haben wir immer Verstecken und Fangen gespielt. Ein wunderbarer Ort. Heute dürfen die Kinder hier nicht mehr unbeaufsichtigt spielen, das ist zu gefährlich. Irgendein Idiot hat sich da mal an einem Jungen vergangen, das Arschloch. ›An den Hoden aufgehängt müssten sie werden‹, hat mein Vater immer über solche Männer gesagt.«

Ich sehe mich um. Ein abgelegener Ort. Viel dichter Wald. Der perfekte Ort, um jemanden zu begraben. Andererseits müsste natürlich nur einmal ein kräftiger Sturm wüten, und der Sand würde weggetragen. Bei näherer Betrachtung also wohl doch nicht eine so gute Idee.

Francien springt einen Meter in die Tiefe und kämpft sich dann vor mir durch den lockeren Sand. Als ich versuche, ihr zu folgen, spüre ich einen Stich in der Wade. Wir durchqueren den tiefsten Punkt der Düne und laufen auf der anderen Seite wieder hinauf.

»Floors Idee«, ruft Francien, »als spezielles Beinmuskeltraining.«

Ich klettere auf demütigende Weise auf Händen und Füßen hinter ihr her, froh darüber, dass sie sich nicht umsieht.

Auf der anderen Seite des Sandhügels ändert sich mit einem Mal die Landschaft. Hier erstreckt sich nicht mehr die weitläufige Heide, sondern es wächst Silbergras und wildes Gestrüpp. Danach taucht ein dichter Wald auf. Die Kühle hier tut gut. Ein Ort, um sich einen Moment der Länge nach auszustrecken, die Augen zu schließen, um dann allmählich zu vergessen, dass jeder Muskel des Körpers schmerzt. Doch Francien kennt kein Erbarmen.

»Jetzt können wir um das Landgut herumlaufen«, erklärt sie. »Früher wohnten dort reiche Leute, danach wurde es zum Tagungszentrum. Es steht nun schon seit ein paar Jahren zum Kauf. Am Anfang hockten dort manchmal Junkies herum, aber mittlerweile ist es so gut verriegelt, dass man das Gelände fast gar nicht mehr betreten kann. Es gibt übrigens einen Sicherheitsdienst, der hier regelmäßig seine Runden dreht.«

Francien macht sich zum Weiterlaufen bereit.

»Müssen wir noch lange?«, frage ich. Meine Haare hängen mir strähnig in die Stirn, und mein Rücken ist schweißnass.

»Mit Floor bin ich immer um das Landgut herumgelaufen und über die Heide zurück – dann jedoch ohne die Sanddüne. Wenn wir diese Route nehmen, sind wir in einer Stunde wieder zu Hause. Wenn wir gleich umdrehen, dauert es nur etwa eine halbe.«

»Dann lass uns das mal machen.«

Mittlerweile ist mir egal, was sie von mir denkt. Ich kann nur noch an Mineralwasser, eine eiskalte Dusche und absolute Entspannung denken.

Wir drehen um und laufen in langsamem Tempo nebeneinanderher über den Pfad. Jeder Schritt schmerzt in meinen Beinen. Ich habe noch nie gut auf flachen Schuhen laufen können.

»Ging Floor oft allein joggen?«

»Wenn wir beide zu Hause waren, nicht. Nur, wenn es dunkel war, wie ich vorhin schon sagte. Wir hatten keine feste Verabredung und haben uns einfach getroffen, wenn es passte.«

»Weißt du noch, wann sie zum letzten Mal allein gelaufen ist?«

»Ein Datum?«

»Ungefähr.«

Francien denkt nach. Die Rückseite ihres T-Shirts klebt ihr am Rücken, aber das Samtband, mit dem sie ihre Haare zu einem Knoten zusammengebunden hat, sitzt noch perfekt.

»Ich habe sie eigentlich ziemlich lange nicht gesehen. Bevor ich in den Urlaub gefahren bin, war kein wirkliches Laufwetter, und dass wir einander eine Woche oder länger nicht gesprochen haben, war ganz normal. Das kam öfter mal vor. Danach war ich die zehn Tage mit den Hunden weg. Als du hier vor der Tür standest, war ich gerade erst seit zwei Tagen wieder da. So, das letzte Stück noch mal Gas geben, ja?«

Sie wartet meine Antwort nicht ab, sondern erhöht sofort ihr Tempo. Ich hechle hinter ihr her. Es fühlt sich seltsam an, dass ich mit Francien dieselbe Strecke laufe, die sie auch mit Floor regelmäßig lief.

Auf der Fußmatte liegt eine Rechnung vom Gärtner. Ich rufe die darauf angegebene Handynummer an. »Hallo ...« Die Stimme klingt so laut, dass ich erschrocken das Telefon vom Ohr nehme. Im Hintergrund höre ich das Geräusch eines Rasenmähers und Männerstimmen.

Ich erkläre, dass ich Floors Schwester bin und sie unerwartet verreisen musste. Dass ich mit ihm gerne über ihre Pläne für den Garten sprechen würde. Im Moment sieht es nämlich ziemlich unordentlich aus, mit diesem Teich ohne irgendeine weitere Bepflanzung. Er schreit zurück, dass wir dann einen Termin vereinbaren sollten, seine Stimme ist bei dem Lärm kaum zu verstehen. Ob es mir heute am späten Nachmittag passen würde? Er sei zufällig ohnehin in der Gegend. Ich sage, dass ich auf ihn warten würde, und lege auf. Ich verspüre ein Gefühl der Zufriedenheit darüber, dass endlich etwas Grundlegendes im Garten passieren wird. Ich gehe davon aus, der Gärtner weiß, was Floor vorhatte. Wenn ich diesen Plan nun ausführen lasse, wird das eine tolle Überraschung für sie sein, wenn sie wieder da ist. Keine Ahnung, woher ich den Optimismus nehme, so etwas zu denken, aber dann dämmert mir, dass das gar kein Optimismus ist, sondern lediglich das Gefühl, es wäre Verrat an Floor, wenn ich nicht an ihre Rückkehr glauben würde. Aus demselben Grund kümmere ich mich um ihre Rosen. Im Garten zu arbeiten, ist nie meine große Leidenschaft gewesen, aber für Floor nehme ich gerne die von Dornen zerpieksten Arme und blutenden Finger in Kauf.

Als das Auto des Gärtnereibetriebs vor der Tür hält, bin ich puterrot im Gesicht und vollkommen verschwitzt vom Unkrautjäten im Rosenbeet. Ich wische meine nasse Hand an den Shorts ab, bevor ich sie dem Gärtner entgegenstrecke. Er ist jünger, als ich erwartet habe, etwa Ende dreißig, und einen Kopf größer als ich. Seine blauen Augen stechen aus dem sonnengebräunten Gesicht hervor, und unter dem T-Shirt stecken Arme mit äußerst beeindruckenden Bizepsen. Seine zerschlissene Jeans sitzt etwas zu eng.

»Ich bin Chris«, sagt er, als er mir die Hand entgegenstreckt.

»Emma van der Merve.«

Sein Händedruck ist weniger machohaft als befürchtet, und seine Hand weniger rau.

Er macht einen Schritt zurück und fragt, was genau ich von ihm wissen wolle. Wir stehen noch immer im Vorgarten, die späte Nachmittagssonne hat nur wenig an Kraft eingebüßt, und mein Hals ist so trocken, dass mir das Sprechen schwerfällt.

»Wollen Sie etwas trinken?«

»Gerne ein Bier.«

»Einen Moment.«

Ich laufe in Richtung Küchentür, und er folgt mir mit einem halben Schritt Abstand. In der Türöffnung bleibt er stehen. Er ist so groß und kräftig, dass es drinnen auf einmal etwas dunkler wird. Ich nehme ein Wasser und eine Dose Heineken aus dem Kühlschrank. Dann greife ich noch zwei Gläser vom Regal. Er stellt das seine jedoch zur Seite, öffnet zischend die Dose, legt den Kopf in den Nacken und lässt sich das Bier in den Mund strömen. Ich sehe fasziniert zu, wie sich sein Adamsapfel ruhig im Rhythmus seiner Schlucke bewegt. In meiner Welt trinken

Männer aus Gläsern, außer vielleicht bei einem Fußballspiel, aber da bin ich ja nicht dabei. Er merkt ganz offensichtlich, dass ich ihn ansehe, und hört abrupt auf zu trinken. Jetzt betrachtet er mich. In seinem Blick liegt etwas Spöttisches. Ich beuge mich schnell über die Wasserflasche und gieße das Glas voll. Daraufhin trinkt er weiter, nun etwas demonstrativer, aber vielleicht bilde ich mir das auch nur ein.

»Kommen Sie einfach mit«, sage ich und gehe ihm mit meinem Glas in der Hand voraus. Er folgt mir schweigend zum Teich, der, trocken und mit Laub und Vogeldreck verschmutzt, wie ein Fremdkörper am Rande des Rasens in die Erde gegraben ist.

»Wissen Sie, was meine Schwester hiermit vorhatte?«

»Warum warten Sie denn nicht einfach, bis sie wieder da ist? Sie selbst wird doch am besten wissen, wie sie es haben will.«

Ich zögere. Das Letzte, wonach mir der Sinn steht, ist, mit Floors Gärtner irgendwelche vertraulichen Dinge auszutauschen. Auf der anderen Seite will ich ja etwas von ihm erfahren. Er war hier öfter als ich, vielleicht ist ihm etwas aufgefallen, was mir weiterhelfen könnte.

»Ich weiß nicht, wo sie ist.«

Er schnalzt mit der Zunge und sieht mich an.

»Vielleicht mit ihrem Freund unterwegs?«, fragt er dann.

»Hatte sie denn einen Freund?«

Er sieht mich prüfend an.

»Sie sind doch ihre Schwester.«

»Darum weiß ich trotzdem nicht alles.«

Er zuckt die Achseln.

»Sie hatte einen Freund. Ich fange normalerweise gegen sieben an. Dann stand sein Saab hier meistens vor der Tür. Ziemlich eindeutiges Zeichen, würde ich sagen.«

Ich weiß nicht so recht, was ich erwidern soll. Dass er etwas weiß, was ich als Schwester eigentlich auch wissen müsste, versetzt mir einen Stich. Diejenige, die sich am meisten Sorgen wegen ihres Verschwindens macht, weiß am allerwenigsten von ihr.

»Hat sie denn nicht gesagt, dass sie wegfahren würde? Ist das öfter mal vorgekommen, dass sie einfach nicht da war?«

»Nein, noch nie! Wir hatten uns verabredet, um den Arbeitsplan durchzusprechen.« Er zieht einen kleinen Terminkalender aus der Hosentasche, befeuchtet seinen Zeigefinger und blättert eine schmuddelige Seite nach der anderen um.

»Hier steht es. 15. Juli. Ich habe eine halbe Stunde gewartet, man findet im Garten ja immer irgendeine Beschäftigung, aber sie ist nicht gekommen. Das fand ich merkwürdig, sie hält ihre Termine immer ein. Bei anderen Leuten läuft das ganz anders. Dann ist auf einmal so schönes Tenniswetter ...« Er spricht den letzten Satz übertrieben fein aus, eine misslungene Persiflage, aber ich weiß, was er meint. »Floor war nicht so ... Verzeihung, Ihre Schwester war nicht so. Auf sie konnte man sich verlassen.«

»Floor?«, frage ich.

»Wir kennen uns schon seit Jahren. Irgendwann hat sie dann gemeint, dass es ihr komisch vorkäme, wenn sie Chris sage und ich sie mit ›Sie‹ anrede.«

Ich nicke. Dennoch bin ich erstaunt, auch wenn seine Erklärung eine gewisse Logik hat. Ich frage mich, ob er erwartet, dass ich ihm nun vorschlage, mich doch »Emma« zu nennen. Sollte dem so sein, hat er Pech.

»Ich habe sie noch ein paar Mal angerufen, aber dann bin ich davon ausgegangen, dass sie spontan in den Urlaub gefahren ist. Seitdem kümmere ich mich etwas um den Garten. Den Rasen, die Hecke. Sonst nichts, andere Dinge würde ich nicht ohne ihre Anweisungen tun.«

»Ich werde die Rechnung bezahlen«, sage ich, »und es wäre schön, wenn der Teich fertig ist, bevor sie zurückkommt. So sieht es doch scheußlich aus. Wissen Sie, was genau sie damit vorhatte?«

Er blättert wieder in seinem Kalender und liest ein paar Pflanzennamen vor.

»Sie möchte, dass ein Streifen um den Teich herum zum Feuchtbiotop wird, wo Sumpfpflanzen angelegt werden.« Er tippt mit dem Zeigefinger auf eine bestimmte Seite in seinem Büchlein. »Das sollte als Übergang von den Wasserpflanzen zum übrigen Garten dienen. Ich habe schon Landwirtschaftsfolie untergelegt. Es geht eigentlich nur noch darum, zu pflanzen und dann alles feucht zu halten.«

»Wann könnten Sie damit anfangen?«

Er zieht die Schultern hoch.

»Sobald es nicht mehr so irrsinnig heiß ist. Bei diesem Wetter kann man nichts anpflanzen, die Natur hat es schon so schwer genug.«

Wir verabreden, dass wir telefonieren, sobald das Wetter umschlägt. Ich gebe ihm meine Handynummer. Als ich mit ihm zusammen in Richtung Hecke laufe, sehe ich, dass uns Francien aus ihrem Vorgarten heraus beobachtet. Als sie merkt, dass ich sie ebenfalls gesehen habe, verschwindet sie schnell im Haus.

Kurz darauf fährt Chris weg, eine Schubkarre donnert in der Transportkiste seines Wagens, ein braungebrannter Arm grüßt aus dem Seitenfenster.

Sie sieht mich erstaunt an, als sie die Haustür öffnet und mich erblickt.

»Ich wollte dich etwas fragen.«

Francien dreht sich um und läuft mir voraus, über den langen, kühlen Flur, durch die Küche in den Hintergarten. Dort steht ein grau gestrichener Holztisch mit Korbstühlen. Sie war gerade dabei, Zeitung zu lesen, und hatte, als ich klingelte, ihr Glas Sherry darauf abgestellt. Auf den Buchstaben hat sich ein kleiner runder Fleck gebildet.

Im Garten herrscht wahre Wildnis. Alles ist voll mit Gestrüpp, verwilderten Rosen und hohen Grasbüscheln. Die zwei schwarzen Hunde kommen mit viel Geraschel und Geknacke unter den trockenen Ästen hervor. Um ihre Schnauzen hängen Sabberfäden, und ich habe kein wirklich gutes Gefühl dabei, als sie sich rechts und links von mir aufbauen, um mich zu beschnüffeln. Sie hinterlassen schleimige Schaumspuren auf der weißen Jeans, die ich vor etwa einer halben Stunde frisch angezogen habe. Francien ignoriert ihr Verhalten schlichtweg. Ganz offensichtlich heißt sie alles, was ihre Lieblinge tun, für gut. Sie reagiert erst, als ich »Jetzt haut endlich ab!« rufe.

Francien schnipst mit den Fingern, und die Hunde setzen sich brav neben sie und sehen sie an.

»Floor konnte auch nicht so gut mit ihnen«, erklärt sie. »Sitz. Möchtest du etwas trinken?«

Ich frage mich, ob ihre wenig entgegenkommende Art etwas mit meiner fehlenden Tierliebe zu tun hat, aber es kann natürlich auch sein, dass ich sie einfach beim Zeitunglesen gestört habe, etwas, was mich selbst rasend machen kann. Und doch wundere ich mich darüber. Schließlich haben wir beide die verweste Katze in Floors Schlafzimmer gefunden und sind stundenlang zusammen über die Heide gerannt. Man sollte doch meinen, dass solche Dinge verbinden.

Ich frage, ob sie eine Cola light hat, und sie kommt kurz

darauf mit einem hohen Glas mit glitzernden Eiswürfeln und einer Zitronenscheibe aus der Küche zurück.

»Was wolltest du wissen?«

Sie hat sich mir gegenübergesetzt, nippt an ihrem Sherry, verzieht das Gesicht und stellt das Glas zurück. Dann sieht sie mich abwartend an.

»Weißt du, ob Floor einen Freund hatte?«

Sie seufzt. »Ich habe schon befürchtet, dass so etwas kommen würde. Was soll ich denn jetzt darauf antworten? Wenn sie gewollt hätte, dass du das weißt, hätte sie es dir doch selbst erzählt.«

Ich beiße mir auf die Lippen. Sie ist nun schon die Zweite, die mir unter die Nase reibt, wie wenig ich über meine eigene Schwester weiß. Allmählich geht mir das gehörig auf die Nerven, aber ich beherrsche mich.

»Das ist keine Neugierde. Ich versuche doch nur herauszufinden, was mit Floor passiert ist. Wenn sie einen Freund hatte, könnte der mir vielleicht weiterhelfen.«

Francien zögert.

Ich versuche, ihr auf die Sprünge zu helfen.

»Der Gärtner hat mir gerade erzählt, dass regelmäßig jemand mit einem Saab bei ihr übernachtet hat. Weißt du, wer das war?«

»Ich habe diesen Saab auch ein paar Mal dort stehen sehen. Aber ob er die ganze Nacht über da stand, weiß ich nicht. Ich gehe meistens schon früh nach oben, um dann im Bett noch etwas fernzusehen. Oft wird es dann später als geplant, und morgens verlasse ich eigentlich nie sonderlich früh das Haus.« Sie verzieht das Gesicht. »Das aufregende Leben einer alleinstehenden Frau. Jedenfalls habe ich den Saab nie früh am Morgen gesehen.«

»Und am Wochenende?«

»Das weiß ich nicht, darauf habe ich nicht geachtet.«

»Und Floor hat nie etwas von einem Freund erzählt?«

Sie schnaubt durch die Nase. »Ob Floor etwas erzählt hat? Das möchte ich mal erleben. War das im Übrigen alles, was der Gärtner gesagt hat?«

»Was hätte er denn sonst noch sagen sollen?«

Sie steht auf, kippt den Inhalt ihres Glases mit einer beiläufigen Bewegung ins Gebüsch und geht mit dem leeren Glas in die Küche. Kurz darauf erscheint sie wieder im Garten, nun mit einem vollen Glas in der Hand, das außen beschlagen ist.

»Alles wird lauwarm bei dieser verdammten Hitze.«

Sie sieht mich an, die Augen etwas zusammengekniffen, als versuche sie einzuschätzen, was sie mir anvertrauen kann und was nicht. Dann zieht sie die Schultern hoch.

»Er ging bei ihr ein und aus. Er hat den gesamten Garten angelegt, da kann man doch davon ausgehen, dass er etwas mehr über Floors Privatleben weiß.«

Ich habe einen von Floors Jogginganzügen angezogen und ihre Turnschuhe, die mir zwar wie angegossen passen, in denen ich aber dennoch nicht gut gehen kann. Meine Füße sind diese Art von Schuhe einfach nicht gewöhnt. An einem Haken im Badezimmer hängen ein paar Frottee-Haargummis, ich nehme mir eines in der Farbe des Trainingsanzuges. Dann laufe ich an Franciens Haus vorbei, ohne einen Blick nach drinnen zu werfen. Ich weiß zwar, dass Floor sie meistens gefragt hat, ob sie nicht mitkommen wolle, aber dazu bin ich jetzt nicht in der Stimmung. Ich bin wütend auf sie. Dass sie mir etwas verschweigt, ist ganz klar – obwohl sie verdammt noch mal weiß, wie wichtig jede kleinste Information sein kann.

Auf der Heide ziehe ich das Tempo etwas an und versuche, mich daran zu erinnern, wie Francien das letzte

Mal vor mir hergelaufen ist. Ihre Glieder bewegten sich in einem gleichmäßigen Rhythmus, als wären sie gerade frisch geölt worden. Sie rollte die Füße so ab, wie es die Trainer einem zeigen. Ich versuche, die Bewegungen meiner Arme und Beine miteinander zu synchronisieren und in einen eigenen Rhythmus zu kommen. Nach hundert Schritten bin ich vollkommen geschafft, sodass ich lieber wieder auf die bewährte Art weiterlaufe – etwas weniger harmonisch, dafür aber umso entspannter. Es ist nicht mehr so warm wie das letzte Mal, als ich hier war. Dennoch fühlt sich mein Körper feucht und schweißig an. In der Ferne traben ein paar Pferde vorbei, irgendwo muss hier ein Reitstall sein, denn das letzte Mal habe ich auch schon welche gesehen. Ein bunter Drachen mit einem langen schleifenbesetzten Schwanz steht hoch in der Luft. Er hebt sich wunderbar vom blauen Spätsommerhimmel ab. Ein paar Jungs stehen da und sehen hinauf, ich höre ihre begeisterten Stimmen, ohne zu verstehen, was sie einander zurufen. Auf halbem Wege erblicke ich einen einsamen Jogger, der wie Francien in gleichmäßigem Rhythmus läuft. Eigentlich bereue ich schon jetzt, dass ich mich auf dieses sportliche Vergnügen eingelassen habe. Insbesondere da der einzige Grund dafür war, dass ich gehofft hatte, dadurch meine Wut abreagieren zu können. Das ist mir im Übrigen tatsächlich gelungen, und zwar schneller, als ich gedacht hätte. Ich habe schon jetzt keine Kraft mehr, um sie an etwas so Trivialem wie Wut zu verschwenden. Die Lauferei ist einfach nichts für mich. Jeder Schritt dröhnt mir bis in den Kopf hinauf, mein Atem geht stockend, und mein Herz rast. Ich zwinge mich zum Weiterlaufen, indem ich mir sage, dass ich beim ersten Wäldchen – dort, wo Francien letztes Mal den Weg über die Sandverwehung eingeschlagen hat – umdrehen darf. Früher nicht. Man muss auch mal hart zu sich sein, ein bisschen weiter gehen, als man eigentlich kann, das ist gut für einen. Die Reiter sind irgendwo in den Wäldern rund ums Landgut verschwunden. Der Drachen vollzieht eine eigenartige Drehung und schießt dann pfeilschnell zu Boden. Die Jungen rennen aufgeregt schreiend hinterher. Der Jogger hat, wie ich jetzt sehe, einen anderen Kurs eingeschlagen. Er hat seinen eigentlichen Weg verlassen, ist ein Stück über die Heide gelaufen und befindet sich jetzt auf einem Pfad, der nach der Sandverwehung den meinen kreuzen wird. Vielleicht zwingt er sich ebenfalls dazu, nur noch ein paar hundert Meter zu laufen, bevor er dann nach Hause zu seinem kühlen Glas Bier darf. Ich höre auf zu rennen und marschiere ein Stückchen stramm weiter. Nicht stehen bleiben, habe ich von Francien gelernt, immer in Bewegung bleiben. Ich mache ein paar Kniebeugen und komme mir dabei ziemlich lächerlich vor. Der Jogger hat ein weiteres kleines Stück über die Heide zurückgelegt, befindet sich jetzt auf demselben Pfad wie ich und steuert auf mich zu. Das gibt mir ein etwas unbehagliches Gefühl, und ich frage mich, ob ich nicht lieber umkehren sollte. Aber damit käme ich in die Situation, die ich unter allen Umständen vermeiden möchte, nämlich dass er hinter mir herläuft und mich garantiert einholen wird, weil er besser und schneller läuft als ich. Der Gedanke, einen keuchenden Mann an den Fersen zu haben, scheint mir nicht sonderlich verlockend. Ich versuche, die Entfernung zwischen uns einzuschätzen. Ich werde als Erste bei der Sandverwehung sein. Wenn ich mich dann irgendwo dort im Wald verstecke und warte, bis er vorbei ist, kann ich mich ganz entspannt auf den Rückweg machen. Ich ziehe das Tempo etwas an, doch als ich am Wald ankomme, ist er bereits näher als erwartet. Ich versuche, so natürlich wie möglich den Weg in Richtung Sandverwehung einzuschlagen, und folge diesem, bis ich um die Kurve gebogen bin. Die Sanddünen sind etwa zehn Meter von mir entfernt. Hinter mir ist die schützende Hecke aus dichten Wacholdersträuchern. Hier kann ich mich einen Moment lang erholen und warten, bis er vorbei ist.

Und da höre ich das dumpfe Geräusch von Turnschuhen auf dem Sandweg. Er ist mir gefolgt!

Noch nie zuvor im Leben habe ich wirkliche Angst verspürt. Ich kannte das Gefühl nicht, wie das Herz einen Moment stillsteht, um dann im nächsten wie verrückt loszurasen. Der Atem stockt, das Adrenalin steigt in den Kopf. Schon allein diese Symptome versetzen einen in Panik. Was soll ich nur tun, um Himmels willen! Zurücklaufen geht nicht, dann renne ich wirklich direkt in ihn hinein. Mich an anderer Stelle durch das Wäldchen schlagen, um zurück zur Heide zu kommen, kostet zu viel Zeit. Es gibt nur einen Weg, und der heißt: weiterlaufen. Ich muss über die Sanddünen laufen, wo sonst keine Menschenseele ist, und hoffen, dass ich schneller bin als er. Oder besser gesagt, hoffen, dass er vielleicht gar kein Interesse an mir hat, dass alles nur meine eigene Panikmache ist und ich nachher in Floors Garten mit einem Glas eiskalter Cola sitzen und mich schämen werde. Allmählich bin ich wohl wirklich nicht mehr ganz zurechnungsfähig.

Ich spurte die letzten Meter, die mich noch von dem Dünental trennen, und springe. Ein Stück gleite ich auf meinen Fersen hinab, nun liegt alles an mir. Bei jedem Schritt versinken meine Turnschuhe bis zu den Knöcheln im Sand, ich ignoriere den stechenden Schmerz in meinen Wadenmuskeln und zwinge mich dazu, den nächsten Schritt zu setzen. Dabei wird mir immer mehr die Hoffnungslosigkeit dieses Unterfangens bewusst. Der Mann ist nun auch in das Dünental hinabgesprungen, als hätte er es tatsächlich auf mich abgesehen. Warum sollte er mir sonst hinterherrennen, es ist nur eine Frage der Zeit, von ein paar Minuten. Während ich immer noch dabei bin, die Düne hinabzulaufen, gucke ich über meine Schulter. Er kann mich nun fast berühren, vielleicht sollte ich einfach aufhören zu rennen und die Konfrontation suchen, solange ich noch etwas Kraft übrig habe. Und dann passiert etwas mit meinem Fuß, der schräg unter mir wegrutscht. Ein brennender Schmerz, und im nächsten Moment liege ich im Sand. Ich gleite einige Meter auf den Knien weiter und kugle dann ein paar Mal um die eigene Achse. Die Welt scheint nur noch aus aufstaubendem Sand zu bestehen, der sich mir auf die Haare, in Augen, Nase und Mund legt. Als ich das Gefühl habe zu ersticken, bleibe ich still liegen. Ich rolle mich auf die Seite, winkle die Knie an und lege die Hände schützend um meinen Kopf. Ein Embryo, zurück im Mutterleib. Meine Atmung klingt eigenartig piepend. In meiner Brust schmerzt es, aber darum geht es jetzt nicht. Worum es einzig und allein geht, sind seine Schritte, die immer näher kommen. Ich spüre, wie der Sand unter meinem Gesicht bebt.

Ich schließe die Augen. »Oh, mein Gott, mach, dass es schnell vorbeigeht!«

Und dann dringt eine Stimme zu mir durch.

»Floor, was um Gottes willen ist nur los mit dir?«

Ich liege noch immer in derselben Position, öffne jedoch vorsichtig ein Auge und sehe zwei alte Turnschuhe, weiße Frotteesocken und ein Paar Knie, auf denen eine gebräunte Männerhand ruht. Er hat sich hingekniet, dicht neben mich, aber er berührt mich nicht. Und er hat »Floor« gesagt.

Ich rolle mich auf die Knie und versuche aufzustehen.

»Du solltest lieber einen Moment sitzen bleiben.«

Ich tue, was seine Stimme mir sagt, und er hat recht, denn selbst das Sitzen fällt mir schwer, jetzt, da alle Kraft aus meinem Leib gewichen ist und ich nur noch eine schreckliche Müdigkeit verspüre.

Ich habe ihn noch immer nicht angesehen. Ich sitze vornübergebeugt im Sand, die Beine angezogen, meinen Kopf auf den Armen.

»Floor … ich verstehe überhaupt nichts mehr.«

Ich hebe den Kopf und sehe ihn an.

Er kniet noch immer neben mir, eine Falte zwischen seinen Augenbrauen. Er hat ein freundliches, sonnengebräuntes Gesicht mit grauen Augen. Volles, blondes Haar verdeckt ein dunkelblaues Schweißband.

Sein Gesichtsausdruck verändert sich. Er guckt wie jemand, dem ein Geist begegnet ist.

»Meine Güte, wie ähnlich ihr euch seht! Du musst Emma sein.«

»Und du?«

»Ich bin Cas.«

Mein Knöchel ist verstaucht. Cas hat ihn vorsichtig untersucht, und dann, nachdem ich genug gestöhnt und geächzt hatte, die Diagnose gestellt. Aber das war erst später, nachdem wir nebeneinander auf dem Sandboden gesessen und geredet hatten.

Ich denke, dass er bezüglich seiner Beziehung mit Floor ehrlich ist. Er hat erzählt, wie sie sich hier auf der Heide begegnet sind – anfangs hatten sie einander nur beiläufig mit erhobener Hand gegrüßt, wenn sie sich zufällig trafen. Später hielten sie dann ein kurzes Schwätzchen. Danach verabredeten sie sich. Sie sahen einander immer öfter, und in der letzten Zeit verbrachte er ab und zu ein ganzes Wochenende bei ihr. Dann kam der Abend, an dem sie in *De Oude Hoeve* verabredet waren und Floor nicht auftauchte. Danach reagierte sie ebenso wenig, sooft er sie auch anrief.

»Ich bin zu ihrem Haus gefahren, aber sie war nicht da. Ihr Auto war ebenfalls weg, das konnte ich durch den Spalt im Garagentor sehen. Ich habe alle Krankenhäuser in der Nähe durchtelefoniert, bestimmt war ihr etwas zugestoßen, etwas anderes konnte ich mir einfach nicht vorstellen. Sie war immer so pünktlich. Wenn sie meinte, dass sie sich um fünf Minuten verspäten würde, rief sie sogleich an. Das Schlimmste war, dass ich niemanden aus ihrem Umfeld kannte. Ich wusste, dass es dich gab, aber das war auch alles. Wir hatten keine gemeinsamen Freunde. Wir kannten die Familien des anderen nicht. Auf einmal wurde mir bewusst, dass sie mich immer vor allen geheim gehalten hatte. Mir blieb also nichts anders übrig, als weiter jeden Tag anzurufen und zu hoffen, dass ich irgendwann wieder ihre Stimme hören würde. Wir waren einander sehr wichtig. Es war nicht die Art von Beziehung, bei der man einfach wegläuft, ohne je wieder etwas von sich hören zu lassen. Und heute Nachmittag … ich traute meinen Augen nicht – da lief sie …«

Ich sehe Cas an, während er seine Geschichte erzählt. Dabei frage ich mich, ob jemand, der so ehrlich aussieht, wohl etwas zu verbergen hat. Bobs Worte habe ich nicht vergessen: Cas ist einer der letzten Menschen, der Floor gesehen hat. Da ist es ja wohl mehr als logisch, dass er womöglich etwas mit ihrem Verschwinden zu tun hat. Dennoch habe ich das Gefühl, ihm vertrauen zu können, auch wenn das vielleicht daran liegt, dass ich es einfach so gerne möchte. Ich brauche einen Freund, jemanden, der

Floor genauso vermisst wie ich, wenn auch auf andere Weise. Es tut so gut, mit jemandem zu reden, der sie näher kennengelernt hat. Und doch muss ich vorsichtig sein. Irgendetwas ist ihr zugestoßen, und die Wahrscheinlichkeit ist nicht gering, dass der Mann, der jetzt neben mir auf dem Boden der Sanddüne sitzt, etwas damit zu tun hat. Ich sollte ihn aber auf keinen Fall meine Zweifel spüren lassen, da ich alle Informationen brauche, die ich irgendwie aus ihm herauskriegen kann. Eines weiß ich jedenfalls sicher – und da trügt mich mein Gefühl nicht –, dass ich in diesem Moment bei ihm sicher bin. Ich stütze mich daher vertrauensvoll auf seinen Arm, und wir machen uns auf die beschwerliche, schleppende Reise zurück in die Zivilisation.

Das Leben ist ein Stück simpler geworden, jetzt, da ich nicht mehr richtig laufen kann. Mit meinem verstauchten rechten Fußknöchel kann ich das Autofahren vergessen. Ich bin schon seit einer Woche nicht mehr in Floors Haus gewesen, es fühlt sich an wie Verrat. Chris hat angerufen, dass die Pflanzen um den Teich herum nun eingesetzt sind. Den Teich selbst hat er gefüllt, und er hat zwei Körbe voll Wasserlilien absinken lassen, weiße und rosafarbene. Das gehört zwar nicht direkt zu Floors Auftrag, aber er geht davon aus, dass es ihr gefallen wird. Ich habe mich etwas gewundert, dass er anrief, um mir in allen Einzelheiten dann zu berichten, bis mir dämmerte, dass er vielleicht zur Abwechslung einmal bezahlt werden wollte und dieser Anruf als freundliche Zahlungserinnerung gedacht war. Das ist natürlich sein gutes Recht, die letzte Rechnung liegt weiterhin auf Floors Schreibtisch, da ich mich noch immer nicht daran gewöhnt habe, ihre Büroarbeiten zu erledigen. Ich habe Chris versprochen, dass ich so schnell es geht in den Garten kommen werde, um mir dort alles anzusehen. Die aktuelle Rechnung solle er zu mir nach Hause schicken. Er war so höflich zu sagen, dass es damit keine Eile habe.

Es verschafft mir ein gutes Gefühl, dass Floors Garten wieder in Ordnung ist. Alles, was mit ihr zu tun hat, soll so normal wie möglich aussehen. Ihre ganze Umgebung soll ausstrahlen, dass nichts Besonderes passiert ist und jeden Moment ihr Auto vor der Tür halten könnte, dass Floor aussteigen und in den Garten gehen wird, als hätte sie nur kurz ein paar Besorgungen gemacht. Es ist mir ganz egal, dass es töricht ist, solche Gedanken zu hegen. Mir tut es einfach gut, mich um ihre Sachen zu kümmern und alles so perfekt wie möglich zu organisieren – als könnte ich dem Schicksal damit ein Schnippchen schlagen. Dennoch nagen Schuldgefühl und Kummer an mir, weil ich nichts wirklich Wesentliches für sie tun kann, weil ich sie einfach nicht finden kann.

Es ist höhere Macht, dass ich nun erst mal einen Schritt kürzertreten muss. Ich kann mich kaum von der Stelle rühren und brauche für alles eine Ewigkeit. Hier zu Hause kann ich mich nur wenig nützlich machen.

Ich schreibe Frank einen Besorgungszettel, mit dem er Marianne in der Mittagspause in den Supermarkt schickt. Ansonsten bleibt mir nichts anderes übrig, als mich meiner liegengebliebenen Arbeit zu widmen. Irgendwie verschafft es mir ein Gefühl der Ruhe, dass ich nun dazu gezwungen bin, wieder etwas Struktur in mein Leben zu bringen.

Nach dem Frühstück verschwinde ich in mein Arbeitszimmer, von wo aus ich mich so wenig wie möglich wegbewege, da das Gehen sehr schmerzhaft ist.

Die Übersetzung der »Gesammelten romantischen Liebesbeziehungen« geht dank meines Knöchels gut voran, und ich traue mich sogar wieder, das Telefon abzunehmen. Eine ganze Weile hatte ich nur noch den Anrufbeantworter angehen lassen, um Konfrontationen mit ungeduldigen Auftraggebern aus dem Weg zu gehen.

An einem Morgen, als trüber Regen an den Fensterscheiben herunterrinnt und ich zum ersten Mal die Heizung angeschaltet habe, rufe ich Erik Verheul an, um zu fragen, ob es irgendetwas Neues gibt. Am liebsten würde ich ihn jeden Tag anrufen, aber ich versuche mich zu beherrschen, da es ohnehin sinnlose Gespräche sind. Ich bin überzeugt davon, dass er mich sofort anrufen würde, wenn er etwas wüsste. Sein unerträgliches Schweigen hat dazu geführt, dass ich mich jeden Abend stundenlang im Bett herumwälze, bevor ich mich einem unruhigen Schlaf hingeben kann.

An diesem Morgen jedoch muss ich ihn einfach anrufen. Die ganze Nacht über haben mich Bilder von Floor gequält, Bilder ihrer im Gebüsch versteckten Leiche, zersetzt von der Hitze der letzten Wochen und durchweicht vom andauernden Regen. Ich halte es nicht länger aus, ich muss mit jemandem reden, der mit der Sache vertraut ist und aus Erfahrung weiß, wie ich mich fühle. Außerdem will ich sichergehen, dass Floor nicht vergessen wird, sondern noch immer in den Computersystemen vermerkt ist. Dass ich dieses Mal selbst etwas zu melden habe, macht es etwas einfacher: Ich weiß nun wenigstens, wer der große Unbekannte in Floors Terminkalender ist, auch wenn ich lange überlegt habe, ob ich das wirklich melden sollte. Wer weiß, vielleicht bringe ich Cas damit in Schwierigkeiten, dabei habe ich ihn doch als einen äußerst freundlichen, hilfsbereiten Menschen kennengelernt. Seit unserer zufälligen Begegnung in der Sanddüne hat er bereits zweimal angerufen, um zu fragen, wie es mir geht. Aber ich kann diese Information auch nicht einfach für mich behalten. Ich fühle mich bestätigt, als Erik Verheul mit spürbarem Interesse meiner Geschichte lauscht. Er will Cas' Nachnamen und Adresse haben und verspricht, mit ihm zu reden.

Und dann stelle ich die vollkommen sinnlose und überflüssige Frage, die ich einfach nicht unterdrücken kann: »Was denken Sie denn eigentlich – nicht als Polizist, sondern als Mensch –, wird sie jemals zurückkommen?«

Ich bereue meine Frage auf der Stelle. Es gibt keine wirklich positive Antwort darauf, nichts Hoffnungsvolles, was er sagen oder versprechen kann, und das tut er dann auch nicht.

»Je länger jemand vermisst gemeldet ist, umso größer ist die Möglichkeit, dass ihm tatsächlich etwas zugestoßen ist. Das ist etwas, worauf Sie sich einstellen müssen, so schwierig das auch ist.«

Er sagt mir damit eigentlich nichts Neues, nichts, was er mir nicht vorher auch schon gesagt oder was ich mir nicht schon selbst überlegt hätte. Doch ich merke an meiner Enttäuschung, dass ich trotzdem auf eine positivere Antwort gehofft hatte.

Nachdem ich aufgelegt habe, frage ich mich, ob ich Cas erzählen soll, dass in Kürze bei ihm die Kriminalpolizei aufkreuzen wird, aber ich denke, es ist besser, wenn er sich nicht auf dieses Treffen vorbereiten kann. Schließlich weiß ich noch immer nicht, was ich wirklich von ihm denken soll.

Jedes Mal, wenn ich sie sehe, kommt es mir vor, als wäre meine Mutter kleiner geworden. Aller Stolz ist aus ihrer Haltung verschwunden, und in ihre Augen hat sich eine

Unsicherheit geschlichen, die ich vorher noch nie bei ihr bemerkt habe.

»Wie nett von dir, dass du schon wieder vorbeikommst!«

Der Tee steht auf dem Stövchen, die hauchdünnen Kekse liegen dieses Mal in einer Porzellanschale. Sie hebt mit der rechten Hand die Teekanne und stützt dabei mit der linken die Tülle ab. So kann sie das Gewicht besser verteilen. Sie hat einen kleinen Lappen in der Hand, falls ein Tropfen danebengeht.

»Ich freue mich immer über Besuch, es sind nur noch so wenige Leute übrig.«

Die Tatsache, dass sie mich »Besuch« nennt, trifft mich schmerzhaft. Als wäre ich verdammt noch mal eine weit entfernte Großnichte oder eine ehemalige Nachbarin. Mam, deine leibliche Tochter sitzt dir gegenüber, die Einzige, die du noch hast.

Sie sieht mich an. Offenbar hat sie gemerkt, dass ich irgendwie verstimmt bin. »Stimmt was nicht?«

Ich schüttle den Kopf, trinke Tee und überlege, worüber wir reden sollen. Meine Schwester ist verschwunden, ihre Lieblingstochter. Wenn man das im Hinterkopf hat, erscheint einem jedes andere Thema trivial. Worüber hat sie wohl immer mit Floor geredet? Und worüber spricht sie überhaupt mit Besuch? Wie merkwürdig, dass ich mich nicht traue, meine eigene Mutter so etwas zu fragen.

»Wie geht's deinem Rücken, Mam?«

Sie winkt ungeduldig ab. Über die eigenen Wehwehchen spricht man nicht. Wenn dir also kein besseres Thema einfällt, dann halt lieber den Mund. Wenn jemand das wissen sollte, dann bin ich es. Schließlich wurde mir das, seit ich sprechen kann, eingetrichtert. Über meinen nun wieder einigermaßen genesenen Knöchel habe ich natürlich auch lieber nichts gesagt. Sie hat garantiert gesehen, dass ich nicht gut laufen konnte, hat aber kein Wort darüber verloren.

Sie sieht meine fast leere Tasse und greift erneut zur Teekanne.

Die Stille erdrückt mich. Ich sehe mich am Tisch sitzen, die falsche Tochter, und frage mich, ob sie gerade dasselbe denkt.

Sie richtet sich auf, und ich weiß: Jetzt kommt es.

»Nichts Neues von Floor?«

Ich höre an ihrer Stimme, wie viel Mühe es sie kostet, diese Frage möglichst beiläufig klingen zu lassen.

»Die Polizei tut, was sie kann«, antworte ich.

»Und wie soll ich mir das genau vorstellen?« Etwas von der alten Streitlust schwingt in ihren Worten mit.

»Dass sie mich sofort benachrichtigen werden, wenn sie etwas hören.«

Ich merke selbst, wie albern das klingt.

Sie lacht verächtlich. »Ich hoffe, sie überarbeiten sich dabei nicht.«

Ich habe das Gefühl, Erik Verheul verteidigen zu müssen.

»Sie können nicht viel mehr tun, Mam. Floor ist in ihr Auto gestiegen und weggefahren. Es wurde nicht eingebrochen, es ist nichts kaputtgegangen, und es gibt keinerlei Hinweise, dass ihr etwas angetan worden ist. Wenn sie keine Anhaltspunkte haben, kann auch nichts untersucht werden.«

Ich habe ihr das alles schon öfter erzählt, aber ganz offensichtlich will sie es immer wieder hören. Vielleicht weil der erste Teil davon – dass nichts darauf hinweist, dass Floor zu Hause etwas zugestoßen ist – sie beruhigt.

»Das ist gar nicht ihre Art, sich so lange nicht zu melden.«

»Das weiß ich, Mam, deshalb mache ich mir ja auch Sorgen.«

»Aber was hast du denn unternommen, um sie zu finden?«

Entmutigt lasse ich die Hände in den Schoß sinken und schweige.

»Genau das meine ich. Du bist ihre Schwester. Du bist diejenige von uns beiden, die etwas tun könnte ...«

Jetzt sind wir in der Phase der nicht mehr wirklich subtilen Beschuldigungen angelangt. Als hätte ich nicht selbst Magenschmerzen davon, dass mir nichts, aber auch wirklich gar nichts dazu einfällt, wie man Floor finden könnte. Ich verteidige mich trotzdem, auch wenn ich weiß, dass das eigentlich ziemlich nutzlos ist. Denn für meine Mutter ist der Fall klar: Ich gebe mich einfach mit der Situation zufrieden und unternehme nichts.

»Glaubst du im Ernst, dass ich nicht alles versucht habe, um sie zu finden?«

»Aber du bist noch keinen Deut weitergekommen.«

Ich schweige. Ich weiß, dass ich sie enttäusche, so wie ich es mein Leben lang getan habe. In dieser Beziehung hat sich also nichts geändert.

Sie hat sich noch gerader aufgesetzt.

»*Ich* hätte sie schon gefunden!«

In ihrer Stimme schwingt nicht die Spur eines Zweifels mit.

Er ist wütend, und er versucht nicht, das in irgendeiner Weise zu verbergen.

»Hast du mir verdammt noch mal die Polizei auf den Hals gehetzt? Was fällt dir eigentlich ein! Ob ich so freundlich wäre, zu einem Gespräch auf die Polizeiwache zu kommen. Dort werde ich dann nach allen Regeln der Kunst über Floor ausgefragt. Ich kann wahrscheinlich von Glück reden, dass sie mich nicht sofort festgenommen haben. Was hast du ihnen nur erzählt?«

Ich bin während seines Wutausbruchs einen Schritt zurückgewichen, aber das nützt nichts, denn Cas macht daraufhin wieder einen Schritt auf mich zu, sodass wir uns noch immer, in meiner geöffneten Haustür, Auge in Auge gegenüberstehen. Sein wütendes Gesicht kommt mir viel zu nah. Ich sehe kleine Speicheltröpfchen auf seinen Lippen und glaube etwas Nasses auf meinem Gesicht zu spüren. Mein Herz klopft mir bis zum Hals, vor wenigen Dingen habe ich solchen Respekt wie vor aggressiven Menschen. Jemand muss nur seine Stimme erheben, und ich verwandle mich auf der Stelle in ein zitterndes Schulmädchen.

»Die Abmachung war, dass ich dem zuständigen Kriminalbeamten jede neue Entwicklung durchgeben würde. Was er damit macht, muss er selbst wissen, darauf habe ich keinen Einfluss.«

Meine Stimme zittert, und ich schiebe mich dabei so unauffällig wie möglich noch ein Stück weiter nach hinten in meinen Flur. Er folgt mir jedoch auf dem Fuße, von außen betrachtet muss das wie ein komischer Tanz aussehen, wie zwei Vögel bei der Balz.

»Du hast aber, verdammt noch mal, anscheinend eine ziemlich gefärbte Darstellung abgeliefert, mit den Informationen, die du ihnen gegeben hast: die älteste Zeitung hinter der Tür vom 12. Juni, Floors Verabredung mit mir am Abend des 11. Juni. Hättest du mir nicht sagen können, dass du die Polizei anrufen würdest?«

»Aber warum denn? Wenn du nichts mit Floors Verschwinden zu tun hast, brauchst du dir doch keine Sorgen zu machen.«

»Du Schlampe!« Er hat seine Fäuste geballt, eine Ader auf seiner Stirn ist geschwollen.

Ein älteres Ehepaar, das am Haus vorbeiläuft, bleibt stehen.

»Brauchen Sie Hilfe, meine Dame?«, fragt der Mann.

»Ja, genau wie Sie, wenn Sie sich nicht verpissen«, schnauzt Cas.

Ich unterdrücke ein nervöses Kichern.

»Du musst die Polizei anrufen«, sagt die Frau zu ihrem Mann. »Das verzeihen wir uns nie, stell dir vor, wir lesen morgen, dass sie umgebracht worden ist.« Sie werfen einen Blick auf Cas und gehen eilig weiter.

Cas sieht aus, als würde er nun gleich wirklich explodieren.

»Stundenlang habe ich bei diesem Verheul gesessen. Was er denkt, kann ich mir ungefähr vorstellen, aber dass *du* denkst, dass ich etwas damit zu tun habe, ist vollkommen geisteskrank. Wenn ich Floor umgebracht hätte, würde ich doch nicht wie ein Idiot hinter dir herrennen, weil ich denke, dass *sie* es ist! Der Mörder ist der einzige Mensch auf der Welt, der das mit Sicherheit niemals denken würde. Da kannst du Floor noch so ähnlich sehen. Er ist doch der Einzige, der weiß, dass sie tot ist. Hättest du da nicht selbst draufkommen können?«

Er sieht mich an, als würde er von mir eine Reaktion erwarten. Ein Gegenargument oder vielleicht eine Entschuldigung. Aber ich weiß nicht, was ich sagen soll. An seiner Stimme höre ich, dass sich seine Wut gelegt hat, das ältere Paar hat wie ein Blitzableiter auf ihn gewirkt. Angst, dass er mir etwas antun könnte, habe ich nicht mehr. Aber auch wenn sein Argument durchaus logisch klingt, kann ich mich doch nicht ganz dazu hinreißen lassen, ihm wirklich zu vertrauen.

Schweigend stehen wir uns noch immer zu nah gegenüber. Als er jedoch merkt, dass ich keinerlei Reaktion zeige, dreht er sich auf dem Absatz um. Mit ein paar Schritten ist er an der Haustür angelangt, die er dann hinter sich zuknallt.

Keine fünf Minuten später höre ich eine Polizeisirene. Als ich die Tür aufmache, stehen dort bereits Menschen auf dem Fußweg, die sensationslüstern gaffen.

»Bei uns ist eine Meldung eingegangen, dass hier jemand bedroht wird.«

Ich betrachte die zwei Polizisten, die so jung sind, dass es meine Söhne sein könnten.

»Ich denke, das muss ein Missverständnis sein. Ich bin allein zu Hause und weiß von nichts.«

Sie sehen einander an und ziehen die Schultern hoch.

»Na, dann gehen wir eben wieder. Guten Tag.«

Ich habe mich den ganzen Nachmittag über durch Amsterdam geschleppt, auf der Suche nach einem Geschenk für Frank. Schon wieder Geburtstag! Was in Gottes Namen soll man nur jemandem kaufen, der einfach alles hat? Sein Bücherregal quillt regelrecht über. Ich habe keine Ahnung, was er noch nicht gelesen hat, aber wenn ich selbst von meinem Liebsten einen Büchergutschein bekäme, würde ich die Beziehung auf der Stelle beenden. Und so etwas zu schenken, finde ich fast ebenso beleidigend. Das ist ein Geschenk für den Fall, dass man wirklich gar keine Idee hat und es einem eigentlich auch egal ist. Kochen mag er nicht, am Küchengeschäft mit einem Schaufenster voller Nippes kann ich also gleich vorbeigehen. Für Frank also keine tomatenrote Tarte-Tatin-Form (»Schatz, hast du gewusst, dass man darin auch Auberginen machen kann?«). Ein Kunstwerk ist zu teuer, außerdem ist an den Wänden seines Arbeitszimmers kein Platz mehr. Wo einst die Prince-Poster und Zeitungsausschnitte von Riesenbrüsten hingen, sieht man nun Ölgemälde, die Frank in namhaften Galerien gekauft hat.

Nachdem ich zwei Stunden lang durch die P.C.-Hooftstraat und Van-Baerlestraat gelaufen bin, fühlt sich mein Knöchel an, als wäre er noch immer verstaucht. Ich humple in ein Café und bestelle mir einen Cappuccino. Noch drei Tage, dann muss ich nicht nur ein Geschenk haben, sondern auch eine grobe Vorstellung davon, wie wir Franks Geburtstag feiern werden. Von Frank brauche ich dabei keinerlei Hilfe zu erwarten. Geburtstage interessieren ihn nicht, sein eigener nicht und meiner auch kaum. Das Projekt, an dem er arbeitet, frisst all seine Energien. Es sind wunderschöne Häuser mit hohen Decken, Stuck und kolossalen Kachelöfen. Im Laufe der Jahrhunderte ist dort jedoch viel verpfuscht worden. Dass Frank die alte Pracht wieder hervorzaubern will, finde ich großartig. Ich bin wirklich stolz auf ihn, was jedoch nichts an der Tatsache ändert, dass es einfacher wäre, wenn er nicht immer nur seine Arbeit im Kopf hätte. Ich rühre in meinem Cappuccino und reibe mit der anderen Hand meinen Knöchel, der wieder geschwollen ist und ziemlich wehtut. Ich habe die Tür im Blick, durch die pausenlos Leute strömen. Dass ich meine, Franks Stimme zu hören – hier, in einem Café mitten in Amsterdam –, ist natürlich Unsinn. Er wird wohl etwas anderes zu tun haben. Ich denke an die belegten Brötchen, die Marianne in der Mittagszeit auf seinen Schreibtisch legt. Die isst er dann, ohne dabei seine Arbeit zu unterbrechen. Ab und zu nimmt er einen Schluck Milch und spült alles hinunter. Ich sehe trotzdem in die Richtung, aus der Franks Stimme kam, und einen kurzen Moment lang meine ich, Franks Rücken zu erkennen, in seiner schwarzen Armani-Jacke. Sogar das kurze dunkle Haar, die vereinzelten Locken, die dem Mann ein Stück über den Kragen hängen, erinnern mich an ihn. Ich lasse von meinem Knöchel ab und richte mich auf. Alle Menschen sehen einander irgendwie ähnlich, vor allem, wenn man müde ist und alles nicht mehr so deutlich wahrnimmt. Die Frau, die schräg hinter Frank herläuft, könnte zum Beispiel Marianne sein. Die Menschheit besteht doch aus einer Reihe von Prototypen, insbesondere in diesem teuren Amsterdamer Einkaufsviertel. Ich bestelle noch einen Cappuccino und entscheide mich, die italienischen Loafers zu kaufen, die ich in der Van-Baerlestraat in einem Schaufenster gesehen habe. Frank hat hübsche Knöchel, die er fast immer unter fantasielosen Socken versteckt, von der Sorte, wie ich sie hasse. Wenn er sitzt, ist zwischen Socke und Hosenbein immer ein Stück nacktes, blasses, formloses Männerbein zu sehen. Doch in diese unanständig teuren Loafers, die ich für ihn kaufen werde, gehören nackte Füße. Das ist dann die Botschaft, die ich ihm zusammen mit diesen Schuhen zu seinem Geburtstag übermitteln werde.

Als ich in Floors Garten am Teich stehe, geht ein schneidender Wind, doch die Sonne scheint. Die Bepflanzung rundherum ist noch ganz frisch, aber ich kann mir schon vorstellen, wie es in einem Jahr aussehen wird – ein herrlich geschütztes Plätzchen, von den umliegenden Häusern nicht einsehbar. Wenn ich Floor wäre, würde ich um den Teich herum eine kleine Terrasse anlegen. Es muss doch wunderbar sein, dort an einem Sommertag zu sitzen und Zeitung zu lesen.

Ich drehe mich um und gehe zur Küchentür. Hinter dem Zaun zu Franciens Garten stehen ihre Bouviers, die

Schnauzen halb geöffnet, die Augen auf mich gerichtet. Ich mag sie nicht. Sie sind mir zu groß und bedrohlich. Es hat mir gutgetan, von Francien zu hören, dass auch Floor kein großer Freund von ihnen war. In der Küche ist es warm. Gleich beim Hereinkommen habe ich die Heizung etwas hochgedreht. Mit dem Rücken an die Spüle gelehnt sehe ich Floors Post durch. Ein paar Werbeprospekte. Eine Karte von Dorien aus Griechenland. Sie habe dort eine herrliche Zeit, und nächstes Jahr müsse Floor sie dort auf jeden Fall besuchen kommen. Keine Rechnungen. Ich werfe die Prospekte weg und gehe ins Wohnzimmer, um Doriens Karte auf Floors Schreibtisch zu legen. Danach bleibe ich eine Weile am Fenster stehen, die Hände in meinen Westentaschen, und schaue in Floors Vorgarten. Die Rosen wehen rastlos im Wind. Die Erde ist von einem Teppich aus Rosenblüten bedeckt. Jetzt ist es nicht mehr zu leugnen: Der Sommer ist vorbei, der blaue Himmel trügt.

Und auf einmal weiß ich nicht mehr, was ich hier, in Floors Haus, eigentlich tue. Ich weiß nicht, was ich hier überhaupt suche. Bis jetzt hatte ich immer das Gefühl, ihr hier am nächsten zu sein. Ihr Haus, ihre Möbel, ihre Umgebung und ein kleines bisschen auch sie selbst. Doch allmählich fühlt es sich immer mehr so an, als würde sich das Haus von ihr distanzieren, und dadurch auch von mir. Ihre Jacke in der Garderobe trägt nicht mehr Floors Geruch, sie riecht jetzt muffig, wie alles im Haus. Ich kriege diesen Geruch einfach nicht heraus, auch wenn ich bei jedem Besuch ein paar Fenster öffne. Ich versuche krampfhaft, Floor festzuhalten, aber sie entgleitet mir. Ich weiß nicht, was ich machen kann, um diesen Prozess aufzuhalten.

»Happy Birthday« – Ich stehe mit ihrem Eau de Toilette in der Hand im Badezimmer. Ich kenne genau die Bewegung, mit der sie ihr Parfum auflegte, eine kleine Prise hinter jedes Ohr. Ich erinnere mich an ihren erhobenen Arm, an den weiten Ärmel ihres Kleides, der ihr dabei über die Ellenbogen rutschte und den Blick auf ein paar Goldarmbänder freigab. Wir hatten uns unterhalten, ich auf dem Badewannenrand, sie vor dem großen Spiegel, wo sie noch einmal ihr Aussehen kontrollierte. Ich weiß nicht einmal mehr, was der Anlass war, dass wir hier waren. Vielleicht hatte sie Geburtstag, und unten im Wohnzimmer warteten Gäste. Woran ich mich erinnere, ist, dass ich sie ansah und stolz auf sie war. Leute haben mich oft gefragt, ob ich nie eifersüchtig auf sie sei. Und wenn ich daraufhin mit »Warum?« reagierte, zogen sie die Schultern hoch.

»Ach – Schwestern –, du weißt doch, wie das ist.«

Aber ich wusste überhaupt nichts, ich wusste nur, dass Floor die Hübschere von uns beiden war, die Elegantere, die Klügere und, ja, zudem auch noch Mamas Lieblingstochter. Aber wir verstanden uns gut. Meine Bewunderung war die Basis unserer Beziehung, das wird mir jetzt bewusst. Außerdem war ich jahrelang Papas Liebling, und das reichte mir vollkommen.

Vielleicht ist ja etwas dran an der Aussage, dass ich den Sohn kompensieren musste, den Vater so gerne gehabt hätte. Das hatte mal jemand zu mir gesagt. Und mir wird wahrscheinlich klar gewesen sein, dass man für so eine Rolle nicht zu mädchenhaft sein darf. Ich lief in Jeans und Turnschuhen herum, Make-up habe ich erst viel später benutzt, als die Meinung meines Vaters nicht mehr die alleingültige war.

Mein Vater hatte für mich ein Rennrad gekauft, und

wir sind tagelang durch die Gegend geradelt, besonders gern in der Sommerhitze, inspiriert von der Tour de France. Einmal haben wir die Viertagestour mitgemacht. Diese Tage waren unvergesslich – abgesehen davon, dass wir zu wenig trainiert hatten. Die Momente, in denen wir beinahe aufgaben, dann einen schnellen Blick wechselten und doch weitermachten. Die Blasen, die Pflaster, die Verzweiflung, weil wir noch immer so viele Kilometer vor uns hatten. Das unbeschreibliche Gefühl von Stolz, als wir uns der Zielgeraden näherten, an der Mam und Floor mit Blumen warteten.

Und dann starb er, einfach so. Er war so kurz krank gewesen, dass der Ernst der Lage kaum zu mir durchgesickert war. Genau soschnell, wie die Krankheit aufgetreten war, war sie auch vorbei. Ich kann mich an kein Gefühl der Trauer erinnern, doch ich erinnere mich an eine unglaubliche Wut, weil ich nicht verstand, wie er mir das hatte antun können. Ich war gerade zu Hause ausgezogen, kannte Bob bereits, aber wir waren noch nicht verheiratet. Die Höhepunkte in meinem Leben – die Hochzeit, der Kauf unseres Hauses und Thijs' Geburt –, das alles waren Dinge, die ich gerne mit meinem Vater geteilt hätte. Bei diesen Anlässen vermisste ich ihn besonders. Mit der Sportlichkeit war es im Übrigen auch bald vorbei. Nach Papas Tod fiel mir auf, dass ich eigentlich eine wahre Abneigung gegen jegliche körperliche Ertüchtigungen hatte, all die sportlichen Exzesse waren für ihn gewesen. Jetzt hatte das alles keinen Sinn mehr.

Dass ich kein Teil von Mutters und Floors Bündnis war, hatte ich natürlich schon lange gewusst, aber in der Zeit nach Papas Tod wurde mir das erst wirklich bewusst. Sie führten ihre vertraulichen Gespräche, verstanden einander ohne Worte, so wie das bei mir und Papa ebenfalls gewesen war. Es störte mich aber nicht besonders. Ich vermisste ihn, und nach seinem Tod merkte ich, wie ich mich zeit meines Lebens auf ihn gestützt hatte. An einem Ersatz hatte ich jedoch nicht das geringste Interesse. Zwar wünschte ich mir etwas mehr Wärme und Interesse von Mam, aber mir war klar, dass ich darauf nicht zu hoffen brauchte. Vielleicht war es dafür auch einfach zu spät, und es waren zu viele Jahre vergangen, in denen ich sie nicht gebraucht und in denen sie und Floor sich vielleicht von Papa und mir ausgeschlossen gefühlt hatten. Schade, diese Zweiteilung innerhalb einer Familie, aber so war es nun einmal. Mit Papas Tod war etwas Wichtiges für immer aus meinem Leben verschwunden, und niemand konnte das kompensieren – erst recht nicht meine Mutter und Floor. Ich habe versucht, meinen Verlust philosophisch zu betrachten: Die Dinge laufen einfach so, wie sie sollen. Eine angenehm praktikable Sichtweise, die so lange funktioniert, bis etwas dazwischenkommt, was einen aus der Bahn wirft. Und in genau dieser Situation befinde ich mich jetzt. Erst hat Floor aus mir eine Außenstehende gemacht, jetzt tut ihr Haus dasselbe.

Ich weiß sofort, dass etwas nicht stimmt. Etwas in Erik Verheuls Stimme sagt mir, dass ich mich auf eine Nachricht gefasst machen sollte, die ich am liebsten gar nicht hören will.

Er habe Neuigkeiten, sagt er, und mein Herz schlägt auf der Stelle langsamer. Ich sitze hinter meinem Laptop und lege eine Hand auf die Tastatur, die sich angenehm kühl anfühlt.

»Floors Auto ist aus dem Wasser geborgen worden … Hallo, sind Sie noch da?«

»Ja.« Meine Stimme klingt heiser. Ich räuspere mich.

»Ihre Schwester saß nicht drin. Die Umhängetasche mit all ihren Papieren lag vorne im Auto. Von ihr gibt es weiterhin keine Spur.«

»Wo?«, frage ich.

Er nennt einen Ort, an dem ich noch nie gewesen bin, und sagt, dass es in der Nähe eines Industriegebiets sei.

»Und Floor?«

Einen Moment herrscht Stille auf der anderen Seite der Leitung. »Ich wünschte, ich wüsste mehr. Ihr Auto wird auf jeden Fall auf Spuren untersucht. Vielleicht helfen uns diese ja irgendwie weiter. Doch von einem Auto, das so lange im Wasser gelegen hat, sollte man sich nicht zu viel versprechen.«

»Kann sie nicht aus Versehen ins Wasser gefahren sein? Vielleicht hat sie es dann geschafft, sich aus dem Auto zu befreien. Haben Sie diese Möglichkeit in Erwägung gezogen?«

»An diesem Ort fährt man nicht aus Versehen ins Wasser. Außerdem kam bei der ersten Untersuchung ans Licht, dass das Auto ins Wasser geschoben worden ist. Sie kann nicht mehr dringesessen haben. Die Türen waren geschlossen, die Fenster ein Stück weit offen, jedoch nicht weit genug, dass jemand hindurchgepasst hätte.«

»Und jetzt?« Ich höre, dass meine Stimme etwas hysterisch klingt.

»Jetzt müssen wir auf das Ergebnis der nächsten Untersuchungen warten. Sobald ich etwas weiß, rufe ich Sie an.«

Ich legte auf und lief wie wild durch die Gegend. Ich habe keine Erinnerung daran, was ich wirklich tat, aber als ich im Badezimmer vor dem Waschbecken stand, um Wasser zu trinken, weil meine Kehle sich staubtrocken anfühlte, sah ich die verschmierte Wimperntusche auf meinem Gesicht, die roten, geschwollenen Augenlider und die aufgequollenen Lippen. Ich wusste, dass ich mit jemandem reden musste, weil ich sonst verrückt werden würde. Aber Frank war laut Marianne mit Geschäftspartnern zum Mittagessen, er habe sein Handy nicht dabei, da er nicht gestört werden wolle. Thijs verkündete fröhlich auf seiner Mailbox, dass er sich über jede Nachricht freue, solange der Anrufer kein Geld von ihm fordere.

Nur Bob sagte, dass er gleich vorbeikommen könnte, und das tat er dann auch.

»Um Gottes willen!« Er nimmt mich in die Arme und wiegt mich wie ein kleines Kind. Ich heule mir die Augen aus, bis ich keine Kraft mehr habe und nur noch heisere Laute von mir geben kann.

Bob verschwindet kurz und kommt daraufhin mit einem nassen Waschlappen zurück, der sich auf meinem glühenden Gesicht wohltuend kühl anfühlt. Dann geht er in die Küche, um mir einen Zaubertrank zuzubereiten. Diese Bezeichnung stammt von ihm – irgendetwas mit Saft und viel Alkohol. Er lauscht andächtig meiner Geschichte, auch wenn ich eigentlich gar nicht viel zu erzählen habe.

»Ich weiß einfach nicht mehr weiter!«, sage ich. »Wie soll das nur enden? Ich bin die ganze Zeit davon ausgegangen, dass sie auf jeden Fall das Auto und ihre Papiere dabei hat, aber jetzt hat sie gar nichts mehr.«

Er sieht mich an. »Emma, vielleicht braucht sie auch nichts mehr.«

Es ist das erste Mal, dass jemand es ausspricht. Ich will nicht, dass er das sagt, ich will nicht hören, was er sagt, und schreie, dass er ein Arschloch ist, dass ich schon immer gewusst habe, dass er Floor nicht mag, dass es die beste Entscheidung meines Lebens gewesen ist, ihn vor die Tür zu setzen, dass er ein elender Lügner ist. Ich schmeiße ihm den Waschlappen an den Kopf und danach das volle Glas. Und als ich dann vollkommen die Beherrschung verliere, spüre ich einen stechenden Schmerz und seine Hand auf meiner Wange. Ich sehe Sterne, aber irgendwie beruhige ich mich. Ich falle nach hinten in die Sofakissen, die Hand auf der schmerzenden Stelle, und er kommt erneut mit dem nassen Waschlappen an.

»Tut mir leid«, sagt er, »es ist meine Schuld. Ich dachte, du könntest das ertragen. Emma, wenn du nicht darüber reden willst, ist es in Ordnung. Aber ich kann dir einfach nichts Beruhigendes sagen.«

»Dann sag eben nichts.«

Und das tut er dann auch. Wir sitzen schweigend nebeneinander, von Zeit zu Zeit steht er auf, um unsere Gläser zu füllen oder vielleicht auch nur meines. Irgendwann fallen mir die Augen zu, und als ich wieder aufwache, ist es fast Abend, und Bob ist verschwunden.

Die Tage gehen einfach vorbei, das ist wirklich verwunderlich. Wenn ich aus dem Fenster schaue, sehe ich Autos vorbeifahren, Leute auf dem Fahrrad, Spaziergänger mit hochgestelltem Kragen, zum Schutz vor dem kalten Herbstwind. Sie alle ahnen nicht, dass ein paar Meter von ihnen entfernt das Leben aufgehört hat. Dass sich hinter der hübschen Fassade dieses Hauses eine Schlafwandlerin aufhält. Eine Frau, die sich wie ein Zombie bewegt und auch so aussieht. Zombies erwecken fälschlicherweise den Eindruck, normale, lebendige Menschen zu sein, und genau das trifft auf mich zu. Ich stehe nach einer schlaflosen Nacht auf und bleibe dann unter der Dusche stehen, bis mein Körper von dem warmen, harten Strahl schmerzt.

Ich koche Tee, den ich nicht trinke, und schmiere mir ein Brot, das ich nicht esse. Als Frank merkt, dass ich wirklich nichts mehr esse, bleibt er morgens länger zu Hause, um mir ein paar Stück Zwieback vorzusetzen und Milch warm zu machen. Den Kopf in die Hände gestützt sitzt er neben mir am Küchentisch, bis ich brav, wenn auch mit großer Abneigung, meinen Teller leer gegessen habe. Er kommt auf einmal früher als sonst nach Hause, mit Leckereien aus unserem Lieblings-Delikatessladen, Dingen, die ich früher einmal geliebt habe. Seine Besorgtheit tut mir gut, und ich bin zu Tränen gerührt, als ich herausfinde, dass er meinen Verleger angerufen hat, um zu erklären, dass ich aus privaten Gründen im Augenblick nicht an meiner Übersetzung weiterarbeiten kann. Währenddessen denke ich die ganze Zeit nur an Floors Auto, das irgendwo auf einem Polizeigelände auf Spuren untersucht wird. Natürlich hat Verheul recht damit, dass Floor nicht drin gesessen haben kann. Einzig und allein Houdini konnte aus geschlossenen Räumen ausbrechen, aber soweit ich weiß, hat er Türen oder Deckel hinter sich nie wieder verschlossen. Und Floors Auto war abgeschlossen, als es gefunden wurde.

Ich frage mich, wie lange eine Spurenermittlung dauert und ob sie gleich damit angefangen haben. Ich weiß, dass ich Verheul anrufen kann, wann immer ich will. Er hat mir noch nie das Gefühl gegeben, ich würde ihn nerven, wenn ich ihn bei seiner Arbeit störe. Aber diesmal traue ich mich nicht. Allmählich dämmert mir, dass die Nachrichten, die man mir in kleinen Dosen verabreicht, immer unerfreulicher werden. Und ich weiß nicht, ob ich im Augenblick noch mehr aushalten kann.

Verheul ruft nach zwei Wochen an. Seine Botschaft ist simpel. In Floors Auto sind keine Spuren gefunden worden, mit denen die Kriminalpolizei etwas anfangen kann. Die Ermittlung ist damit abgeschlossen, was heißt, dass das Auto freigegeben wird. Genau wie Floors Besitz.

Ich soll sagen, wann ich die Sachen abholen komme und was mit dem Auto passieren soll. Ich erkläre, dass ich darüber nachdenken und ihn zurückrufen werde. Dies ist das erste Mal seit Floors Verschwinden, dass etwas Konkretes passiert, und ich bin nicht darauf vorbereitet. Was macht man mit einem Auto, das wochenlang im Wasser gelegen hat?

»Totalschaden«, sagt Thijs, »den Wagen kannst du direkt zum Schrottplatz bringen.«

»Ich will ihn aber erst noch sehen.«

»Mam, sei doch nicht albern. Was bringt das noch. Du machst es dir nur selbst schwerer als nötig.«

Aber ich setze mich durch. Ich kann es nicht übers Herz bringen, das Letzte, was mich mit meiner Schwester verbindet, zum Schrottplatz zu befördern, ohne wenigstens davon Abschied genommen zu haben. Verheul gegenüber spreche ich das Wort »Abschied« nicht aus und sage nur, dass ich Floors Auto sehen möchte.

Ohne einen weiteren Kommentar nennt er mir die Adresse und den Namen des Mannes, mit dem ich mich in Verbindung setzen soll.

Natürlich habe ich versucht, mir vorzustellen, wie ein Auto aussieht, das lange im Wasser gelegen hat, aber die Wirklichkeit übertrifft alles. Ich weiß, dass dies hier Floors Wagen ist, aber ich erkenne ihn nicht mehr als solchen. Ein Außenspiegel ist abgebrochen, der andere baumelt lose an der Seite herunter. Die Stoßstangen sind nicht mehr vorhanden, der Lack ist mit grauen Schlammplacken und getrockneten Algenschlieren bedeckt. Von innen sieht der Wagen nicht besser aus. Mich schaudert, als ich auf den stinkenden Fladen auf der Rückbank sehe.

Ich höre Thijs leise etwas vor sich hinmurmeln. Er steht neben mir, einen Arm um meine Schulter gelegt, aber ich mache mich los und laufe um das Auto herum zur Fahrerseite. Die Tür lässt sich leichter öffnen als gedacht. Ich gucke auf den Fahrersitz, auf dem ich Floor so oft gesehen habe. Das letzte Mal, dass wir uns getroffen haben, war bei mir. Wir waren zusammen Shoppen gewesen und hatten dann abends beim Japaner gegessen. Ich stand vor der Haustür, um sie zu verabschieden. Ich erinnere mich an einen winkenden Arm aus genau diesem Fenster hier, hinter dem es nun kein Leben mehr gibt und das mit dem Schmutz irgendeines verschlickten Kanals bedeckt ist.

Ihre Sachen haben sie mir in einer Plastiktüte mitgegeben. Erst wurde jedoch alles, ein Gegenstand nach dem anderen, vor mir ausgebreitet. Im Anschluss musste ich unterschreiben, dass ich alles empfangen hatte: Floors Umhängetasche mit den Dokumenten, ihre Brieftasche, das Lederportemonnaie mit einigen Euros, ihren Regenschirm, eine Decke, die mal tomatenrot gewesen ist, eine große Kunststoffhülle mit einem Warndreieck, ein Abschleppseil und eine Schachtel Reservelampen. Die Straßenkarten sind zu einem dicken Klumpen zusammengeklebt. Ansonsten war das Auto leer, etwas, was ich natürlich längst wusste. Floors Auto sah nach zwei Jahren immer noch so aus, als hätte sie es vor einer Stunde vom Händler abgeholt.

Ich fühle mich eigenartig ruhig, auf eine stumpfe Art, die nicht unangenehm ist. Ich kann mir vorstellen, dass man sich so in etwa auf dem Weg zum elektrischen Stuhl fühlen muss. Man kann nichts mehr dagegen tun, der Zug hat sich in Bewegung gesetzt, und man muss mit, ob man will oder nicht.

Thijs' Besorgtheit ist rührend, aber mir wäre lieber gewesen, er wäre nicht mitgekommen. Ich möchte allein sein und Floors Sachen in den Händen halten und ansehen. Als er vorschlägt, noch mit zu mir zu kommen, erkläre ich daher, dass das nicht nötig sei. Mir geht's gut, das siehst du doch, und ich lächle ihm zu. Er wirkt etwas erschrocken, mein Lachen scheint ihn nicht wirklich zu beruhigen. Aber er hat keine Einwände, sodass ich ihn kurz darauf am Bahnhof absetze.

Ich fahre nach Hause, langsam und übertrieben vorsichtig. Über jede kleinste Handlung muss ich nachdenken, und das kostet Zeit und Energie. Es stört mich nicht, dass wütende Autofahrer hupen. Beim Anfahren an der grünen Ampel zögere ich zu lange, daraufhin müssen die anderen Fahrer noch länger warten, weil die Ampel bereits wieder auf Rot springt.

Zu Hause gehe ich direkt in mein Arbeitszimmer. Ich stelle meinen Laptop zur Seite und werfe den Papierhaufen vom Schreibtisch auf den Fußboden. Dann setze ich mich hin, Floors Umhängetasche auf dem Schoß. Der Gestank, den diese verströmt, ist grauenhaft. Tod und Verderben. Bevor ich sie öffne, streiche ich über das brüchige Leder. Auf der Wache habe ich schon gesehen, was in der Tasche ist, aber jetzt kann ich alles berühren. All die Dinge, die sie gerne bei sich haben wollte, die sie auch diesmal in die Tasche gesteckt hatte, ohne zu wissen, dass es das letzte Mal sein würde. Ohne zu wissen, dass fremde Hände alles herausnehmen und untersuchen würden.

Ich nehme ihren Pass mit den verklebten Seiten in die Hände. Als ich versuche, die Seiten voneinander zu lösen, zerreißt das kleine Foto, ihr Mund sieht nun eigenartig verzogen aus, die Nase schief. Aber das macht nichts, denn all das braucht sie nicht mehr. Es ist vollkommen einerlei, was damit passiert. Als ich vorsichtig in ein kleines Fach an der Innenseite der Tasche taste, greife ich in etwas Rotes. Ich erschrecke, bis ich an der fettigen Konsistenz erkenne, dass es Lippenstift ist. Coral red – wir beide hatten uns dieselbe Farbe gekauft, beim letzen Mal, als wir uns getroffen haben.

»Ich denke, dass sie tot ist«, sage ich zu Connie.

Seit ich sie zum ersten Mal am Telefon hatte, als ich die Gesellschaft für Zurückbleibende angerufen habe, ist sie irgendwie zu einem festen Punkt in meinem Leben geworden. Jemand, mit dem ich ab und zu rede, wenn ich etwas Unterstützung brauche.

Einen Moment lang ist sie still.

»Weißt du, dass ich dich irgendwie darum beneide? Es gibt so viele Hinweise darauf, dass sie eigentlich nicht mehr am Leben sein kann. Irgendwann wird sie dann gefunden, und damit kannst du diese Phase abschließen. Du kannst deine Trauer verarbeiten und danach weiterleben. Du brauchst dann nicht mehr jede Zeitungsmeldung zu studieren und jede Fahndungssendung im Fernsehen anzugucken, weil du noch immer hoffst, dass jemand gefunden worden ist, dessen Identität nicht bekannt ist, sodass sie es sein könnte. Ich wünschte, ich wäre so weit wie du.«

»Und was ist, wenn sie niemals gefunden wird? Wie kann ich jemals meinen Frieden finden, wenn ich nicht weiß, was mit ihr passiert ist? Wenn ich nicht weiß, wer ihr etwas angetan hat und warum? Das Schlimmste ist, dass ich die Hoffnung noch immer nicht aufgegeben habe. Ich kann nichts dagegen tun. Ich traue mich gar nicht, das jemandem zu sagen, aber es ist so. Weißt du, dass ich nicht überrascht wäre, wenn sie hier auf einmal durch die Tür käme?«

»Ich kenne das Gefühl«, sagt Connie, »ich weiß genau, was du meinst.«

Bob hat sich darum gekümmert, dass Floors Auto zum Schrottplatz gebracht wird. Das war es dann also, Kapitel zu Ende, neues Kapitel beginnt. Denn jetzt gibt es einen soliden Verdacht, dass ein Verbrechen stattgefunden hat – vorausgesetzt, Floor hat nicht selbst ihr Auto ins Wasser geschoben, um dann ohne Papiere das Weite zu suchen.

Verheul hat eine polizeiliche Ermittlung in Floors Nachbarschaft gestartet. Er war bei Francien und bei den Nachbarn auf der anderen Seite ihres Hauses, von denen ich nicht einmal den Namen kenne. Er hat mit Menschen Kontakt aufgenommen, die in Floors Adressbuch standen. Einige von ihnen rufen mich daraufhin an, ganz beschämt, dass sie sich nicht mehr gemeldet haben, nachdem ich sie vor Monaten angerufen hatte, um zu fragen, ob sie etwas von Floor gehört hätten.

»Mein Gott, ich dachte, sie wäre schon längst wieder aufgetaucht. Du weißt ja, wie das ist, die Zeit rennt einfach davon. Ist es wirklich schon so lange her, dass du angerufen hast? Was musst du nur von mir denken!«

»Na, was schon: dass eben die Zeit davonrennt«, antworte ich.

Mir ist aufgefallen, dass Floors Freundinnen hoffen, dass ich ihnen eine Absolution erteile. Dass ich sage, dass es doch vollkommen verständlich ist, dass sie Floor im Stich gelassen haben. Denn genau das haben sie getan. Aber ich tue so, als würde ich nicht verstehen, was sie mir eigentlich sagen wollen. Zu Alice, die ihre drei Enkelkinder als Ausrede vorschiebt, sage ich, dass es mir sehr geholfen hätte, wenn sie sich noch einmal gemeldet hätte.

»Ich schäme mich so!«, erklärt sie.

Das ist meiner Meinung nach auch die einzig angemessene Reaktion.

Verheuls Ermittlungen zeigen auch keine besonderen Fortschritte.

»Niemand weiß etwas, beziehungsweise niemand sagt etwas. Und wenn ich ehrlich bin, denke ich eher Ersteres.«

»Was für ein Gefühl ist es denn für Sie als Fachmann, einfach überhaupt nicht weiterzukommen?«

»Frustrierend. Und es macht mich dazu noch wirklich wütend. Ich frage mich natürlich auch, was passiert sein kann. Eine anständige Frau verschwindet. Nirgends habe ich etwas entdeckt, was gegen ihre Integrität spricht. Keine Schulden. Keine Affären mit verheirateten Männern. Nicht das kleinste Gerücht ist ans Licht gekommen. Ich bin noch genauso schlau wie an dem Tag, als Sie ihr Verschwinden gemeldet haben. Ach übrigens, dieser Cas, dem Sie durch Zufall begegnet sind, den können Sie wirklich von Ihrer Verdächtigenliste streichen.«

»Von meiner Verdächtigenliste?«

»Es scheint ihn sehr zu belasten, dass Sie ihm nicht vertrauen.«

Ich rufe Maud an. »Wir müssen uns sehen«, sage ich. »Ich möchte nicht, dass du auch so eine Freundin wirst, die sich keinen Deut darum schert, wenn mir etwas passiert.«

»Spielst du auf Floors Freundinnen an?«

»Ihr Adressbuch ist voll, ein beeindruckendes Sozialleben – so scheint es. Zu ihren Geburtstagsfeiern kamen sie alle vorbei. Aber seit sie verschwunden ist, hat sich keine von ihnen bei mir gemeldet. Dabei wussten sie davon, am

Anfang habe ich sie alle angerufen. Was für ein Armutszeugnis – dass man einfach von der Bildfläche verschwinden kann und niemand sich darum schert!«

»Du nimmst dir das aber ganz schön zu Herzen.«

»Ich bin verdammt noch mal ihre Schwester!«

»Ich komme bei dir vorbei. In einer Stunde bin ich hier fertig. Lass uns zum Italiener gehen.«

»Schon gut, sprich es ruhig aus!«, sage ich, als wir uns an einen kleinen Tisch setzen. Es ist viel zu warm und stickig in diesem Laden, und ich bereue jetzt schon, dass wir hierhergegangen sind. Aus irgendeinem Grund kann ich keine Wärme mehr ertragen. Genauso wenig wie kleine Räume mit vielen Menschen. Und lautes Gerede halte ich auch nicht mehr aus, erst recht nicht in Kombination mit hektischem Hin- und Hergerenne und starkem Essensgeruch. Wenn ich es mir so recht überlege, kann ich eigentlich gar nichts mehr ertragen.

»Was soll ich aussprechen?«

»Dass ich beschissen aussehe.«

»Ich dachte, das wüsstest du auch so.«

Wir lachen und sehen einander an, ich fühle mich etwas besser.

»Maud, ich weiß nicht mehr, was ich tun soll. Ich weiß es einfach nicht mehr.« Ich beiße mir auf die Unterlippe, die anfängt zu zittern.

Sie beugt sich über den Tisch und nimmt meine Hand.

»Und ich fühle mich so verdammt schuldig. Ich kann Floor überhaupt nicht helfen, genauso wenig wie ich Mam helfen kann. Und jetzt jammere ich und lenke die Aufmerksamkeit auf mich, obwohl es doch schließlich um *sie* geht.«

»Du tust, was du kannst.«

»Ist das so? Tue ich wirklich, was ich kann? Ich denke immer noch, dass ich mehr tun könnte, wenn ich mich nur etwas anstrengen würde. Die Lösung ist hier …« Ich klopfe auf meinen Kopf. »Hier müssen die Antworten herkommen.«

»Wenn der Ermittlungsbeamte keine Hinweise findet, was soll man denn dann noch machen?«

»Aber ich kenne sie doch besser. Ich kenne ihr Leben. Ich stehe ihr näher als ein paar Ermittlungsbeamte von der Polizei. Aber ich kann einfach nichts finden. Ich habe ihr ganzes Haus durchsucht, immer wieder. Ich habe in jedem Zimmer nachgeschaut, in jedem Schrank, in jeder Schublade. Ich habe alle Briefe gelesen, die sie auf ihrem Schreibtisch liegen hatte. Ich habe mit ihren Freundinnen gesprochen, das heißt, mit den Leuten, die sie als ihre Freundinnen bezeichnete. Und mit ihrer Nachbarin. Ich habe mich mit ihrem Gärtner unterhalten und mit Cas, dem Freund, von dem sie mir nie erzählt hat. Und ich bin keinen Schritt weiter als zu Anfang. Einzig und allein ihr Auto wurde jetzt gefunden, zusammen mit ihrer Tasche. Das macht die ganze Sache noch mysteriöser. Maud, allmählich fange ich an, mich zu fürchten …«

»Wovor?«

Ich suche nach Worten. Die Angst, die ich verspüre, hat nichts mit physischer Gewalt zu tun. Nicht eine Sekunde denke ich daran, dass mir etwas passieren könnte. Es ist schlimmer als das, eine existenzielle Angst. Ich vertraue der Welt um mich herum nicht mehr. Und das Schlimmste an allem ist: Irgendwo läuft jemand herum, der die Antwort auf meine Fragen hat. Und ich habe keine Ahnung, wer das ist und wo ich ihn finden kann.

Maud sieht mich noch immer abwartend an, ich zucke hilflos die Achseln.

»Ist Frank dir eine Hilfe?«

Ha, jetzt hat sie mich. Frank … Das einzig Positive an Floors Verschwinden ist – schlimm, das so sagen zu müssen –, dass es meine Aufmerksamkeit von unserer Beziehung abgelenkt hat. Beziehungsprobleme sind Luxusprobleme. Wenn in deinem Leben alles ganz gut läuft, wird es Zeit, deine Beziehung mal genauer unter die Lupe zu nehmen. Ich erinnere mich dunkel daran, dass ich an unserer Beziehung zweifelte. Das war, bevor Floor durch ihr Verschwinden zum Zentrum meines Lebens wurde. Seitdem verschwende ich kaum noch einen Gedanken an ihn.

»Er ist lieb zu mir«, sage ich. »Eine Zeit lang hatte ich das Gefühl, ihn würde das alles überhaupt nicht tangieren, aber jetzt scheint er das Gegenteil beweisen zu wollen. Er bringt mir Blumen mit und verwöhnt mich. Und er verschwindet nicht mehr jeden Abend sofort in seinem Arbeitszimmer. Gestern Abend haben wir sogar zusammen ferngesehen. Wir saßen auf dem Sofa, ich hatte meinen Kopf an seine Schulter gelehnt. Wenn das kein gutes Zeichen für eine Beziehung ist, nicht wahr?«

»Großartig!«

»Finde ich auch.« Ich schiebe mit der Gabel Lasagnebröckchen auf meinem Teller hin und her. Keinen Hunger. Meine Abneigung gegenüber Essen fängt langsam an, in Übelkeit umzuschlagen.

»Möchtest du lieber gehen?«

»Es tut sehr gut, hier mit dir zu sitzen. Aber vielleicht können wir nachher irgendwo anders hingehen, wo es nicht so nach Essen riecht.«

Sie winkt das junge Mädchen heran, das uns das Essen gebracht hat.

»Die Rechnung, bitte.«

»War etwas nicht in Ordnung?«

»Es war alles gut, aber wir müssen jetzt leider los.«

Kurz darauf laufen wir durch den Abendwind, der meinen glühenden Wangen wohltut.

»Wo möchtest du hingehen?«

»Einfach ein Stück laufen.«

Wir sind in der Nähe von Mauds Wohnung. Sie bewohnt eine Etage in einem großen Haus an einer der kleineren Amsterdamer Grachten. Eine Reihe dicht geparkter Autos verhindert die direkte Sicht aufs Wasser. Als wir über eine Brücke laufen, bleiben wir auf dem höchsten Punkt stehen und blicken, die Ellenbogen aufs Eisengeländer gestützt, in die Tiefe. Ich betrachte das Wasser unter mir, das bei Tageslicht grün, schlammig und undurchsichtig ist. Wie das Wasser, in dem Floors Auto gefunden wurde. Willst du irgendetwas loswerden? Kein Problem, schmeiß es einfach rein. Das Wasser verschlingt die Dinge und wird auf diese Weise mitschuldig. Das schuldige Wasser, als Variation zu Armandos »Schuldiger Landschaft«.

»Irgendwann muss etwas passieren«, sage ich. »Ich habe keinen Zugang zu Floors Konten, doch jeden Monat werden Hypotheken und andere Festkosten davon abgebucht. Ich habe ausgerechnet, dass in fünf Monaten nicht mehr genug Geld dafür da sein wird. Floor hat ihr Bankkonto in regelmäßigen Abständen mit Geld von ihrem Sparkonto aufgefüllt, aber da komme ich nicht ran. Ich kann nichts tun. Und was passiert, wenn die Bank kein Geld mehr bekommt? Ich habe ein bisschen im Internet recherchiert. Wenn Floor in einem Jahr noch immer als vermisst gilt, kann ich bei Gericht eine Todeserklärung beantragen. Kannst du dir das vorstellen? Um ihr helfen zu können, muss ich sie erst für tot erklären lassen. Und ich sehe keine andere Möglichkeit, denn so kann es nicht ewig weitergehen. Ich lege alles aus, aber ich habe das Geld einfach nicht. Auf der anderen Seite – sie für tot zu erklären …« Ich schlage mit der Faust aufs Geländer. »Warum kommt sie verdammt noch mal nicht einfach zurück? Was habe ich damit zu tun? Ich will das alles nicht, Maud! Ich will mein Leben zurück! Hast du ein Taschentuch? In letzter Zeit fange ich wegen jedem Scheiß an zu heulen.«

»Ich weiß selbst nicht, warum ich dich anrufe.«

»Vielleicht, um dich zu entschuldigen?«, kommt Cas mir zu Hilfe.

»Tut mir leid.«

»Netter Mann, dieser Verheul.«

»Es tut mir wirklich leid.«

»Er ist der Sache nachgegangen. Ich habe es nicht getan.«

»Was getan?«

»Was auch immer mit Floor passiert ist. Ich habe nichts damit zu tun.«

»Ich wünschte, du würdest mir lieber mal jemanden nennen, *der* etwas damit zu tun hat.«

»Glaubst du noch daran?«

»Was soll ich denn sonst machen?«

»Ich weiß es nicht. Ich habe mich ein paar Stunden mit diesem Verheul unterhalten. Er kommt einfach nicht weiter. Ich habe den Eindruck, das macht ihn schier wahnsinnig. Und du wirst es ihm bestimmt auch nicht gerade leicht machen.«

»Hat er das gesagt?«

»Du bist nicht der Typ, der es jemandem leicht macht.«

»Danke.«

»Was machst du gerade?«

»Ich übersetze ein Buch.«

»Ich meine, was Floor betrifft.«

»Nichts. Nachdenken, bis mir der Kopf raucht. Durch ihr Haus laufen. Irgendwelche Hinweise muss es doch geben, etwas, was ich bis jetzt übersehen habe.«

»Ich könnte dir helfen.«

»Du?«

»Ich bin in der letzten Zeit oft bei ihr gewesen. Vielleicht entdecke ich etwas, was dir entgangen ist. Kann doch sein?«

Ich denke nach. Ganz unrecht hat er damit nicht. Schließlich bin ich, im Gegensatz zu ihm, die letzten Wochen vor ihrem Verschwinden nicht in ihrem Haus gewesen. Ich glaube zwar nicht wirklich, dass es etwas bringen wird, aber ich kann mir nicht erlauben, eine Chance einfach vorbeiziehen zu lassen. Es wird nicht mehr lange dauern, und ich werde so weit gesunken sein, dass ich Straßenumfragen mache. – »Kennen Sie diese Frau auf dem Foto?« – Da muss man schon ganz schön verzweifelt sein.

Ich sage, dass ich einverstanden bin. Wir verabreden uns für den nächsten Samstag, weil er unter der Woche arbeitet.

Nachdem ich das Gespräch beendet habe, wird mir bewusst, dass ich keine Ahnung habe, was er eigentlich tut. Nicht, dass mich das interessieren müsste, aber in meinem vorherigen Leben – dem Leben, das mit Floors Verschwinden ein Ende fand – hätte ich bestimmt mal nachgefragt. Ich verfügte damals noch über etwas, was man als »Interesse an Mitmenschen« bezeichnen könnte. Eigenartig, wie schnell diese Dinge verschwinden können. Sozialverhalten, das kann mir gestohlen bleiben. Ich verkehre nur noch mit Leuten, von denen ich denke, dass sie mir von Nutzen sein könnten.

Es ist kalt, und er ist mit dem Rad gekommen. Erst als ich hinter ihm die Haustür geschlossen habe, zieht er sich die dunkelblaue Wollmütze vom Kopf. Seine Nase ist von der Kälte gerötet. Ich frage, ob er etwas trinken will, einen Tee zum Beispiel, und er lächelt.

»Bei Floor stand auch immer schon der Tee bereit«, bemerkt er. »Erst dachte ich, sie fand, dass sich das einfach so gehöre, aber sie mochte es wirklich.«

Mir fällt auf, dass er in der Vergangenheitsform spricht.

Er zieht seine Jacke aus und hängt sie neben Floors Jacke an den Haken. Ich sehe, dass er kurz über den Stoff ihrer Jacke streicht, eine fast unmerkliche Bewegung.

In der Küche sieht er sich um.

»Alles sieht aus wie immer. Und doch komplett anders, ohne Floor.«

»Setz dich doch.«

»Gleich.«

Er ist nervös, und auch ich fühle mich nicht wirklich wohl. Hier stehe ich, in Floors Küche, und serviere ihrem Liebhaber Tee.

Er sieht auf die Bücher zwischen den Plexiglasbuchstützen und lächelt.

»Ich habe nie gesehen, dass sie ein Kochbuch benutzt hat. Aber dafür seien sie auch nicht da, hatte sie mir einmal erklärt. Sie las gerne darin herum und sah sich die Fotos an. Aber die Gartenbücher, die hat sie benutzt. Sie war ständig damit zugange, im Garten wollte sie immer wieder etwas anders machen.«

»Half Chris ihr dabei?«

»Dieser Macho? Ich hatte den Eindruck, dass sie irgendwie Zank mit ihm hatte, aber was da genau los war, weiß ich nicht. Sie war nie besonders mitteilungsbedürftig. Das gab mir manchmal schon zu denken.

Welche Rolle würde ich wohl spielen, wenn ich einmal hier wohnte?«

»War das zwischen euch ein Thema – zusammenzuziehen?«

»Die Entscheidung selbst hatten wir schon früher getroffen, es ging inzwischen in erster Linie um das Wo. Bei mir ist es zu klein, aber ich hatte kein wirklich gutes Gefühl bei dem Gedanken, bei ihr einzuziehen. Ich war verknallt in Floor, aber alles musste immer nach ihrer Pfeife tanzen. Eigentlich war sie ein Einzelgänger, von Diskussionen hielt sie überhaupt nichts. Da fragt man sich dann, wie viel man wirklich zu melden hat, wenn man bei so jemandem einzieht.«

»Wenig«, sage ich.

Er wirft mir einen kurzen Blick zu, belässt es dann aber dabei. Auch ich habe nicht das geringste Bedürfnis, näher auf das Thema einzugehen. Die Nachricht, dass Floor mit ihm zusammenziehen wollte, hallt bei mir noch nach.

»Und du wusstest wirklich nicht, dass es mich gibt?«

Er hat sich hingesetzt, die Ellenbogen auf dem Küchentisch, die Teetasse in den Händen. So wie ich selbst auch am liebsten Tee trinke.

»Nein«, antworte ich knapp.

Eigentlich bereue ich längst, mich auf dieses Treffen eingelassen zu haben. Es wird mich garantiert nicht weiterbringen, stattdessen kostet es mich einen ganzen Nachmittag.

Er stellt die leere Teetasse auf den Tisch und steht auf.

»Sollen wir dann mal anfangen?«

Er gibt sich wirklich Mühe, das muss ich ihm lassen. In jedem Zimmer bleibt er konzentriert stehen und sieht sich mit gerunzelten Augenbrauen um. Er sagt kein Wort, bis wir dann schweigend in Floors Schlafzimmer landen. Er beißt sich auf die Lippen, als er einen Blick auf die Überbleibsel des Teppichs wirft, die noch auf dem kahlen Fußboden kleben.

»Ich wusste nicht, dass es so schlimm war.«

Ich habe ihm die Geschichte von Peter Pan erzählt – wie er tot und stinkend in Floors Schrank lag –, damals, als wir zusammen am Fuß der Sanddüne saßen. Aber ganz offensichtlich hatten meine Worte ihn nicht wirklich erreicht. Er sieht zum Schrank, dessen Tür offen steht, weil der ekelhafte Geruch von verwester Katze noch immer darin hängt. Aufs Bett zu schauen, scheint er vermeiden zu wollen.

»Alles gesehen?«

Meine Stimme klingt schärfer, als ich eigentlich beabsichtigt hatte.

Er dreht sich um und tritt hinter mir auf den Flur. Im Badezimmer erklärt er, mit einem schnellen Blick auf die Tuben und Döschen, dass Floor ganz offensichtlich nichts mitgenommen hat, aber das hatte ich ja selbst auch schon festgestellt.

»Auf jeden Fall geht die Polizei nun auch von einem Verbrechen aus«, bemerkt er, als wir wieder unten sind, »das ist doch schon mal was.«

»Tja, ein Riesenerfolg«, sage ich.

Er zieht seine Jacke an und holt seine Wollmütze aus der Jackentasche.

»Dass ihr Auto gefunden wurde, ist etwas, womit derjenige, der für ihr Verschwinden verantwortlich ist, bestimmt nicht gerechnet hat. Jetzt können wir schließlich nicht mehr davon ausgehen, dass sie einfach abgehauen ist. Du hast also recht, das *ist* ein Erfolg.«

Ich bemerke, dass nun auch seine Laune gewechselt hat.

Das erstaunt mich nicht, denn meine Stimmungen haben meistens eine ansteckende Wirkung.

»Und wovon sollen wir jetzt ausgehen?«

Er sieht mich an. In seinen Augen erkenne ich eine Spur von Mitleid. Die Hand bereits auf dem Türknauf sagt er: »Dass sie umgebracht worden ist. Und dass sie besser aus dem Verkehr geschafft wurde als ihr Auto.«

Die Tür fällt hinter ihm donnernd ins Schloss.

Nun ist wirklich Herbst. Heftige Windstöße peitschen Regen und abgerissene Blätter gegen die Fensterscheiben. Alle Tage sehen gleich aus, und allmählich fange ich an, das Zeitgefühl zu verlieren. Weil mir nichts Besseres eingefallen ist, habe ich mich auf meine Arbeit gestürzt. Einen Teil der Übersetzung habe ich an den Verlag gemailt, wo man damit recht zufrieden war. Einen neuen Auftrag hat man mir jedoch nicht in Aussicht gestellt. Ein ziemlicher Schlag ins Gesicht, obwohl ich nicht unbedingt mit einem neuen Auftrag gerechnet hatte. Denn die ursprüngliche Abmachung war, dass ich diese Übersetzung in Rekordzeit machen würde, und dann habe ich fast doppelt so lange dafür gebraucht. Ich kann es also niemandem verübeln, dass man mir nicht sofort etwas Neues gibt. Auf meinem Konto sah es schon vor Floors Verschwinden nicht gerade rosig aus, doch seit ich ihre Rechnungen bezahle, sinkt mein Guthaben in beängstigendem Tempo. Ich habe ein Stadium erreicht, in dem ich – abgesehen von ein paar kleinen Nickerchen – jede Nacht wachliege. Dabei rauscht mir ein Horrorszenario nach dem anderen durch den Kopf. Immerhin brauche ich mir vorläufig keine Sorgen zu machen, dass ich aus meinem Haus raus muss. Frank bezahlt die Hälfte der Hypothekenzinsen und steuert dazu noch einen ordentlichen Betrag an Haushaltsgeld bei.

Knauserig ist er nie gewesen, und ich weiß, dass er mir helfen würde, wenn ich ihn wirklich darum bäte. Aber bevor ich das tue, muss doch einiges passieren. Die Situation ist nicht gerade so, dass ich ihn gerne um einen Gefallen bäte. Außerdem ist er ja schließlich derjenige, der schon vor einiger Zeit vorausgesagt hat, dass ich auf die Nase fallen werde, wenn ich weiter so wenig für meine Arbeit tue. Diesen Triumph will ich ihm nicht gönnen. Ich muss einfach zusehen, dass ich wieder ein paar Aufträge bekomme, das ist alles. Jeden Tag nehme ich mir vor, Verlage anzurufen, für die ich früher gearbeitet habe, aber ich schiebe diese Gespräche vor mir her, bis es dann wieder nach fünf Uhr ist und ich die entsprechenden Leute nicht mehr erreichen kann.

Erik Verheul habe ich ein paar Wochen lang nicht angerufen. Mir fallen keine Fragen mehr ein, die ich ihm nicht schon mindestens zwanzig Mal gestellt hätte. Außerdem weiß ich nicht, für wen von uns beiden es unangenehmer wäre, wenn ich sie erneut stellte.

Connie ist diejenige, mit der ich regelmäßig über Floor spreche. In diesem Fall macht es nichts, dass sie meine Geschichte bereits in- und auswendig kennt. Als Gegenleistung höre ich mir ihre an, von der ich jedes Mal wieder eine Gänsehaut bekomme. In ihrer Geschichte sehe ich meine eigene Zukunft vor mir. Mir wird immer mehr bewusst, dass die Wahrscheinlichkeit, dass Floor nie mehr zurückkommen wird, stets größer wird. Cas' letzte Worte haben sich bei mir eingebrannt. Er denkt, dass Floor umgebracht worden ist. Seitdem beginnt mein Interesse für Plätze, an denen man jemanden verstecken könnte, zur Obsession zu werden. Ich kann keine drei Büsche nebeneinander sehen, ohne mich zu fragen, ob man dort wohl eine Leiche verbergen könnte. Ist der Boden hart? Wachsen hier vielleicht Bäume mit festen Wurzeln, die einem das Graben unmöglich machen? Ist Sand, Lehm oder Moorboden geeigneter? Wie lange dauert es, bis ein Körper so zersetzt ist, dass man ihn nicht mehr identifizieren kann? Zum Glück gibt es die DNA-Analyse. Ein Irrtum, dass man um den Falschen trauert, ist also so gut wie ausgeschlossen.

Im Fernsehen gucke ich jede Folge einer amerikanischen Krimiserie an, die auf wahren Begebenheiten beruht. Es erschüttert mich, wie gerissen Menschen sind, die versuchen, ihre Straftat zu verschleiern. Außerdem sind die Gründe, warum sie das Verbrechen begangen haben, so wenig aufsehenerregend und oft auch von einer so kleinbürgerlichen Einfältigkeit, dass es fast peinlich ist. Ein heftiger Streit. Eifersucht. Angst, weil der andere etwas von einem weiß, was man geheim halten will. Das sind die Gründe, die sich in solchen Serien mit erstaunlicher Regelmäßigkeit wiederholen. Doch wenn ich versuche, sie auf Floor zu beziehen, komme ich nicht wirklich weiter. Tatsächlich habe ich viele Dinge von ihr nicht gewusst, doch nichts von dem, was ich nach ihrem Verschwinden herausgefunden habe, scheint mir ein Grund zu sein, ihr etwas anzutun.

An einem Tag, als endlich mal wieder ein wenig blauer Himmel zu sehen ist und ich mich mit Maud zum Mittagessen verabredet habe, ruft Francien an. Ich hatte die letzten Monate keinen Kontakt mit ihr. Das Gefühl, dass sie mir etwas über Floor verschwiegen hat, liegt mir noch immer quer im Magen. Ich habe keine Lust auf leeres Gerede mit jemandem, der mir nicht ganz die Wahrheit sagt.

Noch bevor Francien den Grund ihres Anrufs nennt, höre ich an ihrem gehetzten Atem, dass ihr das Gespräch äußerst unangenehm ist.

»Emma, es ist etwas ganz Dummes passiert. Castor ist über den Zaun gesprungen und hat die neue Bepflanzung ausgegraben. Ich habe versucht, alles wieder zurückzupflanzen, aber Castor hat zu viel zerstört. Ich habe bei der Gärtnerei neue Pflanzen geholt und sie eingesetzt. Wenn man es nicht weiß, ist der Unterschied kaum zu sehen, finde ich zumindest. Aber du solltest es dir lieber selbst noch mal ansehen. Wenn du nicht zufrieden bist, bezahle ich Chris, damit er es noch einmal neu macht. Es tut mir so leid!«

Einen Moment lang sage ich nichts. Dieses Telefongespräch überfällt mich, und ich weiß nicht, wie ich es deuten soll. Natürlich ist es ärgerlich, dass dieser Dreckskֳ¶ter über den Zaun gesprungen ist, aber es ist auch wiederum nichts, woraus man solch ein Drama machen muss. Ich fahre Ende der Woche ohnehin wieder zu Floors Haus, um die Post durchzusehen. Dann werde ich mir selbst ein Bild davon machen.

Sie legt mein Schweigen falsch aus.

»Ich habe die Nummer vom Gärtner nicht, von Chris, sonst hätte ich ihn natürlich sofort angerufen. Bist du sehr böse?«

»Ach was, es war ja gerade erst angepflanzt. Aber wer garantiert, dass nicht wieder ein Hund über den Zaun springt?«

»Sie haben so was davor noch nie gemacht. Bei diesem Mistwetter mussten sie so lange drinnen bleiben, das waren sie nach dem schönen Sommer nicht mehr gewöhnt. Ich denke, daran wird es gelegen haben. Sie wussten einfach nicht mehr, was sie mit sich anfangen sollten. Ich werde auf jeden Fall den Zaun höher machen lassen. Ich bin froh, dass du so reagierst.«

»Solange sie nicht mich angreifen!«

»Aber nein, Menschen würden sie nie etwas tun. Sie sind so gutmütig! Du solltest sie öfter erleben, dann siehst du, wie lieb sie sind.«

»Hört, hört!«, antworte ich.

Immer wieder kommt irgendetwas dazwischen, und am Ende sind zehn Tage seit dem Telefongespräch mit Francien vergangen, bis ich am späten Nachmittag endlich zu Floors Haus fahre. Ich gehe sofort in den Garten. Ich muss ehrlich sagen, dass ich keinen Unterschied zwischen Franciens neuer Bepflanzung und der Arbeit von Chris entdecken kann. Im Haus ist es kalt, fast klamm, aber das kann auch Einbildung sein. Ein Haus, das nicht bewohnt ist, strahlt keine Wärme mehr aus. Ich vermisse die Schnittblumen, die Floor immer überall stehen hatte, das warme Licht der Schirmlampen, die sie schon anmachte, bevor es wirklich nötig war. Doch vor allem vermisse ich Floor selbst. Nicht mehr so heftig, wie kurz nach ihrem Verschwinden, als es mir den Atem nahm und ich Herzklopfen bekam, eher auf eine stille, unterschwellige Art. Der Verlust ist so sehr Teil meines Lebens geworden, dass ich mich nicht daran erinnern kann, wie es war, als ich mich noch normal fühlte, als ich noch Spaß an Dingen hatte, die mir jetzt zu albern erscheinen, um mich damit zu befassen.

Weil ich wenig Lust habe, mich wieder in den Stau zu begeben, setze ich Teewasser auf. Ich bleibe lieber noch eine Stunde hier, auch wenn mir eigentlich gar nicht der Sinn danach steht. Tapfer unterdrücke ich den Wunsch, die Heizung anzuschalten. Schließlich ist es wenig sinnvoll, ein Haus aufzuheizen, wenn man sowieso in ein paar Stunden wieder weg ist. Da ist es billiger, meine Weste anzubehalten.

Als ich gerade einen Beutel Earl Grey in die Teekanne hänge, klingelt das Telefon. Ich nehme ab und melde mich mit einigem Widerwillen mit den Worten: »Hier bei Frau Verberne …«

»Hier ist Chris. Wenn Sie mit meiner Arbeit nicht zufrieden sind, können Sie es ruhig sagen.«

Seine Stimme klingt aggressiv, und einen Moment lang stehe ich vollkommen auf dem Schlauch. Dann dämmert mir, dass er auf Franciens Bepflanzung abzielt.

Ich erzähle ihm, was passiert ist, und höre, wie er vor Wut nach Luft schnappt.

»Ist es etwa zuviel verlangt, mich kurz anzurufen?«

»Meine Güte, Chris, so wichtig ist das doch nun wirklich nicht. Ich finde, es sieht vollkommen in Ordnung aus. Als Francien mich anrief, hatte sie das Problem bereits selbst gelöst. Es war einfach nicht nötig, Sie damit zu belästigen. Woher wissen Sie überhaupt, dass ich hier bin?«

»Sie waren nicht zu Hause.«

Ach ja, so viele andere Möglichkeiten gibt es im Moment ja auch nicht.

Noch bevor ich etwas erwidern kann, hat er aufgelegt.

Bei mir bleibt ein unangenehmes Gefühl zurück, aber ich versuche, es nicht zu sehr an mich heranzulassen, und nehme den Teebeutel aus der Kanne. Durch das Telefongespräch hat der Tee ohnehin schon zu lange gezogen. Er ist dunkelbraun, und ich kippe ihn direkt in den Ausguss. Nachdem ich sorgfältig die braune Flüssigkeit weggespült habe, mache ich das Licht aus und trete hinaus in die kalte Abendluft.

Ich habe Erik Verheul angerufen, um zu fragen, wo genau Floors Auto gefunden worden ist.

»Muss das denn wirklich sein, dass Sie sich so quälen?«, will er wissen.

Als ich seine Frage jedoch klar bejahe, nennt er mir ohne Umschweife den Ort.

Ich habe niemandem erzählt, was ich vorhabe. Ich kann mir die Reaktionen von Frank, Maud oder Thijs vorstellen. Sie werden das als morbides Interesse sehen, vergleichbar mit Autofahrern, die einen Stau verursachen, weil sie unbedingt einen schnellen Blick auf die Verkehrsopfer auf der anderen Seite der Leitplanke werfen wollen. Während ich selbst immer tiefer in Floors Leben eintauche, versuchen die Leute um mich herum, mich unter allen Umständen davon abzuhalten. Nur zu meinem Besten natürlich – diese Worte kann ich allmählich nicht mehr hören. Sogar Verheul findet, dass ich es mit meiner Besessenheit zu weit treibe. Nur Connie versteht mich. »Ist doch ganz klar, dass du das willst. Ich habe mich ehrlich gesagt gewundert, dass du nicht schon viel früher dorthin gefahren bist. Kümmere dich nicht um die anderen. Sie können das nicht verstehen, bis sie selbst etwas in der Art mitgemacht haben, und dann kannst du dir sicher sein, dass sie dich ein paar Tage später anrufen. Du möchtest wahrscheinlich gar nicht, dass ich mitkomme?«

Ich sage, dass ich das allein machen muss, es mir aber sehr hilft, dass sie mich versteht.

Frank erzähle ich, dass ich einen Termin bei einem Verlag habe und danach mit Maud essen gehe. Er nickt abwesend.

»Ich komme heute Abend ebenfalls spät nach Hause.«

Wir küssen uns, mehr aus Gewohnheit, als aus wirklichem Verlangen. Frank und ich, das ist ein Thema, mit dem ich mich in Kürze einmal ernsthaft auseinandersetzen muss.

Mein Navi zeigt an, dass die Fahrt etwa anderthalb Stunden dauern wird, und im Verkehrsfunk wird gemeldet, dass sich die meisten Staus aufgelöst haben. Es ist ein sonniger Herbsttag, und ich lege eine CD von Helen Krall ein, eine Sängerin, die mich fasziniert und gleichzeitig abstößt – diese Art, wie sie sich durch die langsamen Lieder hindurchschleppt. Ich frage mich, ob sie möglicherweise einen leichten Hirnschlag erlitten hat, ohne selbst etwas davon zu merken. Ich habe Hunger. Zu Hause habe ich keinen Bissen hinunterkriegen können, und das Einzige, was sich zum Mitnehmen eignete, waren ein paar Croissants, die ich mir im Plastikbeutel in die Tasche gesteckt habe. Croissants sind Franks Lieblingsfrühstück, etwas, womit ich mich nie wirklich anfreunden konnte. Von allen schmierigen Sachen, die man sich in den Mund stopfen kann, sind Croissants für mich am schlimmsten. Ein unglaublich überschätztes, fade schmeckendes, pappiges Brötchen, das einen schon nach dem ersten Bissen von oben bis unten mit ungenießbaren, fahlbraunen Schuppen bedeckt, sodass man aussieht, als wäre man von einer furchtbaren Hautkrankheit befallen. Ohne die Augen von der Fahrbahn zu nehmen, schiebe ich meine Hand in den Plastikbeutel. Das pappige Ding gibt nach wie ein scheues Tier, das sich streicheln lässt, und ich ziehe meine Hand schnell wieder zurück. Croissants, schwarzer Kaffee und eine Gauloise – einige Menschen bekommen vor Nostalgie feuchte Augen, wenn man diese drei Dinge in einem Atemzug nennt.

Ich verspüre eine leichte Übelkeit, als ich mein Auto auf dem Industriegelände abstelle. Der Navigator hat mich hinter ein verfallenes Fabrikgebäude gelotst, das anscheinend seit Jahren nicht mehr in Benutzung ist. Zwischen den Betonplatten, auf denen ich mein Auto geparkt habe, sprießt Unkraut. In großen, blass-weißen, halb verwischten Buchstaben steht dort das Wort *Hoffnung* an die Gebäudewand geschrieben. Die Stahlrahmen, aus denen das Glas längst verschwunden ist, sind verrostet. Ich werde von der Schönheit des Verfalls überwältigt und gleichzeitig von der Ironie, dass ein Gebäude, an das jemand irgendwann einmal *Hoffnung* geschrieben hat, nun so aussieht.

Ich drehe mich um und sehe auf den Kanal. Das Wasser hat eine undefinierbare Farbe und ist fast vollkommen bewegungslos, nur ein ganz sanftes Wogen ist zu erkennen, wie der Atem eines ruhig Schlafenden. An der Uferseite wachsen hohes Gras und Schilf, außer an einer Stelle, an der alle Pflanzen plattgetreten sind. Langsam nähere ich mich. Ich habe eine kurze Vision, in der ich Floor sehe, die freudestrahlend auf mich zuläuft und mir die Arme entgegenstreckt. Ich frage mich, ob ich nun langsam wirklich verrückt werde. Die Uferseite beim zerknickten Schilf ist lehmig, tiefe Abdrücke zeichnen sich darin ab. Zweifellos stammen sie von der Polizei, als diese Floors Auto aus dem Wasser geholt hat. Ich überlege, dass Taucher ins Wasser gestiegen sein müssen, um die Seile zu befestigen, an dem das Auto hochgezogen wurde. Das muss ein Schauspiel gewesen sein, besser als in mancher Seifenoper. Ob wohl viele Menschen dabei zugesehen und gehofft haben, dass mit dem Auto zusammen auch eine Leiche zutage kommen würde?

Ich gehe bis dicht ans Wasser heran, das jedes Mal, sobald für einen kurzen Moment die Sonne herauskommt, belebter aussieht.

Floor, meine Güte, Floor, was ist nur mit dir geschehen? Und wie soll es jetzt mit mir weitergehen? Ich weiß einfach keinen Ausweg mehr.

Ich gehe zurück zum Auto und setze mich hinters Steuer. Von hier aus kann ich den Ort, an dem Floors Auto im Wasser verschwunden ist, sehen. Mir ist so schlecht vor Hunger, dass ich mir große Stücke des Croissants in den Mund schiebe und zerkaue, ohne groß darüber nachzudenken.

Jemand ist mit Floors Auto hergefahren. Dieser Jemand hat dann den Wagen so nahe wie möglich am Wasser geparkt, die Seitenfenster ein Stück runtergelassen und die Handbremse gelöst. Dann hat er von hinten geschoben. Allein? Hat er dabei zugesehen, wie das Auto erst noch einen Moment an der Oberfläche trieb und dann langsam auf den Boden sank, oder hat er das Gelände sofort wieder verlassen? Und wohin ist er wohl gegangen? Wie kommt man mitten in der Nacht von diesem gottverlassenen Ort weg? Wie genau muss man so etwas planen, und wie sinkt ein Auto überhaupt? In einem Stück oder zuerst das Heck, sodass der vordere Teil noch herausguckt, nachdem der Rest schon abgesunken ist? Das kann nicht lautlos passiert sein. Ich versuche, mir die Geräusche vorzustellen – Luftblasen, Gurgeln, was auch immer –, aber irgendwann kam dann doch der Moment, dass alles vorbei war. Das Wasser schloss sich über Floors Auto und beruhigte sich wieder.

Vielleicht hat sich ein aufmerksamer Passant am nächsten Tag gefragt, warum das Schilf an dieser Stelle so platt ist. Es können auch Fischer dort gesessen haben, schweigsame Männer unter großen, grünen Schirmen. Aber warum sollte sich jemand überhaupt darum kümmern?

Meine Augen fangen an zu brennen, während ich weiter auf die Stelle starre, an der vor noch gar nicht langer Zeit jemand gewesen ist, der die Antwort auf all meine Fragen kennt. Das Klingeln meines Handys erschreckt mich so sehr, dass ich einen Moment lang kein Wort herausbringe, obwohl ich das Telefon bereits ans Ohr drücke.

»Bist du es, Emma?«

»Ja«, meine Stimme klingt fremd.

»Oh, Emma, es ist etwas passiert. Es ist so furchtbar.«

Ich erkenne nur mit Mühe Franciens Stimme. Sie heult, anscheinend vollkommen durcheinander.

»Komm bitte her, Emma, es ist so furchtbar.«

Sie öffnet die Tür, noch bevor ich auf den Klingelknopf drücken kann, und wirft sich in meine Arme. Nur für den Bruchteil einer Sekunde kann ich ihr Gesicht sehen, die geschwollenen Augen, die zerzausten Haare, die aussehen, als hätte sie sie in ihrer Verzweiflung tüchtig gerauft. Ich halte sie im Arm, weil sie das ganz offensichtlich erwartet, und spüre ihr zuckendes Schluchzen. Als mir das etwas zu lange dauert, drücke ich sie sanft von mir weg. Es ist noch keine zwei Stunden her, da habe ich auf die Stelle gestarrt, an der Floors Auto im Wasser versenkt wurde. Was auch immer ich weiter mit diesem Tag anfangen wollte, »Francien trösten« stand auf jeden Fall nicht auf dem Plan.

»Was ist denn passiert?«

»Die Hunde!« Sie fängt wieder an zu heulen, ihr Atem geht keuchend.

Mir fällt auf, dass die Hunde nicht wie sonst hinter ihr stehen, und das ist äußerst merkwürdig. Mir kamen sie manchmal fast wie Drillinge vor, Francien und ihre zwei Hunde, so unzertrennlich waren sie.

»Was ist denn mit den Hunden?«

»Toooooooot!«

Ich lasse sie nun endgültig los und lehne mich an die Flurwand. Die Welt wimmelt von Verrückten, aber ist es denn wirklich nötig, dass man jeden Tag wieder den Beweis dafür bekommt? Ich weiß das auch so.

»Gift.«

Sie wischt sich mit den Händen übers Gesicht und fegt eine Schnodderblase, die an ihrer Oberlippe hängt, wütend weg. Ich schiebe Francien in Richtung Küche. Sie geht folgsam vor mir her und lässt sich von mir auf einen Stuhl setzen. Im Küchenschrank finde ich einen Becher, den ich unter dem Wasserhahn fülle. Sie trinkt gierig, ich höre, wie ihre Zähne an den Becherrand schlagen.

»Was ist denn passiert?«

Sie verhaspelt sich immer wieder, und ich muss sie dreimal darum bitten, von vorn anzufangen, bevor ich überhaupt verstehe, was sie sagt.

Heute Morgen hatte sie, wie jeden Tag, Castor und Pollux in den Garten gelassen. Meistens standen sie nach einer Viertelstunde bereits wieder vor der Küchentür, weil sie dann ihr Fressen bekamen. Aber an diesem Morgen blieben sie weg. Zuerst schenkte Francien dem keine besondere Aufmerksamkeit, aber als es ihr dann doch etwas lange dauerte, ging sie in den Garten, um die Hunde zu rufen. Erst als sie nicht wie gewöhnlich angelaufen kamen, wurde sie etwas unruhig. Sie ging sie suchen, was selbst in ihrem verhältnismäßig kleinen Garten gar nicht so einfach war, da er so zugewachsen ist. Sie fand Castor zuerst – als sie regelrecht über ihn stolperte. Francien sah mit einem Blick, dass er tot war. Panisch suchte sie weiter nach Pollux, den sie dann aufgrund seines Keuchens fand. Sein Kopf war geschwollen, die Zunge hing heraus, er hatte Schaum vorm Mund – genau wie Castor, nur dass er noch lebte.

Francien rannte ins Haus, rief den Tierarzt an und lief dann wieder zurück in den Garten, um bei Pollux zu bleiben. Zwanzig Minuten später konnte der Tierarzt nur noch seinen Tod feststellen.

»Und wo sind sie jetzt?«

»In der Klinik. Er will untersuchen, was passiert ist. Und sie müssen begraben werden, der Tierarzt kennt einen Tierfriedhof.« Sie fängt erneut an zu weinen.

Ich schenke ihren Becher nochmals voll und nehme ihr gegenüber Platz. Mir klopft der Schädel, als würde jemand mit einem Hammer auf ihn einschlagen, dabei ist mir warm und kalt zugleich. Vielleicht eine Grippe, in der letzten Zeit habe ich nicht besonders gut auf meinen Körper geachtet. Iss mal was, tu was für dich – es würde mich nicht erstaunen, wenn mein Immunsystem irgendwann nicht mehr mitmacht.

»Francien, ich brauche einen Kaffee.«

Sie steht sofort auf, vielleicht froh über eine kleine Ablenkung. Ich sehe sie an, während sie Filter und Kaffeepulver aus einem großen, gläsernen Vorratsglas holt.

»Ich verstehe nicht, warum.«

Ich erkenne den Zustand völliger Erschöpfung in ihrer Stimme.

»Sie sind nie weggelaufen und haben keiner Seele etwas zuleide getan. Wie kann jemand nur so einen Hass auf sie gehabt haben? Der Täter kann nur durch Floors Garten oder durch den der anderen Nachbarn gekommen sein. Bei mir kann man vom Vorgarten gar nicht bis nach hinten durchlaufen. Aber warum? Sie haben doch nicht mal gebellt. Fast nie jedenfalls. Niemand hat sich jemals über sie beschwert.«

Ich denke an die Katze, die ich hatte, als Bob und ich noch verheiratet waren. Genauso eine Geschichte. Eines Tages fand ich sie halbtot im Garten. Vergiftet, stellte der Tierarzt fest. Zehn Tage lang fuhr ich mit ihr täglich in die

Klinik. Sie bekam Flüssigkeit zugeführt und Injektionen. Niemals werde ich den feinen Blutfaden auf ihrem weißen Fell vergessen, nach jeder Spritze, die sie bekam. Natürlich starb sie am Ende doch. Und genauso wenig wie Francien konnte ich begreifen, warum jemand es auf meine Katze abgesehen hatte. Sie verließ nie den Garten und ging drinnen aufs Katzenklo. Später erzählte mir jemand, dass sie wahrscheinlich eine Maus gefangen hatte, die bereits im Sterben war, nachdem sie Gift gefressen hatte. Die Stadt hatte nämlich an einigen Plätzen Mittel gegen die Mäuse gestreut. Da war durchaus etwas dran – meine Katze war so träge gewesen, dass nur eine sterbende Maus in ihre eitlen Krallen hätte geraten können.

Aber der Tod von Franciens Hunden hat nichts Zufälliges. Jemand hat ihren Leben wohlüberlegt ein Ende gesetzt. So etwas tut man nicht einfach mal so.

Den ganzen Nachmittag über bleibe ich bei Francien und höre mir immer wieder dieselbe Geschichte an. Ganz offensichtlich hilft es ihr, über ihre Hunde zu sprechen, und ich habe sowieso nichts anderes zu tun an diesem Tag, den ich mir so anders vorgestellt habe. Irgendwann am Nachmittag ruft der Tierarzt an. Es ist so, wie er gleich dachte: Rattengift. Ein Gift, das jeder ohne Probleme bekommen kann. Er ist der Meinung, Francien solle bei der Polizei Anzeige erstatten, fügt aber gleich hinzu, dass sie nicht zu viel davon erwarten solle.

»Und was bringt das dann?«, fragt Francien, nachdem sie aufgelegt hat.»Die Polizei findet nicht einmal heraus, was mit Floor passiert ist. Glaubst du wirklich, sie kümmern sich dann um zwei tote Hunde?«

Nein, wenn ich ehrlich bin, glaube ich das auch nicht.

Vor Anbruch der Dämmerung gehe ich in Floors Garten. Franciens Worte gehen mir noch immer durch den Kopf. Sie hat recht: Derjenige, der die Hunde vergiftet hat, muss das über Floors Garten oder über den der Nachbarn getan haben. Ich gehe davon aus, dass das Gift in Fleischbrocken versteckt war. Ich habe die Hunde einmal fressen sehen, und die Gier, mit der sie das Futter in ihrem Napf verschlungen haben, hat mich ziemlich abgestoßen. Keine besonders wählerischen Hunde, so viel ist klar. Und wer ein paar Hunde töten will, wird sich bestimmt nicht zu schade sein, dafür ein ordentliches Beefsteak zu spendieren.

Ich gehe so vorsichtig wie möglich zwischen den Rosensträuchern hindurch, sodass ich näher an den Zaun herankommen kann, der Floors und Franciens Garten voneinander trennt. Kahle Ranken mit spitzen Dornen bohren sich in meine Weste und meine Jeans. Ich reiße sie ungeduldig los und lecke mir kleine Blutströpfchen von den Händen. Dass vor gar nicht langer Zeit jemand in der Nähe des Zauns gewesen ist, ist eindeutig. Auf dem Boden, der vom Regen der letzten Tage noch feucht ist, sind deutlich sichtbare Fußabdrücke zu erkennen. Doch sie überlappen sich, sodass sie zu einem großen Teil verwischt sind. Dennoch kann ich sehen, dass es sich um große Schuhe handelt, mit einer Profilsohle. Ein Profil, mit dem man Erdklümpchen im ganzen Haus verteilt, egal, wie lange man die Schuhe auf der Fußmatte abgetreten hat.

Ich verspüre fast so etwas wie ein Verlustgefühl, als es auf der anderen Seite des Zauns ruhig bleibt. Normalerweise wären die Hunde schon längst aufgetaucht. Ich denke an das letzte Mal, als ich sie gesehen habe, ihre Köpfe an den Zaun gedrückt, wie immer hechelnd. Einer der beiden – ich konnte sie nie auseinanderhalten – hatte seine Schnauze durch den Drahtzaun gesteckt, die Oberlippe war hochgeschoben, sodass ich seine Eckzähne sehen konnte, scharf wie geschliffene Messer. Hunde, die durchaus zum Fürchten waren. An diesem Morgen haben sie, als sie durch den Garten liefen, die Fleischbrocken gefunden, die für sie tödlich sein würden. Derjenige, dessen Schuhabdrücke ich hier betrachte, muss das Fleisch letzte Nacht über den Zaun geworfen haben. Aber warum? Warum wollte er die Hunde töten?

Auf dem Rückweg durch die Rosensträucher entdecke ich noch mehr Schuhabdrücke. Ganz klar, denn um zum Zaun zu gelangen, muss man natürlich noch ein Stück durch die Rabatten laufen. Ich komme mir etwas lächerlich vor. Was habe ich hier eigentlich für eine großartige Entdeckung gemacht? Dass Franciens Hunde wahrscheinlich vergiftet worden sind, von jemandem, der Schuhe mit Profilsohle trägt? Ich sehe die Nachbarschaftsbefragung der Polizei bildlich vor mir: »Gnädiger Herr, würden Sie so freundlich sein und mir Ihre Schuhsohlen zeigen?« Wie naiv, dass ich jemals gedacht habe, dass unser Freund und Helfer alles aufdecken kann. Genau, wie ich lange Zeit davon ausgegangen bin, dass man rechtzeitig *das* Mittel gegen Krebs finden würde. Man müsste daher also nur lange genug versuchen, die Krankheit selbst nicht zu bekommen.

Als ich in mein Auto steigen will, tritt Francien aus ihrer Haustür. »Komm noch einmal kurz rein!«

Widerwillig schlage ich die Autotür zu und gehe in ihren Garten. Sie hat sich in der Zwischenzeit etwas erholt, während ich meine Spurensuche à la Sherlock Holmes betrieben habe. Ihre Augenlider sind jedoch noch immer rot und geschwollen.

»Auf ein Getränk«, sagt sie fast bettelnd, und mir wird klar, dass ihr der erste, einsame Abend ohne die Hunde bevorsteht.

Ich folge ihr in die Küche. Sie holt eine Flasche Sherry aus dem Kühlschrank und zwei Gläser. Auf dem Boden stehen die Hundenäpfe. Wasser, das nicht getrunken, und Fressen, das nie angerührt wurde.

Francien folgt meinem Blick. »Ich muss es wegschmeißen, aber das bringe ich einfach nicht übers Herz.« Sie ist wieder den Tränen nahe.

»Soll ich das machen?«

Sie nickt und beißt sich auf die Lippen.

Ich schütte das Wasser aus den Trinknäpfen in den Ausguss und befördere das Fressen in den Abfalleimer. Danach stelle ich die Näpfe ins Waschbecken und lasse sie volllaufen.

»Gibt es noch etwas, was ich für dich tun kann, Francien? Möchtest du, dass ich ihren Korb in den Schuppen bringe?«

»Nein!« Panik schwingt in ihrer Stimme mit. »Jetzt noch nicht!«

Sie schenkt die Gläser voll, und wir gehen damit ins Wohnzimmer.

Es ist wirklich erstaunlich, wie leer ihr Haus auf einmal ohne die großen schwarzen Monster ist. Ich erinnere mich, wie sie sich neben Francien gesetzt haben, als ich das eine Mal bei ihr war. Und wie Francien beim Reden immer wieder die Hände durch ihr Fell gleiten ließ. Wahrscheinlich sprach sie mit ihnen, wenn niemand dabei war. Diese Art von Gesprächen, wie man sie mit jedem Haustier führen kann, um gelegentlich eine menschliche Stimme zu hören, wenn es zu lange still um einen herum ist, damit man das Aussprechen seiner Gedanken nicht verlernt.

»Ich habe dir letztes Mal nicht alles erzählt«, sagt Francien. Ich sehe sie überrascht an. Wenn ich an diesem elenden Tag mit etwas nicht gerechnet hätte, dann mit einem Bekenntnis von ihr.

»Die Dinge, die du über Floor wissen wolltest … Ich dachte damals, dass sie bestimmt einen Grund dafür gehabt hatte, dir nichts von ihren Freunden zu erzählen. Deshalb wusste ich nicht so recht, wie ich auf die Fragen reagieren sollte. Schließlich kann Floor noch immer zurückkommen, und wie soll ich ihr dann erklären, dass ich dir Dinge erzählt habe, von denen sie nicht wollte, dass du sie weißt? Darum habe ich auch der Polizei gegenüber nichts davon gesagt. Aber gut …« – sie zieht die Schultern hoch – »wirklich wichtig war es wahrscheinlich sowieso nicht.«

»Hast du eben Freunde gesagt? Ich dachte, es ginge nur um Cas.«

Sie schüttelt den Kopf.

»Ich habe keine Beweise, und sie hat auch nie etwas davon erzählt, aber ich denke, dass sie auch etwas mit Chris hatte.«

Ich sehe sie fassungslos an.

»Ich kam einmal erst gegen Morgen von einer Feier nach Hause, da sah ich ihn gerade in sein Auto steigen. Ich meine, das ist doch eigentlich eindeutig, oder? Darum war ich so erstaunt, als Cas auf einmal auf der Bildfläche erschien.«

»Und sie hat nie etwas davon gesagt?«

»Floor? Stille Wasser sind tief, würde ich sagen! Nimmst du noch ein Gläschen?«

Ich schüttle den Kopf. Sie geht mit ihrem leeren Glas in

die Küche und kommt mit einem vollen zurück, Tränen in den Augen.

»Wenn sie nicht im Zimmer waren, lagen sie immer auf dem Flur in ihrem Korb. Es ist so verdammt leer hier auf einmal!«

Ich nicke. Meine Gedanken sind noch bei ihrer Bemerkung von eben.

Sie nimmt einen tüchtigen Schluck und behält ihn einen kurzen Moment im Mund, bevor sie ihn dann hinunterschluckt.

»Ach ja ... und eines Nachmittags war ich im Garten, und da hörte ich, dass sie eine Auseinandersetzung mit einem Mann hatte. Sie lief in die Küche und schlug die Tür hinter sich zu. Kurz darauf sah ich, wie Chris in sein Auto stieg und wie ein Verrückter wegdonnerte. Ich weiß nicht, wie ich das alles deuten soll, aber eigenartig ist es schon. Nun weißt du Bescheid.«

Ihr Glas ist schon fast wieder leer. Als ich mich erhebe, steht sie etwas schwankend auf.

»Gehst du schon?«

Ich nicke. Schweigend laufen wir zur Tür.

»Tut mir leid, dass ich dir das nicht schon früher erzählt habe. Und vielen Dank ...«

»Ich wünsche dir alles Gute. Das wird sicher nicht ganz einfach werden.«

»Nein«, sagt sie und lässt ihren Tränen freien Lauf.

Floor mit Chris. Floor mit Cas. Floor, die Strings trug. Floor, die ganz und gar nicht die trauernde Witwe war, für die ich sie hielt, und für die ich immer leichtes Mitleid empfand. Ich fahre nach Hause und wundere mich darüber, dass es mir so schwerfällt, die Straße vor mir zu sehen. Nach dem dritten entgegenkommenden Wagen, der mich anblinkt, merke ich, dass ich meine Scheinwerfer nicht eingeschaltet habe. Früher hätte ich über so etwas den Kopf geschüttelt. Dumm, aber kann passieren. Jetzt macht es mir Angst, weil es mich wieder einmal darin bestätigt, dass ich mein Leben nicht mehr im Griff habe, ebenso wenig wie die Dinge, die um mich herum passieren.

Als ich in meine Straße einbiege, fällt mir als Erstes die Dunkelheit hinter den Fenstern meines Hauses auf. Ich habe heute Morgen vergessen, die Zeitschaltuhr anzuschalten, obwohl ich wusste, dass Frank heute Abend nicht da sein würde. Ich hasse es, in ein dunkles Haus zu kommen. Aufgrund einer blödsinnigen Konstruktion ist der Schalter des Flurlichts ganz am Ende des Gangs angebracht. Ich bahne mir also meinen Weg durch die Dunkelheit und stolpere über Schuhe, die ich heute Morgen im letzten Moment noch gewechselt und danach nicht mehr zurückgestellt habe. Dass ich den ganzen Tag noch nichts Ordentliches gegessen habe, macht sich allmählich bemerkbar. Ohne meine Weste auszuziehen, hole ich ein Stück Käse aus dem Kühlschrank, schneide davon ein paar dicke Scheiben ab und schenke mir ein Glas Buttermilch ein. Ich bin hundemüde, zu müde, um ins Wohnzimmer zu gehen und mich hinzusetzen. Daher esse und trinke ich an die Spüle gelehnt, wobei meine Gedanken ziellos durch das Chaos in meinem Kopf schwirren. Das vollkommen unbewegte Wasser, in dem Floors Auto verschwand. Tote Hunde mit Schaum vorm Mund. Chris, der ein Drama macht, weil Floor einen neuen Liebhaber hat. Ich muss das alles aufschreiben, denke ich. Alles auflisten und dann schauen, ob es Dinge gibt, die ich miteinander in Verbindung bringen kann.

Aber nicht jetzt. Ich habe genug von diesem Tag.

Es ist einer dieser Träume, an die man sich hinterher nicht mehr erinnert, aus denen man aber vor Erleichterung seufzend aufwacht. Ein Glück ... es war nur ein Traum, nichts passiert! Doch das Telefon neben meinem Bett gibt einen durchdringenden Ton von sich.

»Mam ... was zum Teufel ist denn mit deinem Handy los? Und hast du deinen Anrufbeantworter nicht abgehört? Oma liegt im Krankenhaus, ich bin seit heute Nachmittag ununterbrochen bei ihr. Du musst so schnell wie möglich kommen!«

Das Zimmer um mich herum dreht sich ein wenig, als ich mich aufsetze. Über einem Stuhl in der Ecke liegen die Klamotten, die ich gestern Abend dorthin geworfen habe. Die Bettseite neben mir ist noch immer leer. Frank macht mal wieder Überstunden. Als ich auf die Uhr sehe, bemerke ich, dass es noch gar nicht so spät ist. Halb zwei, ich liege also erst seit einer Stunde im Bett. Die Bedeutung von Thijs' Worten dringt nur langsam zu mir durch. Ich stehe auf und ziehe meine Sachen an, die muffelig riechen – die Folge des anstrengenden Vortages. Als ich aus der Haustür trete, laufe ich Frank in die Arme. Er riecht nach Alkohol und erschrickt ganz offensichtlich, als er mich sieht.

»Ich dachte, du würdest schon im Bett liegen.«

Ich erzähle ihm, was los ist, und mit mäßiger Begeisterung bietet er mir an, mich zu begleiten. Ich lege ihm die Hand auf den Arm. »Geh du mal lieber schlafen, du musst morgen wieder früh raus. Sollte ich dich wirklich brauchen, rufe ich an.«

Damit scheint er vollkommen einverstanden zu sein. Dankbar gibt er mir einen Kuss aufs Haar. Er riecht so, wie er aussieht: wie ein Mann, der den Abend durchgezecht hat.

Noch bevor ich beim Auto bin, hat er die Haustür geschlossen. Es versetzt mir schon einen kleinen Stich, dass er sich noch nicht einmal die Zeit genommen hat zu warten, bis ich weggefahren bin. Von Winken ganz zu schweigen.

Im Krankenhaus ist es warm. Auf dem Weg zum Empfangstresen ziehe ich meine Weste aus.

»Ihre Mutter liegt in Zimmer 460. Gleich vorne den Aufzug zur ersten Etage nehmen, dann zweite Tür links.«

Meine Schuhe machen ein merkwürdiges Geräusch auf dem Linoleum, es erinnert mich an unsere Sporthalle früher, wo die Turnschuhe immer am Boden kleben blieben. Nur der stickige Schweißgeruch ist hier durch den Geruch von Desinfektionsmitteln ersetzt.

Ich habe keine Ahnung, was mich hier erwartet. Auf dem Weg zum Krankenhaus habe ich versucht, mir ein vages Bild von meiner Mutter in einem Krankenhausbett zu machen, in dem sie über Schläuche und Röhren mit zahllosen Apparaten verbunden ist. Die Wirklichkeit sieht jedoch vollkommen anders aus. Ich bleibe unbeweglich in der Türöffnung stehen und lasse das Bild auf mich wirken.

Im Zimmer ist es dämmrig, nur Mutters Bett ist erleuchtet. Ich sehe die Umrisse ihres schmächtigen Körpers unter der weißen Krankenhausdecke. Ihr Gesicht liegt auf dem Kissen, mager und eingefallener, als ich es in Erinnerung habe. Die grauen Haare umranden es wie einen Heiligenschein. Keine Schläuche, keine Apparate. Stattdessen sitzt Thijs dicht neben ihr und hält ihre Hand. Er stützt den Kopf auf die andere Hand und betrachtet dabei konzentriert ihr Gesicht.

Als er mich sieht, legt er Mutters Hand vorsichtig auf das weiße Laken und steht auf.

»Sie hat heute Morgen einen Herzinfarkt erlitten«, flüstert er mir ins Ohr. »Sie haben sie sofort hergebracht. Erst sah es gar nicht so schlecht aus. Als ich ankam, erkannte sie mich, aber es geht so schnell bergab. Wo warst du denn nur?«

Ich gebe ihm keine Antwort. Wen kümmert es jetzt noch, dass der Akku meines Handys leer war und ich nicht daran gedacht habe, den Anrufbeantworter abzuhören.

»Hat sie nach mir gefragt?«

»Nein. Sie wusste natürlich, dass du kommen würdest.«

Er dreht sich um und nimmt erneut seinen Platz neben ihrem Bett ein. Vorsichtig greift er nach der kleinen Vogelklaue und legt sie wieder in seine große Pranke.

»Oma, ich bin wieder da!«

Vorsichtig zieht er mit dem Zeigefinger eine Aderlinie ihrer Hand nach.

Ich gehe zum Bett. Was ich sehe, ist so offensichtlich – dafür muss man kein Arzt sein. Ich beuge mich über das blasse, gräuliche Gesicht und küsse ihre dünnen grauen Haare. Ein unbestimmter Parfumgeruch umgibt sie und dazu noch ein anderer Geruch, den ich nicht benennen kann, der aber mit Tod und Verderben in Verbindung steht.

»Mam?«

Etwas in ihrem Gesicht bewegt sich. Ich sehe, dass sich Thijs aufrichtet und sie gespannt ansieht.

»Mam … ich bin bei dir.«

Ihre Lippen bewegen sich.

»Floor?«

Ich schlucke. Meine Kehle ist trocken, und ich habe das Gefühl, nicht mehr atmen zu können.

»Ja, Mam …«

»So vermisst …«

Ich lege mein Gesicht an ihres.

»Ich dich auch, Mam. Ich habe dich auch sehr vermisst.«

Ihr Gesicht sieht entspannt aus, beinahe glücklich.

Sie murmelt etwas, was ich nicht verstehe, aber ich weiß genau, dass sie Floors Namen auf den Lippen hat, als sie langsam von uns scheidet.

»Ich bin sehr stolz auf dich«, hatte Thijs gesagt. Er hat mich in den Armen gehalten, wie ein kleines Kind, als wir in dem kleinen Zimmer waren, wo wir Kaffee tranken und darauf warteten, dass Mam fertig gewaschen wurde. Mehr nicht, und ich weiß, dass er nie wieder von sich aus davon anfangen und auch mit niemandem darüber sprechen würde.

Wir waren noch kurz bei ihr, nachdem alles erledigt war, was man mit toten Menschen so macht. Ihr Gesicht schien glattgezogen, ihr Mund lächelte. Die Hände lagen so lieb gefaltet über ihrer Brust, dass es mir die Tränen in die Augen trieb. Ich habe ihre Hände angefasst, und dabei kam es mir vor, als wären sie noch warm.

Thijs ist mit mir nach Hause gefahren. Wir haben warme Milch mit Honig getrunken, und danach habe ich ihm sein Bett im Gästezimmer gemacht. Ich bin mittlerweile so müde, dass ich überhaupt nichts mehr spüre. So muss es wohl sein, wenn man irgendwelche Drogen nimmt. Nichts existiert mehr wirklich, die Realität hat eine traumartige Dimension angenommen.

Zum zweiten Mal innerhalb weniger Stunden werfe ich meine Klamotten auf den Stuhl. Frank schläft tief und fest, sein Atem stockt ab und zu, um dann mit einem leisen Schnarchgeräusch wieder einzusetzen. Als ich mich neben ihn lege, wacht er auf.

»Wie war es im Krankenhaus?«

»Mama ist tot.«

»Oh, Gott.«

Er dreht sich schlaftrunken zu mir und nimmt mich in den Arm. Es ist ein schönes Gefühl, bei jemandem zu sein, der lebendig ist und sich warm anfühlt. Ich kuschle mich ganz eng an ihn und schlafe so schnell ein, dass ich das Gefühl habe, in eine tiefe Schlucht zu stürzen.

Bob ist da, und Maud. Frank und Thijs stehen links und rechts von mir am offenen Grab mit der lockeren Erde. Es hat die ganze Nacht über geregnet, doch jetzt ist es trocken, auch wenn noch immer dicke Regentropfen von der Buche fallen, unter der wir stehen. Meine Eltern haben das Grab vor langer Zeit zusammen ausgesucht, als von Krankheit oder Tod noch keine Rede war. Durchaus ein guter Zeitpunkt, um so etwas zu tun. Ich erinnere mich, dass Mama lächelnd von dem wunderschönen Friedhof sprach, wo die Gräber zwischen den Bäumen verstreut liegen. Es gibt dort kleine, waldähnliche Wege, und auf der anderen Seite des Friedhofs sind Weiden und Kornfelder. Ich bin gestern kurz hier gewesen, um Blumen auf Papas Grab zu legen. Mamas Grab war zu dem Zeitpunkt schon fertig. Eine Weile blieb ich davor stehen und dachte nach, zwischen all den Grabsteinen, Kreuzen und kleinen Monumenten, zwischen dieser ganzen erstarrten Trauer um mich herum. Nachdenken war langsam zum wahren Luxus geworden. In den letzten Tagen war ich kaum dazu gekommen, weil so viel organisiert werden musste. Eine Anzeige oder nicht? Und wenn ja – was sollten wir dann mit Floor machen, von der niemand wusste, ob sie tot war oder eines Tages zurückkommen würde? Trauerkarten – oder machte das keinen Sinn, da es kaum noch lebende Familienmitglieder gab? Was für einen Sarg? Wo sollte die Trauerfeier stattfinden? Musik oder lieber keine? In unserem eigenen Auto hinter dem Leichenwagen herfahren oder nicht? Mir war das eigentlich alles ganz egal, aber es gab niemanden sonst, der das regeln konnte. Also trafen Thijs und ich zusammen die Entscheidungen. Wir hatten dabei immer im Hinterkopf, wie Mama es wohl gewollt hätte. Mit Stil. Würdevoll. Daher auch ein prächtiges Blumengesteck mit weißen Rosen auf einem Sarg aus edlem Holz. Und ihre Lieblingsmusik. *Ich bin der Welt abhanden gekommen*, gesungen von Kathleen Ferrier. Ich habe mir die Musik eine halbe Minute lang angehört und sie dann schnell ausgemacht, um eine aufsteigende Welle der Gefühle zu unterdrücken. Für Kummer keine Zeit. Keine Zeit, etwas zu fühlen. Ich arbeite mich wie ein Roboter durch die Tage.

Die Beerdigung ist ein fast willkommener Ruhepunkt, und ich weiß, dass Thijs von uns fünfen der Einzige ist, der meine Trauer wirklich teilt. Nachdem der Sarg hinuntergelassen worden ist und wir weiße Rosen und eine Handvoll Erde daraufgestreut haben – das dumpfe Geräusch wird mich noch wochenlang verfolgen –, muss Frank sofort weiter zu einem Termin. Auch Bob hat etwas Dringendes zu erledigen. Und so bleiben wir zu dritt übrig, Maud, Thijs und ich, und das ist genauso, wie ich es mir vorgestellt habe. Wir fahren durch die lautlose Landschaft und essen irgendwo zu Mittag, wo es ruhig ist, wo keine Hintergrundmusik gespielt wird, sodass wir unsere Stimmen nicht zu erheben brauchen.

Genau wie man es immer hört, kommt der Schlag erst, als alles vorbei ist und nichts mehr geregelt oder besprochen werden muss. Ich hatte gedacht, ich könnte das Leben einfach wieder anpacken, arbeiten und mich um meine Dinge kümmern, aber da habe ich mich ziemlich getäuscht. Die Grippe bricht regelrecht über mich herein. Von einem Moment zum anderen habe ich Schüttelfrost, mein Kopf glüht und hämmert, und als ich Fieber messe, schaue ich ungläubig auf die Ziffer 39,4. Die zweite Messung, die ich zur Sicherheit vorgenommen habe, zeigt dasselbe Ergebnis. Zähneklappernd vor Kälte stelle ich mir eine Kanne mit Wasser und ein Glas neben mein Bett, und im Flanellschlafanzug, im Arm eine kochend heiße Wärmflasche, lege ich mich unter die Decke und versuche, die Augen zu schließen. Sobald ich sie öffne, dreht sich das Zimmer in schwindelerregendem Tempo.

Frank kommt nach Hause und findet mich in einem tiefen Fieberschlaf. Ich kann ihn nur mit Mühe davon abhalten, den Arzt anzurufen. Er presst Orangen und Zitronen aus, macht mir eine heiße Bouillon und zwingt mich dazu, etwas davon zu trinken. Er wischt mir mit einem nassen Waschlappen über das glühende Gesicht und stellt die Heizung im Badezimmer an, damit mein Körper nicht so auskühlt, wenn ich zur Toilette muss. Über die letzte Zeit verlieren wir kein Wort. Manchmal, wenn ich mich im Bett fiebernd hin und her werfe, frage ich mich, ob all die Dinge wirklich passiert sind. Vor allem dieser vollkommen verrückte Tag, der auf dem Industriegelände begann und dann bei Mamas stillem Körper endete, kommt mir immer irrealer vor. Hunde – da war doch irgendwas mit Hunden. Zu meinem Erstaunen habe ich noch immer keine Träne vergossen, obwohl es doch eigentlich – wenn all die Dinge tatsächlich passiert sind – allen Grund dazu gäbe. Doch ich glaube, dass ich ab und zu im Schlaf weine, denn manchmal, wenn ich aufwache, sind meine Augen und Wangen nass.

Drei Tage vergehen, an die ich mich kaum noch erinnern kann. Danach bin ich zwar noch immer ziemlich angeschlagen, aber wenigstens nehme ich meine Umgebung normal wahr, und ich bin sogar in der Lage, Thijs anzurufen. Durch das Antibiotikum sinkt das Fieber allmählich. Nachdem ich einen Tag fieberfrei gewesen bin, erlaube ich mir selbst, aufzustehen. Ich stecke die Bettbezüge in die Waschmaschine, mache das Bett neu, dusche und bin danach so erschöpft, dass ich sofort wieder ins Bett zurückkrieche. Am nächsten Tag bleibe ich jedoch ein paar Stunden auf. Ich beantworte die Nachrichten auf meiner Mailbox und sehe die Post durch. Auch ein Brief vom Notar ist dabei, und mit einem Mal bin ich wieder zurück in der Realität. Ich bin noch lange nicht fertig mit der ganzen Organisation. Jetzt wird es erst wirklich kompliziert. Zwei Erben, von denen nur eine leibhaftig anwesend sein kann, wenn der Notar das Testament öffnet. – Wo ist die andere? – »Es tut mir leid, Herr Notar, aber ich habe wirklich keine Ahnung.«

Die Direktion des Pflegeheims hat mich freundlich darum gebeten, Mamas Appartement doch bitte so schnell wie möglich zu räumen. Und da stehe ich nun, in einem Zimmer, in dem ich noch nie allein gewesen bin. Alles, was ich hier sehe, hat Mama wohlüberlegt aus ihrem letzten Haus ausgewählt, weil sie es mit hierhernehmen wollte. Es sind die Möbel und Gegenstände, die ihr am liebsten waren, auf die sie am wenigsten verzichten wollte. Ich setze mich auf den Stuhl für Gäste und schaue auf die Wedgwood-Teekanne, die leer und blank geputzt auf dem Kristallstövchen steht. Die hauchdünnen Porzellantässchen hat sie immer per Hand abgewaschen und dann mit solcher Sorgfalt und Zärtlichkeit abgetrocknet, wie man das sonst nur von Frauen im Umgang mit ihren Babys kennt. Ich habe hier oft gesessen, aber ich habe mich nie zu Hause gefühlt. Ich hatte kein Verhältnis zu dieser Umgebung, mir war das alles zu prätentiös. Für mich war er schwer nachzuvollziehen, dieser ewige Drang, den Stil zu wahren, was doch sowieso niemanden mehr interessierte. Mein Platz war in dem vorherigen Haus gewesen, aber den habe ich mit meinem Auszug verloren. Schon nach ein paar Tagen landete mein Bett auf dem Dachboden, und das Bügelbrett wurde in dem Zimmer aufgestellt, in dem ich Hausaufgaben gemacht und von Jungs geträumt hatte. Anstelle meines Schreibtisches stand dort nun der Holztisch, auf dem die Haushaltswäsche angefeuchtet und glattgezogen wurde, sodass man sie leichter bügeln konnte. Mama war eine sehr gute Hausfrau, sie funktionierte wie eine lautlose, gut geölte Maschine. Sie sah immer so aus, als würde sie gleich zu einem Empfang gehen. Sie war ein Profi darin, Gäste zu empfangen, und ich habe sie nie eine Träne vergießen sehen – nicht einmal, als Papa starb. Genau wie ich auch Floor nie weinen sah. Starke Frauen – zumindest wenn man es als stark betrachtet, seine Emotionen zu verstecken.

Und jetzt wird von mir erwartet, dass ich für alles, was in diesem Zimmer hängt und steht, einen Aufbewahrungsort finde. Und zwar so schnell wie möglich. Bei mir zu Hause habe ich keinen Meter Platz, nach meinem Geschmack ist es dort sowieso schon viel zu voll. Aber ich kann es nicht übers Herz bringen, all diese von Mama so geliebten Sachen irgendwo in einer Lagerhalle zu verstauen, eingeschlagen in Lagen aus Zeitungspapier. Also bleibt nur noch Floors Haus. Ihr Arbeitszimmer, das eigentlich Jaaps Arbeitszimmer gewesen war und das sie nach seinem Tod selbst nutzte, ist der einzige Raum, der dafür in Frage kommt. Was dort nicht reinpasst, werde ich erst einmal in ihr Schlafzimmer stellen. Sie muss einfach einsehen, dass es nicht anders geht. Wenn sie dagegen Einspruch erhebt, soll sie sich doch selbst eine andere Lösung überlegen.

Am meisten graut es mir vor dem Ausräumen des großen Kleiderschranks. All die Schubladen, in denen ihre Unterwäsche in ordentlichen Stapeln liegt, zwischen duftenden Lavendelsäckchen, die sie »Sachets« nannte. Erneut werde ich dazu gezwungen, in das Intimleben einer Frau einzudringen, die immer einen sicheren Abstand zu mir gewahrt hat. Sie war nicht die Mutter, die sich hinkniet, die Arme ausbreitet und »Lass dich trösten!« ruft. Aufgeschlagene Knie desinfizierte sie und klebte ein Pflaster drauf. Niemals habe ich einen Kuss bekommen, wenn ich mir wehgetan hatte. Hatte ich Fieber, so kontrollierte ihre kühle Hand meine Stirn, woraufhin sie dann entschied, was zu unternehmen war – Kinderarzt oder ein einfaches Hausmittel. Sie erzählte uns nüchtern und sachlich, wo die Kinder herkamen und was zu tun war, wenn man seine Menstruation bekam. In ihren Erklärungen verhüllte sie nie etwas. »Vagina« und »Penis« klangen aus ihrem Mund wie unschuldige Zutaten für eine Quiche Lorraine. Sie schreckte vor nichts zurück. Nachdem ein Lehrer mir im ersten Jahr der Oberschule eine Ohrfeige gegeben hatte, zog sie ihren Mantel an und lief in die Schule. Später habe ich gehört, dass sie wie eine Königin ins Lehrerzimmer stolziert war und dem betreffenden Lehrer erklärt hatte, dass ihre Kinder nicht geschlagen würden, von niemandem. Und die anderen sollten sich das doch bitte gleich ebenfalls hinter die Ohren schreiben. Sie war immer da, wenn ich sie brauchte. Ich wusste, dass ich mich auf sie stützen konnte, wie auf einen Fels. Und das war genau das Problem unserer Beziehung, ich wollte nämlich keinen Fels, sondern sehnte mich vielmehr nach Wärme, Berührung und dem Gefühl, dass ich mehr für sie war als ein Kind, für das sie sorgen musste.

Ihre Kleider riechen nach White Linen. Sie hatte das Parfum irgendwann einmal von Floor bekommen, und seitdem war es ihr Lieblingsduft. Ich nehme jedes Kleid, jede Bluse und jede Jacke vom Bügel und falte alles so ordentlich wie möglich zusammen. Sie werden vom Pflegeheim in die Reinigung gebracht und dann von den anderen Bewohnerinnen getragen werden. Zumindest wenn diese Größe 38 haben. Es gibt hier durchaus ein paar Frauen, denen Mamas Stil gut stände. Sie hat nicht viele Schuhe, und ich überlege, was ich damit machen soll. Jeder rechte Schuh hat eine Ausstülpung in Höhe des kleinen Zehs, das könnte beim Gehen etwas hinderlich sein, aber vielleicht läuft man ohnehin nicht so viel im Heim. Ich packe also die Schuhe in Plastiktüten und lege sie zu den Kleidern. Ihre Toilettenartikel sind wieder ein Thema für sich. Ich habe keine Ahnung, was ich damit anfangen soll. Achtlos lege ich alles zusammen in eine Pappschachtel auf ihre Papiere, mit denen ich ebenfalls nicht weiß, wohin. Die Versicherungsunterlagen und andere wichtige Dokumente habe ich zur Seite gelegt. Je leerer das Zimmer wird, umso unpersönlicher erscheint mir Mamas Besitz. Ich sehne mich danach, diese Arbeit endlich hinter mir zu haben. Ich möchte nicht mehr in diesem Zimmer sein, in diesem Gebäude. Nie wieder möchte ich hierher zurückkommen. Als ich nach drei Tagen alles geregelt habe und Thijs die Umzugskartons im Kofferraum verstaut hat, verabschiede ich mich von den Menschen, mit denen Mama am meisten Kontakt hatte. »Sie war so eine würdevolle Frau!« ist das, was in meinen Ohren von all den Kommentaren noch am persönlichsten klingt. Das Wort »vermissen« fällt kein einziges Mal.

Die obere Etage von Floors Haus hat sich in eine Lagerhalle verwandelt. Mamas Möbel wirken armselig dort. Die schönste Antiquität verliert an Glanz und Wert, wenn sie zwischen allen möglichen anderen Dingen eingequetscht steht – und erst recht, wenn sich daneben auch noch Umzugskisten stapeln.

Ich gehe mit Thijs Mittag essen. Wir wollen feiern, dass die Arbeit geschafft ist, doch so rechte Feierlaune will nicht aufkommen.

»Du siehst wirklich schlecht aus, Mam!«

»Ich bin auch gerade erst krank gewesen.«

»Ich frage mich, wann dieser Albtraum endlich zu Ende ist.«

»Der Albtraum Floor?«

Er nickt.

»Vielleicht niemals. Glaubst du, dass sie zurückkommen wird?«

Er schüttelt langsam den Kopf.

»Langsam ist mir das irgendwie auch egal, aber dass *du* daran kaputtgehst, das finde ich schlimm. Floor weg, Oma tot, verdammt nochmal, Mam, ich habe nur noch dich!«

»Und Papa.«

»Das ist etwas anderes. Mam, kannst du nicht in den Urlaub fahren oder so? Ich finde das wirklich nicht mehr lustig.«

Ich gucke in sein Jungengesicht und entdecke an seinen Mundwinkeln etwas, was wie ein beginnendes Fältchen aussieht. Vorsichtig streichle ich mit meinem Zeigefinger darüber.

»Du bekommst noch Falten, wenn du nicht aufpasst.«

Er lacht nicht.

»Es reicht echt, Mam. Das muss aufhören.«

»Das hört auch auf«, sage ich mit mehr Zuversicht in der Stimme, als ich tatsächlich verspüre.

Als ich meinen Computer starte, erscheint eine Art Zeitbombe auf dem Bildschirm. Ich starre das Bild an und spüre eine Wut in mir aufsteigen. Ich hatte das schon einmal, wenn mir jetzt dasselbe passiert wie damals, dann habe ich nun all meine Daten verloren. Inklusive der Übersetzung, die fast fertig war. Zum Glück habe ich den größten Teil schon an den Verlag geschickt, dennoch muss ich tatenlos dabei zusehen, wie mindestens fünf Tage Arbeit zunichte gemacht werden. – »Aber Sie haben doch bestimmt jeden Tag ein Backup gemacht?« – Ich weiß, es gibt Leute, die so etwas tun. Wahrscheinlich sind das auch noch die, bei denen der Computer nie abstürzt. Gott belohnt immer die Falschen, vor allem, wenn es um Computer geht. Ich starre so lange auf den Bildschirm, bis mir die Augen tränen. Danach ziehe ich voller Hoffnung den Stecker aus der Dose. Die Bombe verschwindet. Ich werfe einen beschwörenden Blick auf den Bildschirm und stecke den Stecker wieder hinein. Bumm! Dies ist der Moment, in dem ich am liebsten den Computer aus dem Fenster feuern würde. Wie wohltuend es wäre, das Klirren und den Aufschlag auf dem Bürgersteig zu hören. Das Scheißding zerstören. Selbst schuld, wenn es seinem Frauchen nicht gehorcht. Wo bekomme ich nur so schnell einen anderen Computer her? Ich muss heute Nachmittag unbedingt noch ein paar Mails verschicken, unter anderem an einen Verlag, der einen Auftrag für mich hat. Wenn ich nicht schnell genug bin, vergibt er den sofort an jemand anderen. Mir fällt der Computer ein, der auf Franks Schreibtisch steht. Es ist ein ungeschriebenes Gesetz, dass wir die Finger von den Sachen des anderen lassen, aber das hier ist höhere Gewalt. Dennoch fühle ich mich schlecht, als ich sein Zimmer betrete. Ich starte den Computer und gebe das Passwort ein. Dieses ist schwieriger zu vergessen als zu behalten – die ersten vier Buchstaben seines Namens und sein Geburtsdatum. Dabei wundere ich mich wie immer über die Ordnung in seinem Arbeitszimmer. Es ist einfach unfassbar, wie Frank seine Sachen im Griff hat.

Als ich gerade eine Mail verschicken will, fällt mein Blick auf seinen Posteingang. Eine ganze Reihe, in der immer wieder derselbe Name auftaucht. Mar@xs2all.

Ich habe ein Gefühl im Bauch, das ich sonst nur vom Aufzugfahren kenne. Ich muss mir selbst zugute halten, dass ich wenigstens einen kurzen Moment zögere, bevor ich die oberste Mail von Mar@xs2all öffne. Dass ich, nachdem ich sie gelesen habe, auch die übrigen Mails öffne, ist logisch. Und dass ich danach unter »Gesendete Nachrichten« die Antworten von Frank durchsehe, kann mir erst recht niemand verübeln. Anstand hin oder her. Als ich fertig gelesen habe, fehlt nicht mehr viel, und an diesem Tag würde fast tatsächlich ein Computer aus dem Fenster fliegen.

Manchmal führe ich Gespräche mit einem imaginären Therapeuten. Einem Mann, der alles versteht und immer für mich da ist. Ich tue das jedoch nie, ohne davor ein paar

Glas Rotwein genossen zu haben. Und wenn ich »ein paar« sage, meine ich das auch genau so.

Und das ist jetzt so ein Moment, in dem ich ihn brauche.

Das mit dem Wein ist geregelt. Ich sitze in meinem Arbeitszimmer auf dem Fußboden, den Rücken an die Heizung gelehnt, die Knie angezogen. In der Hand habe ich ein Glas, neben mir die Flasche. Eine perfekte Ausgangsposition zur Selbstreflexion.

Ich erzähle ihm, was ich so alles in der letzten Zeit mitgemacht habe, und er findet, dass ich außergewöhnlich viel ertragen muss.

»Viel für eine arme, schutzlose Frau«, lege ich ihm nahe.

»Absolut!«

»Aber was jetzt passiert ist, ist doch echt der Gipfel. Das muss ich mir doch nun wirklich nicht gefallen lassen!«

»Ganz bestimmt nicht.«

»Ich meine, was habe ich eigentlich unter dem Strich von dieser Beziehung gehabt?«

»Wenig, meiner Meinung nach. Wenn ich mich an deine letzten Sitzungen erinnere.«

»Und dann auch noch beschissen werden!«

»Kommt das für dich ganz überraschend?«

»Eigentlich nicht. Manche Dinge weiß man, ohne sie wirklich zu wissen. Wenn du verstehst, was ich meine.«

»Vollkommen.«

»Warum sollte ich mich dann noch länger damit quälen?«

»Das ist eine Frage, die nur du selbst beantworten kannst.«

»Ich bin nicht gerne allein.«

»Und mit diesem Mann fühlst du dich nicht allein?«

»Zumindest leistet er mir auf irgendeine Art Gesellschaft.«

»Das tut eine Katze genauso. Selbst ein Kanarienvogel tut das für viele Menschen. Die Kombination ist übrigens nicht zu empfehlen.«

»Ich verstehe nur nicht, warum ich mich so unglaublich beschissen fühle.«

Er sieht mich mitfühlend an.

»Wein dich mal richtig aus, das wird dich erleichtern.«

Die Grippe und alles, was davor passiert ist, hat mir ganz schön zugesetzt. Das kleine bisschen Kraft, was ich noch habe, verabschiedet sich ebenfalls langsam in den schlaflosen Nächten, in denen ich mir neben einem unbekümmert schlafenden Frank überlege, wie ich mich rächen könnte, ohne dass Blut fließt.

Was ich entdeckt habe, ist zu schlimm, um mit ein bisschen Krawall abgetan zu werden, und ich schwöre, dass ich mir etwas ausdenken werde, womit ich ihm wirklich den Boden unter den Füßen wegziehe. Es wird einen Tag der Abrechnung geben, den ich mit Sorgfalt und äußerster Konzentration vorbereiten werde.

Dass er mir nicht anmerkt, dass etwas nicht stimmt, ist mir ein Rätsel. Ich würde sofort argwöhnisch werden, wenn jemand, mit dem ich zusammenwohne, so höflich zu mir wäre. – »Würdest du mir bitte die Butter reichen?« – »Verzeihung, dürfte ich bitte mal vorbei?«

Ich muss mich beherrschen, um keine bissigen Bemerkungen zu machen, wenn er wieder einmal anruft, um zu sagen, dass er später kommt und ich mit dem Essen nicht auf ihn warten soll. Dass die Besprechung so lange gedauert hat. Dass eine extra Zeichnung angefertigt werden muss. In seinen Augen wurde die Architektur anscheinend erfunden, um Ausreden für ehebrecherische Partner zu liefern.

Ich selbst schließe mich in meinem Arbeitszimmer ein, an den wenigen Abenden, an denen er zu Hause ist. Die Übersetzung muss fertig werden. Meine Unterlagen müssen zum Steuerberater. Wir lügen uns gegenseitig das Blaue vom Himmel vor, mit dem Unterschied, dass ich diejenige bin, die das von uns beiden weiß, er jedoch nur von sich selbst.

Es fühlt sich fast an wie ein Ausflug, als ich in mein Auto steige, um zu Floors Haus zu fahren. Fast bekomme ich Mitleid mit mir selbst. Als könnte man sich nichts Schöneres vorstellen.

Als ich Floors Garten betrete, fuhrwerkt Chris gerade mit einer Art Staubsauger herum, um die Blätter zwischen den Sträuchern wegzublasen. Das Ding macht einen unglaublichen Lärm, und ich frage mich, ob eine altmodische Laubharke nicht besser wäre, als stundenlang diesen Radau zu ertragen. Es ist das erste Mal, dass ich ihn seit dem Telefongespräch sehe, bei dem er wütend den Hörer aufgeknallt hat. Dass er ein Verhältnis mit meiner Schwester hatte, wusste ich damals noch nicht, und ich versuche nun, ihn mit Floors Augen zu sehen. Ein kräftiger Mann, körperlich anziehend, mit breiten Schultern und langen Beinen in engen Jeans. Unter seiner lässigen Lederjacke trägt er einen dunkelblauen Rollkragenpullover. Jetzt, da er mich bemerkt und zu mir herübersieht, fällt mir auf, dass er noch fast genauso braun ist wie an dem Sommertag, als ich ihn zum ersten Mal getroffen habe. Auch jetzt trifft mich wieder das strahlende Blau seiner Augen.

Ich hebe die Hand. Er grüßt zurück, ohne sonst irgendeine Regung zu zeigen. Dann beugt er sich wieder über diesen grässlichen Apparat, der die Blätter von einem Strauch zum nächsten jagt. Am Ende wird er doch eine Harke nehmen müssen, er wird nicht drumherumkommen.

Unwillkürlich werfe ich im Vorbeigehen einen Blick auf seine Schuhe. Neben der Stelle, an der er mit seinem Blasgerät zugange ist, sehe ich die Abdrücke seiner Profilsohlen im Boden. Das erstaunt mich eigentlich nicht weiter, er wäre wohl der erste Gärtner, der Loafers trägt.

Auf der Fußmatte liegt mehr Post, als ich erwartet habe, aber ich bin ja schließlich auch eine ganze Weile nicht dagewesen. Ich bücke mich, um alles aufzuheben. Die Zeit, als nette Ansichtskarten von Floors Freundinnen auf der Matte lagen, gehört der Vergangenheit an. Der Großteil der Post besteht aus Reklameblättern, die ich mir flüchtig ansehe und dann direkt im Abfalleimer in der Küche deponiere. Danach fange ich an, brav meine Runde zu drehen, um alle Pflanzen zu gießen. Wirklich gut sehen sie nicht gerade aus – bei der unregelmäßigen Pflege, die sie von mir bekommen. Die Palme mit ihren braun verschrumpelten Blättern werfe ich ohne jegliches Schuldgefühl zu der Reklame in den Abfall.

Während ich warte, dass das Teewasser kocht, fällt mein Blick auf die Bücherreihe zwischen den Plexiglasstützen. Genau wie Cas gesagt hatte, sehen die Kochbücher vollkommen unbenutzt aus, die Gartenbücher jedoch sind deutlich öfter zurate gezogen worden. Ich sehe, dass in einem von ihnen ein paar Zettel zwischen den Seiten stecken.

Ich gieße das kochende Wasser über den Teebeutel und stelle die Kanne aufs Stövchen. Dann setze ich mich mit dem Gartenbuch an den Küchentisch. Merkwürdig, dass mir nicht schon vorher aufgefallen ist, dass Zettel zwischen den Seiten stecken, aber meistens hatte ich auch anderes im Kopf, wenn ich hier war. Ich schlage das Buch auf und ziehe die losen Blätter heraus. Es sind drei – ganz offensichtlich von Floor gezeichnete – Grundrisse vom hinteren Garten. Mit Buchstaben hat Floor angegeben, wo sie bestimmte Pflanzen haben wollte, am Rand stehen die Erklärungen dafür. Ich lese, dass Hortensien angepflanzt werden sollten und Anemonen, falscher Jasmin und Frauenmantel. Die Pflanzen sind auf drei verschiedenen Zeichnungen immer wieder unterschiedlich um eine Terrasse mit kleinen Kieselsteinen gruppiert, was ganz offensichtlich das Zentrum des Gartens werden sollte. Ein Pfad aus denselben Kieseln sollte von der Küchentür zur Terrasse führen. Ein Foto aus irgendeiner Zeitschrift, auf dem wohl zu sehen ist, wie sie sich die Terrasse vorstellte, hat sie dazugelegt.

Ich stehe auf, nehme den Teebeutel aus der Kanne und schenke mir einen Becher voll ein. Irgendwo im Schrank müssen noch Kekse sein. Ich lege mir ein paar in eine kleine Schale und setze mich wieder an den Tisch. Es gibt etwas, was ich nicht verstehe: Meine Schwester hat sich intensiv mit ihrem Garten beschäftigt. Das weiß ich von Cas, und das geht auch aus ihren Zeichnungen hervor. Aber auf keiner der Zeichnungen ist irgendein Hinweis auf einen Teich zu finden.

Ich studiere die Zettel noch einmal eingehend und sehe, dass Floor in der rechten oberen Ecke eines jeden Grundrisses in ihrer ordentlichen Handschrift, in winzigen Buchstaben, ein Datum notiert hat. Der älteste Plan stammt vom 2. Mai. Der zweite vom 5. Juni. Neben den dritten hat sie ein Ausrufezeichen gemalt – so sollte es also werden. Ich sehe auf das Datum und traue meinen Augen nicht, dort steht tatsächlich der 6. Juni – sechs Tage bevor sie zum ersten Mal keine Zeitung mehr hereingeholt hat. In diesen sechs Tagen muss sie also die ganze Gartenplanung über den Haufen geworfen haben, ohne irgendetwas davon zu Papier zu bringen. Ich habe in der letzten Zeit viele erstaunliche Dinge über meine Schwester erfahren, aber das verstehe ich nun wirklich nicht.

Ich schrecke hoch, als an die Küchentür geklopft wird, und bevor ich etwas sagen kann, steht Chris in der Tür.

»Ich habe noch eine Rechnung, bevor ich's vergesse.«

Er legt einen Umschlag auf den Tisch, und ich sehe, dass er die Augenbrauen hochzieht, als er Floors Zeichnungen sieht.

»Warum wurde denn die Terrasse dann doch nicht angelegt?«, frage ich.

»Weil sie jeden Tag etwas anderes wollte. Auf einmal sollte es ein Teich sein. Und mir ist es schließlich ziemlich egal gewesen.«

»Sie wollte ganz andere Pflanzen.«

Er beugt sich über die Zeichnung.

»Das sind auch keine Pflanzen, die man um einen Teich herum anlegt. Vielleicht möchte sie die Terrasse ja irgendwann noch zusätzlich haben. Platz ist ja genug da.«

Er geht zur Tür.

Auf einmal schießt mir etwas durch den Kopf.

»Wussten Sie, dass die Nachbarhunde tot sind?«

Er bleibt stehen, den Türknauf in der Hand.

»Ich dachte schon: Was für eine Ruhe.«

»Sie sind vergiftet worden.«

Er zieht die Schultern hoch.

»Ist mir ziemlich egal.«

Dann fällt die Tür hinter ihm zu.

Ich stehe an der Spüle und sehe, dass er seinen Schritt im Vorbeigehen etwas verlangsamt und einen Blick durchs Küchenfenster wirft. Unsere Blicke treffen sich, und auf einmal habe ich das Gefühl, meine Beine würden mir ihren Dienst versagen.

»O mein Gott, mein Gott …« Ich murmle die Worte wie ein Mantra vor mich hin, wie eine Beschwörungsformel, und lasse mich auf einen Stuhl sinken. Ich blicke auf meine zitternden Hände.

Warum habe ich das nicht schon eher erkannt? Alle Zeichen waren da, alles wies in dieselbe Richtung, und ich habe es nicht gesehen. Erst jetzt, wie ein Lichtblitz, ist der Moment der Klarheit gekommen. Alles passt zusammen. Alles stimmt. O mein Gott, mein Gott!

Der Teich, der so wunderbar verschleiert, dass er graben musste. Die Hunde, die getötet werden mussten, weil sie zu viel Interesse an dem zeigten, was hier, an dieser Stelle, unter der Erde liegt. Ich muss mich so plötzlich erbrechen, dass ich es nur noch bis zur Spüle schaffe. Der saure Geruch erfüllt die Küche. Ich muss etwas tun. Jemanden warnen. Aber erst muss ich mich selbst in Sicherheit bringen. Ich laufe zur Küchentür, schließe ab und stecke den Schlüssel in die Tasche. Anrufen. Ich muss jemanden anrufen. Meine Tasche mit meinem Handy liegt im Wohnzimmer. Ich leere sie über Floors bequemem Sessel aus, klappe mein Handy auf und drücke Cas' Nummer. Ich fange an zu reden, bevor ich merke, dass nur seine Mailbox angesprungen ist. Vor Ungeduld keuchend warte ich auf den Piep-Ton.

»Cas, ich bin bei Floor. Ich weiß, was passiert ist, du musst herkommen. Ich werde jetzt die Polizei anrufen.«

Ich drücke auf den roten Knopf und danach wieder auf den grünen. Erik Verheuls Nummer habe ich nicht gespeichert, vielleicht sollte ich lieber eine andere Nummer wählen. 1-1-2. Meine Hände zittern so sehr, dass mir das Telefon aus der Hand rutscht und auf den Boden fällt. Als ich mich bücke, um es aufzuheben, höre ich die Küchentür aufgehen.

Wie versteinert stehe ich in Floors Wohnzimmer. Ich höre, wie die Küchentür leise auf- und wieder zugeht. Vor meinem inneren Auge blitzt eine Erinnerung auf, und ich sehe Francien in der Küche hinter die Gardine tasten. »Merkwürdig, hier hängt eigentlich immer ein Schlüssel.« – Er hatte ihn damals schon. Meine Güte, wie dumm ich gewesen bin.

Ruhige Schritte nähern sich über den Flur. Dass er nicht einmal lautstark das Haus betritt, jagt mir noch mehr Angst ein.

Ohne meine Augen von der Tür zu nehmen, stolpere ich ein paar Schritte zurück, bis Floors großer Sessel mir den Weg versperrt. Eine fast lächerliche Verteidigung, aber eine andere Möglichkeit habe ich nicht.

Jetzt steht er im Zimmer, er wirkt gelassen, nicht wie ein Wahnsinniger, der Frauen umbringt, wenn ihm gerade danach ist. Er scheint sagen zu wollen, dass er hier ist, weil etwas erledigt werden muss, eine Notwendigkeit, genau wie er vorher mit seinem Blasgerät die Blätter zusammengetrieben hat.

Er sieht mich mit ausdruckslosen Augen an, und ich suche vergeblich nach etwas, womit ich ihn zur Vernunft bringen könnte.

»Sie hätten Ihre Nase nicht in diese Dinge stecken sollen.«

Er steht nun in der Mitte des Zimmers, blockiert aber noch immer die Tür. Als würde ich es wagen zu fliehen –

als hätte ich den Hauch einer Chance, lebend an ihm vorbeizukommen.

»Warum Floor?«

»Ein Unfall.« Seine Stimme klingt monoton. »Auf einmal hatte sie einen anderen Freund. Eines Morgens stand sein Auto vor der Tür. Sie dachte sich, dass ich auf diese Weise schon von allein begreifen würde, was los ist.«

Ich spähe durch das Fenster hinter ihm. Ein Mann und eine Frau gehen mit ihrem Hund vorbei, und mir schießt durch den Kopf, dass dies vielleicht meine einzige Chance ist, an Chris vorbei zum Fenster zu rennen, mich notfalls einfach durch die Scheibe zu stürzen, um sie auf mich aufmerksam zu machen.

Chris tritt einen Schritt auf mich zu, und ich stolpere zurück. Den Sessel ziehe ich dabei mit. Es ist nun fast kein Platz mehr zwischen mir und der Wand. Noch immer fühlen sich meine Beine an wie aus Gummi, und ich muss mich am Sessel festhalten, um aufrecht stehenzubleiben. Ich kann nicht glauben, dass das hier echt ist, dass das gerade wirklich passiert. Dass meine Suche nach Floor in ihrem eigenen Haus ein Ende findet – dass ich hier selbst ein Ende finde.

»Wir haben uns ein paar Mal gestritten. Beim letzten Mal habe ich sie geschlagen. Sie hat mich provoziert. Frauen wie Floor können dich zur Weißglut bringen. Sie ist gefallen, mit dem Kopf auf eine Stuhlkante. Hätte sie noch gelebt, hätte ich einen Arzt angerufen. Aber sie war tot.«

Noch immer diese monotone, emotionslose Stimme.

Ich weiß, dass ich ihn zum Weiterreden bringen muss. So lange er redet, tut er mir nichts. Aber ich weiß auch, was es bedeutet, dass er mir alles erzählt. Sein Entschluss ist gefasst, für ihn gibt es keine andere Wahl. Ich frage mich, was er mit mir tun will, ob ich ebenfalls in Floors Garten enden werde und mein Auto im Wasser, ein paar Meter entfernt von einem Gebäude, auf dem *Hoffnung* steht.

»Cas …«, sage ich, »… ich habe ihn angerufen. Er weiß, dass ich hier bin. Innerhalb einer Stunde wird die Polizei es ebenfalls wissen. Und Francien …« – ich stottere bei dem Versuch, ihm klarzumachen, dass es nicht klug ist, mich umzubringen – »… Francien weiß, dass Sie etwas mit Floor hatten. Sie hat es mir erzählt. Sie werden Sie sowieso schnappen, glauben Sie nicht, dass Ihnen das noch einmal gelingt. Dass ich so blöd gewesen bin, so lange zu brauchen, um Sie zu durchschauen, sagt noch lange nicht, dass die anderen auch so langsam sind …«

Ich schnappe nach Luft. Text – ich brauche mehr Text, jedes Wort bedeutet ein kleines bisschen Verzögerung, die Chance, am Leben zu bleiben.

Chris tritt einen Schritt zur Seite.

»Lebenslang«, fahre ich fort, »zweifacher Mord. Und denken Sie nur ja nicht, dass Sie mich so leicht umlegen können.«

»Schnauze!«

Er steht nun auf der anderen Seite des Sessels. Auf einmal weiß ich, dass er mich an die Wand drücken wird. In dem Moment, als er dem Sessel einen Schubs gibt, gleite ich zur Seite. Er verliert das Gleichgewicht, und ich renne an ihm vorbei, durch den Flur, in die Küche. Wenn ich es nur bis in den Garten schaffen würde. Wenn ich nur irgendwo schreien könnte, damit die Leute mich hören.

Hinter mir vernehme ich seine Schritte. Inzwischen ist auch er nicht mehr gelassen. Er flucht ohne Unterlass, mir kommt es vor wie eine Art surrealistisches Gedicht, in das er mich einlullen will.

Ich habe den Türknauf in der Hand und höre mich vor Enttäuschung aufschreien, als ich merke, dass er die Tür abgeschlossen hat.

Seine Hand umfasst meinen Hals. Mir schießt der Schmerz in den Kopf. Erst sehe ich alles doppelt, dann nur noch rote Flecken. Er schleudert mich gegen die Wand, und ich sinke langsam in die Knie, ich kriege kaum noch mit, was passiert. Doch ich realisiere, dass es noch nicht vorbei ist. Solange ich noch etwas fühle, etwas mitbekomme, etwas sehe und mich bewegen kann, ist es noch nicht vorbei. Es ist erst vorbei, wenn ich genauso still und reglos auf dem Boden liege wie Floor.

Chris beugt sich über mich. Ich rieche seinen sauren Atem. Seine Hände sind unglaublich groß. Als sie sich meinem Gesicht nähern, sehe ich nichts mehr. Ich kann nur noch Laute von mir geben, unsinnige Laute, die ihm deutlich machen sollen, dass er aufhören muss. Die Hände schließen sich wie ein Schraubstock um meine Kehle und ziehen mich hoch. Ich spüre, dass meine Beine treten, als ich versuche, meinen Körper zusammen mit meinem Kopf nach oben zu hieven, um etwas Luft in meine Lungen zu kriegen.

Dann auf einmal höre ich das Geräusch von zersplitterndem Glas, die Klemme um meinen Hals löst sich, und ich sauge mit einem merkwürdig pfeifenden Ton meine Lungen voll mit Sauerstoff. Um mich herum ist die Hölle los, ein wahnsinniges Durcheinander von umstürzenden Möbeln und schreienden Männerstimmen. Ein Stuhl fällt auf mich. Ich schiebe ihn von mir und krieche an der Wand entlang in Richtung Küchenecke. Meine Finger fühlen Glasscherben. Ich klemme mir ein spitzes Stück in die Hand und spüre eine feuchte Wärme meine Finger entlangrinnen. Doch wenigstens habe ich etwas, um mich zu verteidigen, falls die Riesenhände sich wieder nähern sollten.

Langsam wird mir bewusst, was hier um mich herum überhaupt passiert. Ich sehe Cas rücklings auf dem Tisch liegen, während Chris mit seinen Riesenfäusten auf ihn einschlägt. Dann dreht er sich zu mir um. Meine Hände umklammern die Glasscherbe, als er sich langsam nähert. Sein Gesicht blutet, sein Mund ist zu einem schiefen Grinsen verzogen.

Keuchend kommt er auf mich zu. »Und jetzt ...«

Ich schlage die Glasscherbe in sein Gesicht. Ich schwöre bei Gott, dass ich es nicht auf sein Auge abgesehen hatte, aber die Glasscherbe verschwindet, und als ich sie loslasse, bleibt sie dort stecken, in der Höhle, wo einmal sein Auge gewesen ist. Chris brüllt. Seine Hände tasten nach seinem Gesicht, dann fällt er langsam hintenüber.

Ich wage nicht, mich zu bewegen. Als er reglos liegen bleibt, traue ich mich noch immer nicht wegzulaufen. Ich starre nur noch auf das Gesicht, in dem ich nichts mehr erkenne, und ich sehe allmählich immer unschärfer. In der Ferne ertönen Sirenen. Das Letzte, woran ich mich erinnere, ist das Geräusch einer Tür, die eingetreten wird.

»Floor!«

Ich versuche, die Augen zu öffnen, aber immer, wenn es mir gerade fast gelungen ist, falle ich wieder in einen eigenartigen Dämmerzustand zurück.

»Floor!«

Jemand sagt erneut ihren Namen, ich will wissen, wer es ist. Ich versuche, mich aufzurichten, und spüre Hände, die mich zurück in die Kissen drücken.

»Floor!«

»Du musst liegen bleiben, Mam.«

Ich versuche, in seine Richtung zu sehen. Aber wenn ich meinen Kopf bewege, schmerzt es. Alles tut weh. Am liebsten würde ich schlafen, wenn ich dabei nur nicht immer wieder denselben Namen hören würde.

Eine Männerstimme murmelt etwas, und eine Frauenstimme antwortet. Ich fühle etwas Spitzes in meinem Arm. Jetzt sacke ich wieder weg, und das ist auch gut so, denn ich will diesen Namen nicht mehr hören.

Es kostet mich einige Mühe, aber ich kann meine Augen auf etwas richten, ohne dass meine Augenlider sofort wieder zufallen. Auf einem Stuhl neben meinem Bett sitzt Thijs. Er ist zusammengesackt und hat die Augen geschlossen. Was macht er in meinem Schlafzimmer? Und ist dies überhaupt mein Schlafzimmer? So viel Weiß. Ich lasse meine Hände über das Laken gleiten, das über mich gebreitet ist. Meine Hände tun weh. Ich hebe sie ein bisschen an, damit ich einen Blick darauf werfen kann. Um meine rechte Hand ist so viel Verband gewickelt, dass sie eher wie ein Fuß aussieht. Die Linke ist ebenfalls verbunden, allerdings etwas weniger dick. Vorsichtig lege ich sie wieder ab. Ich habe Durst, aber ich habe wirklich nicht die geringste Ahnung, wie ich an Wasser kommen soll. Thijs schläft weiter. Es ist ein gutes Gefühl, dass er so nah bei mir ist. Aber warum bin ich hier?

Ich schließe die Augen, und in Zeitlupe wird in meinem Kopf ein Film abgespielt. Chris, der auf mich zuläuft. Cas, der, umgeben von dem ohrenbetäubenden Lärm von klirrendem Glas, auf einmal in der Küche steht. Ich habe eine Scherbe in der Hand. Aber da ist noch etwas – etwas Wichtiges, etwas, was passiert ist, bevor dieser Albtraum begann. Doch mein Gedächtnis lässt mich im Stich, obwohl ich weiß, dass es wichtig ist. Wenn ich nicht mehr so müde bin, werde ich es wissen.

Die Tür geht auf, und ein junger Mann in weißer Kleidung betritt das Zimmer. Er macht einen Bogen um Thijs und steht dann neben mir. Er legt mir seine kühle Hand auf die Stirn.

»Wie geht es Ihnen?«

Er umfasst mein Handgelenk und guckt konzentriert auf seine Armbanduhr.

»Haben Sie Schmerzen?«

Ich versuche zu antworten, aber meine Kehle ist zu trocken und schmerzt zu sehr. Ich kann fast nicht schlucken.

»Wollen Sie etwas trinken?«

Ich nicke dankbar. Er nimmt einen Becher vom Schränkchen neben dem Bett und schiebt mich etwas hoch, sodass ich vorsichtig ein paar Schlucke nehmen kann.

Aus dem Augenwinkel sehe ich, dass Thijs aufgewacht ist. Er guckt verstört um sich. Genau wie ich ein paar Minuten zuvor, weiß er nicht, wo er ist.

Der Pfleger stellt den Becher wieder zurück aufs Schränkchen.

»Wenn Sie etwas brauchen, klingeln Sie einfach.«

Und dann ist Thijs neben mir. Ich möchte ihn so viel fragen – wie lange ich schon hier bin und ob er die ganze Zeit dort im Stuhl gesessen hat. Aber ich möchte vor allem das Allerwichtigste fragen, was mir auf einmal wieder in den Kopf schießt.

»Floor …«, sage ich.

Erik Verheul ist der Erste, mit dem ich über sie reden kann. Alle anderen meiden das Thema, sogar Thijs. Als könnte man das so einfach, als wäre Floor nicht der Grund dafür, dass ich hier liege.

Und weil niemand mit mir über dieses einzige Thema, das mich interessiert, sprechen will, gehe ich auf ihre Fragen auch nicht ein.

Durst? Schmerzen? Eine Tablette zum Schlafen? Ich beantworte keine ihrer Fragen. Ich höre einen Arzt mit einer anderen doktorähnlichen Figur von einem posttraumatischen Stresssyndrom reden.

Ganz wie sie wollen.

Und dann steht zum Glück Erik Verheul neben meinem Bett. Er zieht einen hölzernen Hocker heran und setzt sich.

»Sie hat's aber ganz schön erwischt!«

Ich lächle. Das sind die ersten klaren Worte, die ich seit meinem Erwachen vernommen habe.

Er sieht mich kopfschüttelnd an.

»Und Cas?«, frage ich.

»Ein paar hässliche Schnittwunden und gebrochene Rippen. Er liegt ebenfalls hier. Eine Etage höher. Genau wie der Gärtner übrigens. Dem geht's auch nicht gerade rosig. Beide haben noch keine Aussage machen können. Was das angeht, ist es mir also noch immer ein Rätsel, was genau passiert ist.«

Ich sehe ihn entgeistert an. Mir war bis jetzt nicht klar, dass ich die Einzige bin, die eine Antwort auf all die Fragen hat.

»Floor …«

»Sie wissen, wo sie ist?«

Auf einmal weiß ich nicht mehr, was ich sagen soll – wie ich es über die Lippen bringen soll, dass meine Schwester im Erdreich ihres eigenen Gartens liegt.

»Wo ist sie?«

Seine Stimme klingt sachlich. Das macht es einfacher, es auszusprechen.

Ich erzähle ihm alles, so knapp wie möglich.

Dann schließe ich, noch bevor er das Zimmer verlassen hat, die Augen.

»Das hätte ja alles sehr viel schlimmer ausgehen können!«

Jeder, der an meinem Bett steht, sagt dasselbe. Sie werden wohl recht haben, auch wenn ich selbst meine Situation anders beschreiben würde.

Unter den Mullbinden klopft und wummert es in meinen Händen. Sie mussten genäht werden, doch das Glas hat keine Muskeln durchtrennt. Das ist natürlich wirklich Glück im Unglück. Mein Hals ist bunt und blau, wie Frank berichtete – nachdem er ungefähr seinen zehnten Strauß Rosen ins Wasser gestellt hatte. Aber auch das hätte schlimmer kommen können. Kurz gesagt, ich bin ein Glückspilz, wenn ich den Leuten um mich herum glauben darf.

Übermorgen kann ich nach Hause, dann werde ich endlich wieder ein wenig Ruhe haben. Ich hasse diese abartige Krankenhausgewohnheit, die Patienten um eine grausam frühe Uhrzeit mit einem Fieberthermometer zu belästigen. Zum Schlafen kommt man kaum. Sobald man weggedämmert ist, gibt es schon wieder einen Grund, geweckt zu werden: Der Nachttopf. Das Frühstück. Eine Kleinigkeit zwischendurch. Eine Putzfrau, die die Böden wischt und dabei ununterbrochen gegen die Beine deines Bettes donnert.

Ich habe sowieso den Eindruck, dass hier mehr Pflegepersonal herumläuft, als wirklich nötig ist. Thijs sagt, dass das daran liegt, dass ich auf einer Titelseite abgebildet war – als »die Frau mit der ermordeten Schwester, die es fast selbst erwischt hätte«. In so einem Fall hat man natürlich einen enormen Nachrichtenwert. Frank berichtet, dass eine Tageszeitung um ein Interview gebeten hat, und auf dem Krankenhausflur wurde wohl ein Fotograf gerade noch aufgehalten, bevor er mein Zimmer betreten konnte.

Mir ist das alles egal. Ich habe gefragt, ob man die Gardinen etwas zuziehen könnte, da mir das Tageslicht in den Augen brennt. Und ob man die Blumen doch bitte irgendwo anders hinstellen könnte, ich kann den Duft nicht ertragen. Erleichtert atme ich tief durch, in diesem nun vollkommen kahlen Zimmer kann ich sehr viel besser nachdenken.

Zwei Tage nach seinem ersten Besuch sitzt Erik Verheul wieder an meinem Bett. Ich stütze mich mit den Ellenbogen etwas auf, und er stopft mir ein Kissen in den Rücken, damit ich bequemer sitzen kann.

»Wo ist sie jetzt?« Es ist das erste Mal, dass ich mich nach Floor erkundige. Ich versuche, das so neutral wie möglich zu tun, indem ich ihren Namen nicht ausspreche.

»Im Gerichtslaboratorium. Die Todesursache muss festgestellt werden.«

Er zieht ein Aufnahmegerät aus seiner Aktentasche.

»Sind Sie damit einverstanden, dass ich Ihnen ein paar Fragen stelle? Uns ist noch längst nicht alles klar.«

Ich nehme ein Glas Wasser vom Nachtschränkchen neben dem Bett und lasse es beinahe aus der Hand fallen. Meine Schultern und Arme sind steif, aber das scheint ein normales Symptom zu sein, nachdem man gewürgt worden ist. Das Wasser ist lauwarm. Ich verziehe das Gesicht und stelle es zurück.

»Ich bin durch den Grundriss vom Garten daraufgekommen. Ich hatte ihn in einem von Floors Gartenbüchern gefunden«, sage ich.

Mir war bis jetzt noch nie aufgefallen, dass es so viele Farben in meinem Haus gibt. Nach dem weißen Krankenhauszimmer schmerzen sie fast in meinen Augen. Frank hat mich abgeholt, seine Blumensträuße sind im Krankenhaus geblieben und bei Menschen ans Bett gestellt worden, die nie Besuch kriegen. Ich habe einen Rollkragenpullover an, es wird sicher noch eine Weile dauern, bevor die Hämatome an meinem Hals ganz verschwunden sind. Die Verbände sind von meinen Händen entfernt worden, ich trage nur noch Pflaster. Ich werde für den Rest meines Lebens deutlich sichtbare Narben haben, aber das stört mich nicht. Frank trinkt mit mir eine Tasse Kaffee, wobei er dreimal auf seine Armbanduhr sieht.

»Ich werde heute Abend nicht sehr früh zu Hause sein«, erklärt er, »bei uns ist momentan die Hölle los!«

Es hat etwas Unwirkliches, schon wieder unter einem tropfenden Baum auf dem Friedhof zu stehen.

Floor hat ein Grab am Rande des Friedhofs, an einer Buchenhecke, deren trockene Blätter leise rascheln.

Ich bin die Letzte, die eine Rose auf ihren Sarg wirft. Nachdem ich eine Handvoll Erde durch meine Finger habe rieseln lassen, kann ich meinen Blick nicht von dem dunklen Rechteck zu meinen Füßen wenden, bis Thijs mir einen Arm um die Schulter legt.

»Komm, Mam.«

Als wir langsam zu unseren Autos gehen, fängt es an zu regnen.

»Wenigstens hat die lange Suche nun ein Ende«, sagt Bob.

Aber da bin ich mir nicht so sicher. Wenn man sich nicht verabschieden konnte, heißt es dann nicht, dass man sein Leben lang weitersuchen wird?

Ich rufe Thijs an.

»Was hältst du von einer Last-Minute-Reise? Sonne, ein Luxushotel. Du kannst dort Frauen kennenlernen, während ich lese, bis mir der Kopf schwirrt.«

»Und was ist mit meinen Prüfungen?«

»Dann fällst du eben einmal durch.«

»Wie gut, dass du das so entspannt siehst. Eigentlich bin ich ohnehin schon so gut wie durchgefallen.«

»Du kommst also mit?«

»Aber natürlich. Wann willst du fahren?«

»So bald wie möglich. Von mir aus übermorgen. Ich muss nur noch eine Sache regeln, dann habe ich frei.«

Marianne wohnt in einem gepflegten Sträßchen, mit kleinen Vorgärten und rosenberankten Jägerzäunen. Draußen, auf dem Fußweg, ist ein schmaler Grünstreifen mit jungen Bäumen, wo die Hunde ihr Geschäft erledigen können. Auf beiden Seiten der Straße stehen, Stoßstange an Stoßstange, glänzend geputzte Autos. Ich finde einen Parkplatz vor der Nummer 15 und steige aus. Marianne wohnt in der 25. Ich laufe über Waschbetonplatten zur Haustür. Die Gardinen im Erker sind zugezogen, doch an der Seite schimmert etwas Licht durch die Fenster. Durch das Fensterchen in der Tür sehe ich einen Schirmständer mit Hockeyschlägern und auf dem Boden Gummistiefel in verschiedenen Größen. Über der Heizung hängen Schals. Eine Diele, wie ich sie vor gar nicht langer Zeit selbst noch hatte.

Ich drücke auf die Klingel. Wie erwartet kommt keine Reaktion. Ich stelle mir vor, wie sie oben im Bett liegen, sich auf die Ellenbogen stützen und einander dabei erschrocken ansehen. Wer kann denn das sein, zu so später Stunde! Frank wird ein unangenehmes Vorgefühl haben.

Ich drücke erneut auf die Klingel, diesmal etwas länger – mit Erfolg.

Schnelle Schritte eilen die Treppe herunter. Dann erscheint Marianne, im Gehen bindet sie den Gürtel ihres knielangen Morgenrocks zu. Verwischtes Make-up, geschwollene Lippen, zerzauste Haare. Ich weiß genau, wie Frank hier jetzt gerade im Bett liegt, aber ich versuche, den Gedanken zu verdrängen. Sie erschrickt, als sie mich durch das Fensterchen in der Tür entdeckt und macht Anstalten, sofort wieder wegzulaufen. Doch ich richte meinen Zeigefinger langsam und demonstrativ in Richtung Klingel, woraufhin sie die Tür einen Spalt weit öffnet.

»Ich möchte mit Frank reden«, sage ich, bevor sie etwas hervorbringen kann. Ich bin nicht in der Stimmung für ein Vorspiel aus Höflichkeiten oder Leugnungen. Marianne zögert. Wahrscheinlich fragt sie sich, ob sie mit »Der ist hier nicht« durchkommen kann. Vielleicht will sie ihm aber auch Zeit geben, sich anzuziehen.

»Frank«, wiederhole ich, jetzt etwas nachdrücklicher. Sie dreht sich um. »Ich sehe mal nach«, sagt sie. Sie hat hübsche Beine, gebräunt, glatt, kein Äderchen zu sehen. An ihrer Stelle würde ich auch keinen langen Morgenmantel tragen. Ich gebe ihr zwei Minuten, ich stoppe auf meiner Uhr. Danach klingle ich erneut. Sie kommt nach unten gerannt, wütend, aber auch ein bisschen ängstlich.

»Die Kinder wachen auf!«

Ein feiger Appell an meine Muttergefühle.

Ich zucke die Achseln und sehe hinter ihr Frank auf dem Flur erscheinen. Jeans. Nackte Füße in italienischen Loafers, die ich ihm vor ein paar Wochen gekauft habe. Das nur halb zugeknöpfte Oberhemd hängt ihm aus der Hose. Er sieht mich an, und ich erkenne in seinen Augen ein Gemisch aus Furcht und Unsicherheit. Was mache ich hier nur? Was will ich von ihm? Warum kann ich nicht zu Hause bleiben, wie die meisten anderen Frauen, die hintergangen werden?

Schließlich könnte ich auch Nägel kauen, heulend meine Freundinnen anrufen und vielleicht ein wenig Geschirr aus Wut kaputtschmeißen. Ich kenne ihn gut genug, um seine Gedanken lesen zu können. Daher weiß ich, dass er es im Grunde seines Herzens ganz schmeichelhaft findet, zwei nicht unattraktive Frauen zu haben, die ihn beide begehren.

Ich stehe noch immer vor der Tür und er auf der Fußmatte auf der anderen Seite der Türschwelle. Marianne steht einen Meter hinter ihm, abwartend, verärgert über die unwillkommene Störung inmitten ihres Abenteuers.

Ich nehme den vagen Geruch von Hundemist wahr. Mein Sohn kam auch immer mit Scheiße an den Schuhen nach Hause. Das gab jedes Mal Ärger. Selbst saubermachen! Was er dann am Ende auch tat, unter viel Heulerei und mit viel zu viel Seifenlauge. So eine Matte stank immer genauso lange, bis ich sie in den Abfall geworfen und eine neue gekauft hatte.

Ich ziehe meine Hand aus der Tasche und sehe, dass Frank zusammenzuckt, nur eine winzig kleine Schrecksekunde. Er kennt mein Temperament, vielleicht erwartet er, dass ich ein Messer aus der Jackentasche ziehe. Oder eine Pistole, wer weiß. Heutzutage kommt man ja so leicht an diese Dinge. Ich strecke ihm meine Hand entgegen, die Handfläche nach oben. Ich sehe, dass Marianne einen schnellen Blick auf die deutlich hervorstechenden Narben wirft und dann ihre Augen abwendet.

»Schlüssel«, sage ich.

Er zögert. Ich sehe, dass er sich fragt, wie er dann wohl

in mein Haus kommen soll. Er ist kein Freund von Unannehmlichkeiten und Blamage.

»Schlüssel!«, sage ich jetzt etwas lauter.

Oben höre ich eine Kinderstimme. »Mama!«

»Ich komme gleich, mein Schatz!«, ruft Marianne.

»Gib verdammt noch mal den Schlüssel her«, zische ich Frank zu. Er dreht sich zur Garderobe um. Seine Armani-Jacke hängt vorne am Haken. Er kramt kurz in den Taschen herum und zieht dann meinen Hausschlüssel hervor.

Ich sehe an seinen Augen, dass er nicht so recht einordnen kann, was ich vorhabe. Kein wirklicher Krawall. Keine Drohungen. Keine Tränen. Aber irgendetwas muss ich doch im Schilde führen, nur was?

Ich nehme den Schlüsselbund entgegen.

Marianne macht Anstalten, mir die Tür vor der Nase zuzuknallen. Ich stelle meinen Fuß dazwischen.

»Ich habe eine Überraschung für dich«, sage ich zu ihr, »du darfst ihn haben.«

»Bist du verrückt geworden? Das ist unmöglich!« Ihre Stimme klingt schrill.

Ich sehe zu Frank, der sich auf die Heizung gestützt hat, die roten Flecken auf seinen Wangen reichen bis zum Hals hinunter. Ein paar Schals sind auf den Boden gefallen, und er steht auf einem dunkelblauen mit einem gelben Streifen. Ich kenne die Clubfarben. Thijs hat ein paar Mal mit seiner Mannschaft gegen sie gespielt.

Ich drehe mich um.

»Er kann hier aber nicht bleiben!« Mariannes Stimme überschlägt sich. »Ich möchte, dass du ihn mitnimmst!«

Ich reagiere nicht und verlasse den Garten. Frank läuft hinter mir her.

»Aber Emma, wir können doch darüber reden.«

Ich mache die Autotür auf, setze mich hinters Steuer

und riegle die Türen gerade im rechten Moment von innen ab. Er klopft an die Scheibe.

»Emma … warte doch kurz.«

Ich fahre langsam los und sehe, wie er mit großen Schritten zu Mariannes Haus zurückläuft. Doch sie hat die Haustür bereits wieder geschlossen. Die Lichter im Flur sind aus.

Als ich um die Kurve biege, sehe ich im Rückspiegel Frank vor dem Haus stehen, die Arme etwas vom Körper abgespreizt, das Gesicht zu den Sternen gerichtet.

Zu Hause angekommen lief ich noch kurz zum Fluss.

Über den Weiden am anderen Ufer der Ijssel hing in Fetzen der Bodennebel. Der Himmel darüber war sternenklar, und der fast volle Mond verbreitete ein unwirkliches Licht.

Ein Kahn fuhr vorbei. Die Kajüte war dunkel, aber aus der Kabine drang bläuliches Licht. Ich sah eine Frau hinter dem Steuerrad sitzen. Ob sie wohl die ganze Nacht durchfahren oder im nahen Hafen anlegen würde?

Ich stand an der Kade und sah dem Schiff nach, bis ich das ruhige Geräusch des Dieselmotors nicht mehr hören konnte.

Tineke Beishuizen

Mord in aller Freundschaft

Kriminalroman. Aus dem Niederländischen von Kristina Kreuzer. 240 Seiten. Piper Taschenbuch

Freundschaft unter Frauen ist etwas Wunderbares – solange die dazugehörenden Ehemänner aus dem Spiel bleiben. Tess, Vera, Noor, Minka und Carolien teilen gern ihre Geheimnisse, mehr aber auch nicht. Als Fred Carolien mit einer ihrer Freundinnen betrügt, scheint das Drama vorprogrammiert. Doch keine von ihnen hätte gedacht, dass sie dabei über Leichen gehen müssen. Eine mörderische Geschichte, erzählt mit einer großen Portion Selbstironie.

»Ein gelungener Mix aus ›Sex and the City‹ und ›Desperate Housewives‹ in einer holländischen Version; mit etwas weniger Sex, dafür umso mehr Crime angereichert; temporeich, ironisch und mit prickelndem Humor erzählt; erfrischend wie ein Bad im Meer.«
P.S., Zürich

05/2520/01/L

Johan Theorin

Öland

Kriminalroman. Aus dem Schwedischen von Kerstin Schöps. 448 Seiten. Piper Taschenbuch

An einem Spätsommertag verschwindet ein kleiner Junge im dichten Nebel der Insel Öland – und wird nie wieder gesehen. Zwanzig Jahre später erhält seine Mutter einen Anruf von ihrem Vater: Es gebe ein neues Beweisstück, und er bittet sie, nach Öland zurückzukehren und die Suche wieder aufzunehmen. Dort geht das Gerücht, der unheilbringende Nils Kant sei der Mörder. Dabei war dieser längst unter der Erde, als der Junge verschwand. Oder geistert er womöglich noch immer über die weite Kalkebene von Öland?

05/2510/01/R

Alexander Rieckhoff und Stefan Ummenhofer

Honigsüßer Tod

Ein Schwarzwald-Krimi. 224 Seiten. Piper Taschenbuch

Studienrat Hummel, der immer wieder in Kriminalfälle verwickelt wird, steckt in einer handfesten Ehekrise. Seine esoterische Frau ist in ein einsames Gehöft im Schwarzwald gezogen, zu einer Sekte namens »Kinder der Sonne«. Als der dortige Imker ermordet aufgefunden wird, beschließt Hummel gemeinsam mit seinem Freund, dem Journalisten Riesle, dem Fall auf den Grund zu gehen. Im angrenzenden Dorf beäugt man die »Kinder der Sonne« schon immer mit Argwohn und glaubt nun zu wissen, dass der Täter aus den Reihen der Sekte stammen muss. Ein weiterer Todesfall bringt eine überraschende Wende. Ein besonders heikler Fall für Hubertus Hummel!

05/2507/01/L

Michael Kibler

Schattenwasser

Kriminalroman. 336 Seiten. Piper Taschenbuch

Zwei Frauen werden nur wenige Tage nacheinander in Darmstadt ertränkt aufgefunden. Treibt ein Serienmörder in der beschaulich kleinen Großstadt sein Unwesen? Margot Hesgart und Steffen Horndeich von der Mordkommission versuchen fieberhaft, die Fälle zu lösen. Bekennerschreiben, die die vernichtende Kraft des Wassers beschwören, eine alte Leiche unter dem Fundament des Jugendstilbades – das Puzzle scheint kaum entwirrbar. Margot Hesgart tut alles, was in ihrer Macht steht. Trotzdem kann sie nicht verhindern, dass auch Menschen aus ihrem privaten Umfeld in höchste Gefahr geraten.

05/2486/01/R

Gisa Pauly

Tod im Dünengras

Ein Sylt-Krimi. 320 Seiten. Piper Taschenbuch

Erik Wolfs Strandspaziergang mit Mamma Carlotta, seiner italienischen Schwiegermutter, ist ganz beschaulich – bis der Kriminalhauptkommissar in den Sylter Dünen einen Toten entdeckt. Das nächste Mordopfer lässt nicht lange auf sich warten: Utta Ingwersen liegt tot in ihrer Boutique. Erik findet heraus, dass sich deren Mann kurz zuvor eine Auseinandersetzung mit einem italienischen Schutzgelderpresser geliefert hat. Wenig später wird der Mafioso selbst erschlagen aufgefunden. Der allerdings kommt Mamma Carlotta merkwürdig bekannt vor. Sie mischt sich in die Ermittlungen ein – unterstützt von der italienischen Tante des Toten, die zum Entsetzen von Erik ebenso viel und laut redet wie seine Schwiegermutter …

05/2441/01/L

Arne Dahl

Totenmesse

Kriminalroman. Aus dem Schwedischen von Wolfgang Butt. 416 Seiten. Piper Taschenbuch

Ein brutaler Banküberfall samt Geiselnahme in Stockholms Nobelviertel Östermalm eröffnet für die Sonderermittler um Kerstin Holm und Paul Hjelm die gnadenlose Jagd nach einer geheimen Formel, für die viele Leute über Leichen gehen würden. Der raffiniert verschachtelte Fall, der die geballte Kompetenz des Stockholmer A-Teams erfordert, führt bis nach Wolgograd und zurück in die Zeit des Kalten Krieges.

»Arne Dahl hat einen wunderbaren Rhythmus drauf, eine geradezu musikalische Fähigkeit, das Tempo zu drosseln oder zu verschärfen und so einen Spannungsbogen zu halten, wie es vielleicht noch Grisham schafft.«
Stern

05/2489/01/R

PIPER